유품정리사

연꽃 죽음의 비밀

정명섭 장편소설

유품정리사

연꽃 죽음의 비밀

한겨레출판

차
례

第一章 밤의 그림자 007

第二章 감춰진 이야기 113

第三章 짙어진 어둠 속의 달빛 239

第四章 푸른 비밀 333

終章 연꽃 위에 앉은 나비 381

작가의 말 393

第一章

밤의 그림자 》

《

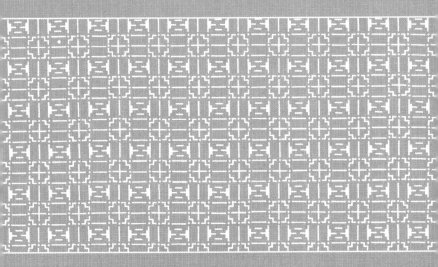

화연이 눈을 뜬 것은 한밤중이었다. 사방이 온통 고요했지만 남달리 예민한 화연은 이상한 기운을 느꼈다. 이런 기운이 느껴질 때면 안 좋은 일이 벌어지곤 해서 숨을 죽인 채 주변을 살폈다. 정적이 이어지면서 잘못 들었나 싶어 다시 누우려는 순간, 나뭇잎이 바스락거리는 소리가 들렸다. 나뭇가지가 바람에 흔들리는 것이 아니라 뭔가 묵직한 것이 치고 지나가면서 나는 소리였다. 벌떡 일어난 화연이 낮은 목소리로 외쳤다.

　"곱분아! 곱분아!"

　몸종인 곱분은 대답 대신 코를 골았다. 억지로 깨웠다가는 시끄러운 소리를 낼 수도 있어서 화연은 홀로 치맛자락을 살짝 치켜든 다음 미닫이문을 열었다. 서늘한 밤바람에 몸이 떨렸지만 가만히 서서 주변을 살폈다. 그러다가 아버지가 계시는 사랑채 담장으로 뭔가 넘어가는 걸 봤다. 워낙 순식간이라서 얼떨떨해 있던 화연은 잠시 뒤 사랑채에서 불길이 치솟는 걸 보고는 비명을 질렀다.

"아버지!"

맨발로 달려간 화연이 사랑채로 연결된 문을 열어젖혔다. 그러자 후끈한 열기와 함께 불길에 휩싸인 사랑채가 보였다. 반쯤 열린 장지문 사이로 쓰러진 아버지의 모습이 눈에 들어왔다. 화연은 정신없이 불구덩이로 달려들었다. 하지만 뒤에서 누군가 붙잡는 바람에 문 앞에서 넘어지고 말았다.

"아기씨! 안 돼요!"

곱분의 만류에도 화연은 비명을 지르며 몸부림쳤다.

"놔! 아버지가 저기 계시단 말이야!"

하지만 곱분은 붙잡고 있던 팔을 놓지 않았다. 결국 불이 옮겨붙은 대들보가 무너지면서 사랑채는 화마 속으로 사라졌다.

*

    아버지의 시신은 잿더미가 된 사랑방에서 발견되었다. 이 모든 게 제발 꿈이기를 바라던 화연은 검게 그을린 시신이 끌려 나오는 걸 보고 참았던 눈물을 쏟아냈다. 혼절한 어머니를 대신해 화연이 포도청에서 나온 포교와 포졸들을 맞이해야만 했다. 그중 얼굴이 허여멀겋고 키가 크며 유독 어려 보이는 포교가 눈에 띄었다. 완희라는 이름의 그 포교는 화연의 애끓는 하소연에도 아랑곳하지 않았다.

    "제가 몇 번을 얘기하나요. 밤에 자다가 이상한 소리가 들려서 나와봤더니 사랑채 쪽에 누가 있었다고요. 그자가 아버지를 죽이고 사랑채에 불을 지른 거라니까요."

    "그러니까 그 침입자가 누군지 봤습니까?"

    완희도 답답한지 연거푸 되물었다. 하지만 화연은 제대로 답할 수 없었다. 자신이 본 게 진짜 사람인지조차 불확실했다. 화연이 입을 다물자 완희가 불에 탄 사랑채를 바라보면서 입을 열었다.

    "설혹 침입자가 있었다고 해도 그자가 낭자의 아버지를 죽였다는 증거가 없잖소."

"없긴요. 아버지가 복부를 감싸 쥔 채 쓰러져 계신 걸 똑똑히 봤어요."

"방 안에 계셨는데 어떻게 본 겁니까?"

"문이 반쯤 열려 있었으니까요. 그리고 직전에 누군가 담장을 넘는 걸 봤다니까요. 그자가 아버지를 죽이고 사랑채에 불을 지른 거라고요. 어서 그 범인을 찾아야 해요."

화연의 목소리가 높아지자 완희가 곤란한 표정을 지었다.

"지금 상황이 좀 그렇습니다."

"사람이 죽었는데 대체 뭐가 그런데요. 간밤에 동부승지 어르신이 살해당했다고요."

"승지였죠. 지금은 체직된 상태입니다."

완희의 말에 화연은 찬물을 뒤집어쓴 것처럼 온몸을 부들부들 떨었다. 그때 곱분이 다가와 화연의 손을 꼭 잡으며 말했다.

"아기씨, 마님께서 찾으십니다."

곱분에게 이끌려 몇 걸음 뗀 화연은 도저히 참지 못하겠다는 듯이 홱 돌아섰다. 그리고 포졸들과 이야기를 나누고 있던 완희에게 성큼성큼 다가갔다.

"지금 저희 아버지가 역모 혐의를 받다가 돌아가셨다고

해서 대충 조사할 생각인가요?"

"우리가 알아서 합니다."

완희는 얼굴을 살짝 찌푸린 채 대답했다. 순간 화연은 버럭 성을 냈다.

"성의 있게 조사하라고요! 탐문도 하고 현장도 살펴보고요!"

"지금 보고 있습니다. 반가의 자제분이라 세상 물정을 잘 모르는 모양인데 이런다고 일이 해결되지는 않아요. 보세요."

완희가 불탄 사랑채를 가리키면서 덧붙였다.

"현장은 잿더미가 되었고, 시신도 불에 타서 크게 훼손되었습니다. 한밤중이라 목격자는 없고, 이렇다 할 물증도 없는 상태죠. 아마 아버님이 이런저런 일로 상심이 크셔서 스스로 목숨을 끊었을 수도 있습니다."

"아버지는 그럴 분이 아니에요. 낮에만 해도 억울함을 호소하는 상소문을 쓰고 계셨어요. 거기다 여섯 칸짜리 사랑채가 저렇게 빨리 불탄 게 이상하지 않아요?"

"뭐라고요?"

완희의 반문에 화연은 새까맣게 그을린 기둥을 가리켰다.

"지붕은 불에 타서 완전히 무너졌는데 기둥 하단과 바닥은 상당 부분 남았잖아요. 그 얘긴 기둥 상단에서 불길이 치솟아 지붕을 무너뜨렸다는 얘긴데……. 이상하지 않나요? 보통 아궁이나 등잔에서 불이 나기 시작하면 바닥부터 타니까 말이에요."

"그건……."

"불은 기둥에서부터 시작되어 지붕으로 옮겨붙었어요. 누군가 기름을 뿌리고 불을 지른 게 분명하다고요. 기둥에서 틀림없이 기름 냄새가 날 거예요. 그리고 아버지 시신이 훼손되었다고 해도 법물을 쓰면 상처 자국을 확인할 수 있잖아요. 포도청 오작인들 실력이 최고라고 들었는데 아닌가 봐요?"

"그런 건 어떻게?"

당황한 완희의 물음에 화연이 대꾸했다.

"아버지가 의금부 도사로 계실 때 《추안급국안》*이랑 《신주무원록》**을 봤어요."

---

* 推案及鞫案. 조선 시대 의금부에서 죄인들을 심문한 기록을 모은 책.
** 新註無冤錄. 원나라 때 만들어진 《무원록》이라는 책을 조선 시대 상황에 맞게 편찬한 책. 시신을 검시하고 사인을 찾는 방법 등을 다루고 있다.

완희가 망신당하는 모습을 보고 포졸들이 손으로 입을 가린 채 키득거렸다. 얼굴이 벌게진 완희가 화연에게 쏘아붙이듯 말했다.

"책에 나온 것과 실제는 많이 다릅니다. 규방의 아녀자가 나설 일이 아니니 가서 어머니나 돌봐주시지요."

발끈한 화연이 입을 열려는 순간, 곱분이 소맷자락을 붙들고 안채로 끌고 갔다.

"참으세요, 아기씨."

곱분의 말에 화연이 발끈했다.

"내가 왜 참아야 하는데? 보아하니 어물거리다가 돌아갈 기세잖아. 범인 잡는 데 여자, 남자가 어딨다고."

"그래도 포도청 포교입니다. 그런 자와 자꾸 말을 섞으면 안 좋은 얘기들이 돌 겁니다."

"지금 그게 중요해? 아버지가 돌아가셨잖아!"

화연이 목소리를 높이자 곱분이 고개를 푹 숙인 채 대답했다.

"그래도 산 사람은 살아야지요."

화연은 곱분의 어머니가 몇 달 전에 돌아가셨다는 사실을 떠올렸다. 미안해진 화연은 말없이 곱분을 따라 어머니가 있는 안채로 향했다. 자리보전하고 있던 어머니는 화연이 들어오자 몸을 일으켰다.

"사랑채에서 큰소리가 나던데, 무슨 일이냐?"

"포도청에서 온 포교가 조사를 건성으로 하기에 제가 주의를 주었습니다."

"건성으로 하다니?"

"아버지는 살해당하신 거예요. 그런데 조사도 제대로 안하고 자결을 운운하기에……."

"화연아."

어머니가 화연의 두 손을 꼭 잡았다. 그럴 때마다 별로 좋은 소리를 들은 적이 없던 화연은 흠칫 놀라며 손을 빼려고 했다.

"지금은 가만히 있어야 할 때다."

"그게 무슨 말씀이세요? 아버지가 어쩌다 돌아가셨는지도 모르는 판국에 가만있으라니요."

"그러니까 더더욱 가만있어야지. 아버지가 어떤 처지셨는지 모르니?"

"알아요."

어머니의 손을 뿌리친 화연이 온몸을 부르르 떨었다.

"역모를 꾸몄다는 투서 때문에 곤경에 처하셨죠."

"그나마 전하께서 믿어주셨기 때문에 목숨을 부지했다."

어머니의 말에 화연은 고개를 저었다.

"돌아가신 거나 다름없었어요. 아무리 억울하다고 해도 들어주지 않고 교유하던 분들도 등을 돌렸잖아요. 집에서 끙끙 속만 태우셨죠. 그게 어디 살아도 산 건가요."

"그러니까 더더욱 자중해야지."

"그럼 역모 혐의를 받다가 돌아가셨으니까 그냥 넘어가잔 말씀이세요?"

"아무도 우리 얘기에 귀를 기울여주지 않을 거다."

"그런 법이 어디 있어요. 어머니는 억울하지도 않으세요?"

"억울하단다. 하지만 역모 혐의라는 게 네 생각처럼 억울하다고 해서 파헤칠 수 있는 게 아니야. 아주 작은 꼬투리로도 당사자는 물론 가문이 결딴날 수 있어."

"왜 피해자가 전전긍긍해야 하는 거죠? 아버지를 죽인 살인자는 지금 멀쩡하게 거리를 활보하고 있을 게 뻔한데……."

"너도 아버지가 임오년의 흉사에 관련되어 있다는 걸 알지?"

어머니가 뜻밖의 말을 꺼내자 화연은 마른침을 삼켰다. 임오년에 지금 임금의 조부이자 전대 왕이 자기 아들을 뒤주에 가둬서 죽였다. 그리고 그의 아들이 임금이 된 이후, 온갖 흉흉한 소문들이 돌았다. 임금이 아버지의 복수를 위해 가담자들에게 죄를 씌워서 죽이고 유배를 보낸다는 내용이었다. 잠깐 생각에 잠겼던 화연이 고개를 저었다.

"전하는 그러실 분이 아니에요. 설사 죄가 있어도 의금부에서 조사하도록 한 뒤 처벌을 내리시겠죠. 이렇게 밤중에 자객을 보내서 죽이고 시신을 불태워버린다는 건 말도 안 돼요."

"전하가 한 일이 아니라면?"

"그럼……."

"항간에 떠도는 소문으로는 대비마마가 얽혀 있단 말이 있어. 그러니 남은 우리가 살려면 억울하고 분해도 참아야 한다."

얘기를 마친 어머니가 이불 위에 엎드렸다. 그리고 한참 흐느끼더니 고개를 들었다.

"억울한 심사로 말하자면 이 어미는 오죽하겠니? 하지만 지금은 참고 넘겨야 할 때다. 안 그러면 모두가 험한 꼴을 겪게 될 거야."

화연은 어머니의 우려를 이해하면서도 한편으로는 야속함을 감출 수가 없었다.

"아버지가 돌아가신 판국에 집안이며 제 안위가 다 무슨 소용인가요."

"너까지 잘못되면 나는 어떻게 살라고……."

화연은 크게 낙담했지만 어머니의 말을 단칼에 거역할 수도 없어서 입을 다물 수밖에 없었다. 어머니가 그런 화연의 손을 토닥거렸다.

"우리 딸, 어미의 간청을 들어줘서 고맙다."

화연은 말없이 자리에서 일어났다. 곱분이 열어준 문으로 방을 빠져나가려는데 등 뒤에서 어머니의 목소리가 들렸다.

"어서 상복 챙겨 입거라."

*

아버지의 장례가 끝나갈 무렵 어머니는 갑작스러운 말을 꺼냈다.

"외삼촌이 있는 과천으로 내려갈 생각이다. 이제 한양은 지긋지긋하구나."

어머니는 옷고름으로 눈물을 훔친 뒤 말했다.

"우리 시골에 내려가서 다 잊고 살자꾸나."

화연 역시 한양살이가 괴로웠다. 아버지의 장례를 치르는 동안에도 주변에서 온갖 이야기가 들려왔다. 역모를 꾀하다가 들키자 수치심에 못 이겨 자살했다는 이야기부터, 같은 패거리들이 입을 다물게 하기 위해서 자객을 보냈다는 소문까지 돌았다. 심지어는 화연의 어머니와 손을 잡은 집안 사람들이 자기들 살겠다고 아버지를 죽이고 불을 질렀다는 이야기도 들렸다. 이런저런 목소리들 사이에 정작 아버지를 애도하는 목소리는 없었다. 화연의 아버지는 매사에 엄격했지만 가족에게는 누구보다 따뜻하고 자애로웠다. 자식이라곤 외동딸인 화연뿐이라 주변에서 양자나 소실을 들이라고 야단이어도 듣지 않았다. 나랏일에 있어서도 누구보다 열심이었다. 익명의 투서 한 장으로 목숨을 잃고 손가락질까지 받을 만큼 허투루 살아온 사람이 결코 아니었다. 아버지가 일생에 걸쳐 쌓아온 것들이 전부 부정당하는 상황에서 한양을 떠날 수는 없었다. 단호한 화연의 대답에 어머니는 어리둥절해했다.

"뭐라고 그랬니?"

"안 내려간다고 했어요. 이렇게 떠나면 누가 아버지를 죽였는지 영영 밝힐 수 없잖아요."

"화연아!"

"다들 비겁해요. 사람이 죽었는데 이러쿵저러쿵 말만 늘어놓으면서 아무것도 하지 않아요. 제 손으로 반드시 범인을 잡고 말겠어요."

"네가 무슨 수로?"

화연이 단호하게 대답했다.

"뭐든 해야죠."

그 고집스러운 대답에 어머니가 고개를 절레절레 저었다.

*

화연은 대청에 앉아서 짐을 한가득 실은 수레들이 대문을 빠져나가는 걸 지켜봤다. 보따리를 짊어진 노비들마저 밖으로 나가자 집 안이 순식간에 휑해졌다. 어머니는 미리 얘기한 대로 장례가 끝나자마자 가산을 정리해 과천으로 내려갔다. 그 사이 화연에게 몇 번이나 같이 내려가자고 했지만 단호하게 거절당했다. 화연은 텅 빈 집을 바라보면서 중얼거렸다.

"진짜 혼자 남았어……."

"마님은 곧 따라 내려올 거라고 생각하셨을 겁니다."

곱분의 말에 화연은 대청에서 벌떡 일어났다.

"아버지를 죽인 범인을 찾기 전까지는 절대로 한양을 떠나지 않겠어."

"그런데요, 아기씨. 범인을 대체 어떻게 찾겠다는 말씀이십니까?"

곱분의 말대로 사실 화연은 막막하기 그지없었다. 목격자도 없고, 물증이 될 만한 것도 남아 있지 않았다. 낙담하던 화연은 이내 회심의 미소를 지었다.

"방법이 있어."

"무슨 방법이요?"

화연은 버선발로 뛰쳐나가려다가 후다닥 발에 신을 꿰었다. 곱분이 얼른 방으로 들어가서 외출할 때 입는 장의를 챙겨 화연을 따라갔다.

화연이 향한 곳은 육조거리 근처에 있는 우포도청으로,

아버지 사건을 담당하는 곳이기도 했다. 정문을 지키고 있던 포졸들은 너무도 당당하게 안으로 들어가는 화연을 막지 못하고 뒤따르던 곱분을 붙잡았다.

"저분은 누구냐?"

우물쭈물하던 곱분이 대충 둘러댔다.

"포교 나리의 누이십니다."

"무슨 일로 오신 것이야?"

"집안에 급한 일이 생겨서 상의하러 오셨습니다. 이만."

헐레벌떡 안으로 따라 들어간 곱분은 화연이 지나가는 서리를 붙잡고 말을 거는 모습을 보고 기겁했다. 서리 역시 당황했는지 떨떠름한 얼굴로 담장 너머를 가리켰다.

"아기씨!"

곱분은 화연을 말리려고 했으나 그녀의 결연한 표정을 보고는 입을 다물었다. 어린 시절부터 봐왔기에 그녀가 얼마나 고집이 센지는 익히 알고 있었다. 화연은 대뜸 입을 열었다.

"당상 대청에 있대."

"누가요?"

"누군 누구야, 그 샌님 같은 포교 양반이지. 단서가 있는지, 그사이에 수사는 얼마나 진척되었는지 알아야겠어."

"아기씨한테 순순히 말을 할까요?"

"하게 해야지."

화연의 결연한 목소리에 곱분은 입을 다물 수밖에 없었다.

*

포도대장에게 막 보고를 마치고 나오던 완희는 맞은편에서 걸어오는 여자를 보고 걸음을 멈췄다. 그리고 눈을 비비면서 중얼거렸다.

"어제 마신 막걸리가 덜 깼나?"

우두커니 서 있던 완희는 화연이 코앞까지 다가온 뒤에야 퍼뜩 정신을 차렸다.

"안녕하세요. 포교님."

"낭자! 여긴 어떻게 들어온 거요?"

"어떻게는요. 도적들을 포획하고 죄인들을 심문하는 포도청, 그중에서도 한양의 서쪽을 관할하는 우포도청에 살인자를 잡아달라고 청하러 왔죠. 제가 못 올 데라도 왔나요?"

당돌하기 그지없는 화연의 말에 완희는 할 말을 잊었다. 규방에 얌전히 있어야 할 양반댁 처자가 다른 곳도 아니고 우포도청으로 들이닥친 것이 그로서는 상식의 범주를 넘어서는 일이었다.

"여긴 낭자 같은 분이 올 곳이 아닙니다."

"아버지의 죽음에 대한 단서를 찾고 있어요. 그동안 조사는 하셨죠?"

"물론이요. 그러니 걱정말고 들어가세요."

"그럼 저에게도 알려주세요."

"낭자가 알아서 뭐 하려고요?"

완희의 말에 화연이 발끈했다.

"제 아버지 일인데 당연히 알아야지요."

"우리가 알아서 조사 중이니 집에 가서 기다리시오."

정색한 완희의 대답에 화연이 도끼눈을 떴다.

"그냥 손 놓고 있었던 거죠?"

뜨끔한 완희가 재빨리 시선을 피했다.

"손을 놓다니…… 불철주야 밤낮을 가리지 않고 조사 중이외다."

"그럼 왜 아무 말도 못 하는 거예요?"

"못 하는 게 아니라 안 하는 겁니다. 조사 중인 사안에 대해서는 어명이 아닌 이상 발설하지 않는 게 포도청의 원칙입니다."

완희는 목에 힘을 주고 대답했다. 하지만 화연은 콧방귀를 뀌었다.

"《포도청등록》*에는 그런 얘기가 없던데요?"

"그건 또 어떻게 봤소?"

당황한 완희가 다급하게 묻자 화연이 고개를 절레절레 저었다.

"아버지가 의금부에서 일하실 때 가져온 책을 봤어요."

"반가의 여인이 볼 책이 아닌데 어찌……."

"책 읽는 것밖에 할 게 없어서요. 밖에 나가서 놀고 싶어도 걸핏하면 여자가 집 밖으로 나가면 어찌고저쩌고해대니 별수 있나요. 집에서 책만 읽었죠. 그러니까 있지도 않은 조항 운운하면서 날 속일 생각은 하지 마세요."

"등록에는 안 나오지만 포도청의 관행이요, 관행."

완희는 '관행'이라는 말에 힘을 주면서 화연을 내려다봤다. 하지만 그녀는 눈 하나 깜짝하지 않았다.

"범인에 대한 조사가 얼마만큼 진행되었는지, 관련 단서

---

* 捕盜廳謄錄. 포도청의 제반 사무에 대한 기록을 모은 업무 일지.

가 나왔는지 알려주세요."

"현재로서는 얘기해줄 상황이 아닙니다."

"참으로 너무하십니다. 포교님의 아버지가 돌아가셨어도 이렇게 무성의하게 처리하실 건가요?"

그 얘기를 듣고 완희가 힘주어 말했다.

"심정은 이해하지만 이러면 오히려 더 방해가 됩니다. 집에 가 계시면 진상이 밝혀지는 대로 사람을 보내서 알려드리지요. 그리고 전 이미 아버님이 안 계십니다."

얘기를 마친 완희가 돌아서는데 등 뒤에서 화연의 목소리가 들렸다.

"아, 미안해요. 하지만 제 얘기 좀 들어주세요. 아버지가 돌아가신 지 벌써 두 달이 지났어요. 그런데 이렇게 모두가 손을 놓고 있으니 제가 나설 수밖에요."

조금 전과는 달리 금세 울먹일 듯 떨리는 목소리였다. 완희가 돌아서자 두 손을 꼭 쥔 화연이 당장이라도 울 것 같은 표정으로 서 있었다. 지나가던 포교와 포졸, 서리들이 다들 걸음을 멈추고 완희를 쏘아봤다. 졸지에 여자를 울린 게 되어버리자 완희는 어이가 없었다.

"이봐요, 낭자. 지금 날 가지고 노는 겁니까?"

"참으로 너무하십니다."

장옷을 부여잡은 화연이 흑흑거리면서 뛰쳐나갔다. 옆에서 어쩔 줄 몰라 하던 곱분이 아기씨를 부르며 따라가자 포도청 사람들의 시선은 그녀를 따라갔다가 완희에게 몰렸다.

"이보게, 무슨 일인가?"

지나가던 서 포교의 말에 완희는 억울함을 한껏 담아 볼멘소리로 투덜거렸다.

"아니, 몇 달 전에 죽은 동부승지 있잖습니까? 그 사람의 딸이 찾아와서 저한테 조사를 제대로 안 한다고 따지다가 조금 뭐라고 하니까 바로 울먹거리면서 뛰쳐나가지 뭡니까. 그 바람에 저만 이상한 놈이 되었다니까요."

완희의 얘기를 듣고 서 포교의 눈이 휘둥그레졌다.

"방금 나간 여인이 제 발로 자네를 찾아왔단 말인가?"

"그렇다니까요. 아주 맹랑한 처자입니다."

"이보게, 말조심하게."

"네?"

"명색이 포도청 포교씩이나 되어서 어린 처자의 억울한 사연 하나 해결 못 하고 뭘 잘했다고 그러는 건가?"

"그, 그게……."

"사람 그렇게 안 봤는데 참 몹쓸 사람이구먼. 어린 처자에 대해 뒷말이나 하고 말일세."

서 포교가 침을 튀기면서 화를 내자 기가 죽은 완희는 간신히 입을 뗐다.

"제 말 좀 들어주십시오."

"필요 없네."

획 돌아선 서 포교가 철릭 자락을 휘날리며 멀어져갔다. 몸이 단 완희는 먼발치에서 지켜보고 있던 포도청 사람들에게 하소연했다.

"아니라고, 내 말 좀 들어봐!"

하지만 돌아오는 것은 손가락질과 혀를 차는 소리뿐이었다. 눈을 감은 채 지끈거리는 머리를 손으로 꾹꾹 누르는데 누군가 조심스럽게 그의 이름을 불렀다.

"남 포교 나리."

눈을 뜬 완희가 짜증스럽게 말했다.

"왜 또 왔느냐?"

"제발 도와주십쇼, 나리."

굽실거리는 남자에게 완희는 짜증을 쏟아냈다.

"그 문제는 알아서 하라고 하지 않았느냐!"

"아무도 손을 대려고 하지 않아서 그렇습니다."

눈물을 글썽거리는 남자가 답답하다는 듯 완희는 하늘을 보고 한숨을 쉬었다.

"심정은 이해하네만, 포도청이 그런 걸 해주는 곳은 아니지 않은가?"

"알고말굽쇼. 그런데도 하소연할 데가 여기밖에 없어서 송구함을 무릅쓰고 왔습니다."

"그냥 집안사람 누구에게 맡기게."

"사돈에 팔촌까지 찾아봤습니다만, 다들 손사래를 칩니다. 오작인이라도 보내주십시오."

"오작인은 타살당한 시신만 검사한다네. 사사로이 동원하지 말라는 엄명이 계셨어."

"이러다 장례도 못 치르겠습니다."

"안타까운 일이네만, 내가 해줄 수 있는 게 없네."

"어이구, 나리."

남자가 바닥에 엎드리자 완희가 난감한 표정으로 말했다.

"염하는 사람한테 부탁하라니까."

"왜 부탁을 안 해봤겠습니까. 자살한 사람은 재수가 없다고, 아무리 돈을 많이 줘도 싫다고 합니다. 아니면 나리께서 염하는 사람에게 뭐라고 좀 해주십시오."

완희는 오늘 일진이 유독 사납다고 투덜거린 뒤 최대한 부드럽게 타일렀다.

"내가 해줄 수 있는 일이 아닌 것 같네. 어서 돌아가게."

*

화연과 곱분은 나란히 정자에 앉아 후원의 작은 연못을 바라보았다. 두 사람의 입에서 번갈아가며 깊은 한숨이 나왔다. 그러다가 곱분이 입을 열었다.

"아기씨, 쌀이 딱 이틀 치 남았습니다."

화연이 연못에 작은 돌을 던지면서 물었다.

"팔 만한 거 없어?"

"노리개부터 벼루까지 싹 팔아버린 지 오래예요."

화연은 말없이 연못을 바라봤다. 아버지가 살아 계셨을 때는 연못에 꽃도 예쁘게 피고 물도 깨끗했는데, 지금은 꽃도 시들고 물도 지저분했다. 그렇다고 집안일을 도맡아 하느라 눈코 뜰 새 없는 곱분에게 뭘 더 바랄 수도 없었다. 화연은 그간 규방의 꽃처럼 살았다. 말 한마디면 모든 일이 해결됐다. 하지만 지금, 화연은 흐트러진 집안을 정리할 아무런 힘이 없었다. 화연의 깊은 한숨을 들은 곱분이 조심스레 말을 걸었다.

"주인마님은 뭐라고 하십니까?"

"돈을 좀 보내달라니까 그냥 과천으로 내려오래."

"이제 어떡하실 겁니까?"

곱분의 물음에 화연은 잠시 생각에 잠겼다가 자리에서 벌떡 일어났다. 이제 과천으로 내려가자는 말이 나오기를 기다리던 곱분은 화연이 벌떡 일어나자 고개를 들어 올려다봤다.

"가자."

"과천으로요?"

곱분의 말에 화연이 눈살을 찌푸렸다.

"아니, 우포도청으로."

"거긴 또 왜요?"

"단서가 나왔는지 알아봐야지."

느닷없는 화연의 말에 곱분은 땅이 꺼져라 한숨을 쉬었다. 열일곱이 될 때까지 한시도 떨어져본 적 없는 두 사람이었다. 그간 곱분이 본 바로 화연은 기질이 남달랐고 엉뚱한 구석이 많았다. 머리가 좋고 학문에도 관심이 많아서 어릴 때는 남자아이들처럼 훈장 선생님을 데려다가 글공부를 하기도 했다. 그러다가 여자는 과거를 볼 수 없다는 사실에 절망한 나머지 머리를 깎고 비구니가 되겠다고 선언해서 집안을 뒤집어놓은 적도 있었다. 곱분은 그런 화연 곁에 있으면서 조용하고 평탄한 삶은 진즉 포기한 지 오래였다. 곱분은 마저 한숨을 내쉰 뒤 자리를 털고 일어났다.

"가요, 아기씨."

*

그동안 하도 드나든 탓에 문을 지키는 포졸들이 먼저 알아봤다.

"또 오셨습니까?"

"범인을 잡을 때까지 와야죠."

화연의 대답에 포졸들이 혀를 내둘렀다.

"아유, 지극정성이십니다."

"남 포교는 어디 있나요?"

"그게……."

포졸들이 서로를 바라보면서 난감한 표정을 짓자 화연이
한숨을 쉬었다.

"알려주지 말라고 했나 보군요."

"이해해주십시오. 저희한텐 엄명이나 다름없습니다."

"오늘이 아버지 기일인데……."

화연이 어깨를 축 늘어뜨리고 능청스럽게 연기하자 포졸
들은 울상이 되었다.

"아이고, 참으로 죄송합니다."

장옷이 걸쳐진 어깨를 연신 들썩거리던 화연이 몇 걸음
떼기도 전에 포졸들이 이구동성으로 외쳤다.

"뒤쪽 문서고에 계십니다!"

곱분이 어처구니가 없다는 듯 고개를 내젓자 살짝 눈짓을
보낸 화연이 돌아서서 처연한 얼굴로 말했다.

"반드시 비밀을 지키겠습니다."

두루마리 한 뭉치를 든 노인이 서고 앞 책상에 다리를 올
려놓고 자던 완희 곁을 지나쳤다. 의자에 기댄 채 코를 골던
완희는 노인이 두루마리를 하나 떨어뜨리는 바람에 퍼뜩 잠
에서 깨어났다. 그러곤 입을 쩝쩝거리면서 기지개를 켜다가

하마터면 뒤로 넘어질 뻔했다. 노인이 손으로 받쳐주자 의자에서 일어난 완희가 기지개를 마저 켰다. 그 모습을 본 노인이 혀를 찼다.

"밤새도록 마셨습니까? 젊은 분이 병든 닭처럼 왜 그러십니까?"

"자네가 내 상황을 몰라서 그래. 그 화연인가 화염인가 하는 맹랑한 처자한테 시달리는 것도 모자라서 자살한 여자들의 시신을 수습해달라고 유가족들이 연달아 찾아오고 있다네."

"그래서 여기로 도망쳐온 겁니까?"

"찾아볼 게 있어서 겸사겸사 왔어."

"뭘 찾으시는데요?"

노인의 물음에 완희는 허리에 손을 얹은 채 뒤쪽을 바라봤다. 빛이 들어오지 않는 서고 안은 어둑어둑했다. 대나무와 널빤지로 만든 책장에는 우포도청에서 담당한 사건들에 관한 기록이 보관되어 있었다. 완희가 천천히 입을 열었다.

"창포검에 피살당한 사건들."

완희의 대답에 노인이 고개를 갸웃거렸다.

"창포검은 검계나 살주계가 주로 들고 다니는 거 아닙니까?"

"맞아. 얼마 전에 죽은 동부승지의 시신에서 창포검의 흔적을 찾았다고 오작인이 보고했어."

"그럼 동부승지를 검계나 살주계가 죽였다는 뜻일까요?"

"그게 아무나 들고 다닐 만한 건 아니잖아. 일단 창포검에 의해 죽은 사람들에 관한 기록을 찾아줘."

"틈날 때마다 찾아보도록 하지요. 그나저나 올해 나이가 몇이십니까?"

"열아홉이네. 나이는 왜?"

"아직 장가를 들지 않으셨다고 해서요. 관직에도 오르셨고 훤칠하신 분이 왜 안 갔나 다들 궁금해합니다."

"뭐가 있어야 장가를 가지."

완희의 말에 노인이 작게 웃었다.

"부모님이 아들 혼수 정도는 마련해주시겠지요."

"두 분 다 돌아가셔서 말이지. 어머니는 두 살 때, 아버지는 열한 살 때."

"이런. 죄송합니다."

노인의 사과에 완희가 고개를 저었다.

"괜찮아. 장가를 가기 위해서라도 하루빨리 의금부로 가야 할 텐데 말이야."

"거긴 실력뿐만 아니라 연줄도 있어야 하니까요."

"그래도 방법이 없겠어? 아무튼 자료 좀 찾아줘."

완희의 말에 노인이 책장을 살펴보면서 대답했다.

"되도록 빨리 찾아보도록 하지요."

"고맙네."

완희가 가볍게 고개를 숙여 인사한 뒤 문서고의 문을 열려는 순간, 문짝이 안쪽으로 왈칵 밀렸다. 미처 피하지 못한 완희가 문짝에 코를 세게 박았다. 그가 코를 싸쥔 채 펄쩍펄쩍 뛰고 있는데 반갑지 않은 목소리가 들려왔다.

"여기 계셨군요, 포교님."

화연은 마치 악귀라도 본 것 같은 얼굴의 완희를 지나쳐 문서고 안으로 들어온 뒤 주변을 살펴봤다.

"여기가 우포도청의 사건 기록을 모아놓은 문서고인가 봐요?"

"낭자가 볼만한 것은 없습니다."

완희의 말을 깨끗하게 무시한 화연이 물었다.

"여기 저희 아버지에 관한 기록도 있겠죠? 여기 관리인이 신가 봐요?"

뒤늦게 노인을 발견한 화연이 호기심 어린 말투로 물었다. 노인은 정중하게 대답했다.

"문서고에서 30년째 일하고 있지요. 문 노인이라고 부르십시오."

"전 동부승지 어르신의 무남독녀 외딸인 화연이라고 합니다. 저희 아버지 기록을 찾고 있어요. 장 자, 환 자, 길 자 쓰시고요."

"아쉽지만 여기에 있는 자료들을 보실 수는 없습니다. 문서고의 기록물은 외부인에게 공개하지 않는 게 원칙이라서요."

"여기서 잠깐 보는 것도요?"

화연이 아쉽다는 표정을 짓자 문 노인이 엷게 웃었다.

"제가 해드릴 수 없는 일이네요. 마음 같아서는 몰래라도 보여드리고 싶은데 저기 저승사자 같은 군관 나리가 계셔서요."

"저승사자에게도 실례되는 말이네요."

화연의 말에 문 노인은 터져 나오려는 웃음을 참으려고 애썼다.

"명색이 무과에 합격하신 포도청 포교 나리이십니다."

"그래도 저한테는……."

화연이 잠깐 뜸을 들인 뒤 못 들은 척 딴청을 피우고 있는 완희를 노려보면서 덧붙였다.

"아버지의 죽음을 제대로 파헤치지 못하는 무능한 자로 보입니다."

"아버님이 설사 살해당하셨다고 해도 범인을 그리 쉽게 찾을 수는 없을 겁니다."

"왜요? 포도청에서 조사만 똑바로 해도 될 일 아닌가요?"

화연의 반문에 문 노인이 차분하게 대답했다.

"살인이라고 해도 한밤중에 벌어진 일은 목격자를 찾기가 어렵습니다. 문서를 보아하니 아기씨가 유일한 목격자 같은데 자객의 외모나 생김새가 기억나십니까?"

화연은 잊고 싶었던 그날의 기억을 떠올렸다. 그러고는 천천히 고개를 저었다.

"어두워서 제대로 보지 못했어요."

"유일한 목격자인 아기씨조차 못 보셨다면 누가 봤겠습니까? 거기다 안타깝게도 시신이 불에 타서 상처를 확인할 수 없게 되었습니다. 타살이라는 증거도 없는 셈이지요. 안 그렇습니까?"

화연은 아랫입술을 질끈 깨물었다. 문 노인의 얘기가 이어졌다.

"변변한 목격자나 증거가 없는 상황에서는 제아무리 포도청이라도 어쩌지 못합니다. 그러니 과한 비난은 삼가주시길 바랍니다."

"하지만 저 사람은 기본적인 조사도 하지 않았다고요. 현장도 제대로 살펴보지 않았고, 탐문도 하는 둥 마는 둥 했어요."

"아기씨가 남 포교님의 뒤를 따라다니면서 다 살펴보지는 못하셨을 겁니다."

완희는 두 사람의 대화를 뒤로하고 조용히 문서고를 빠져나왔다. 문가에 귀를 대고 있던 곱분이 완희를 발견하고는 화들짝 놀랐다.

"뭐 하고 있는 게냐?"

"아기씨를 모시고 있습니다."

"모시는 게 아니라 염탐하는 것 같아서 그런다."

완희의 말에 곱분이 한숨을 쉬었다.

"워낙 고집이 세셔서 말입니다. 나리가 고생이 많으십니다."

"나 참, 주인이 뺨을 때리고 몸종이 위로해주는구나."

"이제 조금만 참으십시오. 금방 끝날 겁니다."

"끝나다니?"

완희가 반색을 하며 묻자 곱분이 문서고 쪽을 슬쩍 살핀 뒤 대답했다.

"주인마님이 가산을 정리해서 과천으로 낙향하신 지 몇 달 되었습니다. 이제 며칠이면 쌀이 바닥날 텐데 더 버티실 수 있겠습니까?"

곱분의 얘기를 들은 완희가 되물었다.

"그게 사실이냐?"

"사실이고말고요."

"돈이 나올 데는 없고?"

"혼인도 안 한 처자가 어디서 돈이 나오겠습니까?"

그때 문이 열리더니 장옷을 어깨에 걸친 화연이 나왔다. 놀란 곱분이 얼른 고개를 숙였고, 완희도 뒷걸음질로 물러났다. 화연이 두 사람 사이에 선 채 양쪽을 번갈아 바라봤다.

"둘이 뭐 하고 있었기에 이리 놀라는 거야?"

허리를 숙인 채 곱분이 대답했다.

"포교 나리께서 아기씨를 걱정하시기에 이런저런 얘기를

나눴습니다."

곱분의 얘기를 들은 화연이 쏘아보자 완희는 딴청을 피웠다. 그런 완희를 노려보다가 화연은 몸을 돌렸다.

"가자."

곱분이 종종걸음으로 화연의 뒤를 따라가다 고개를 돌려서 완희를 바라봤다. 그때 완희가 소리쳤다.

"낭자!"

걸음을 멈춘 화연이 돌아서자 완희가 다가와서는 말을 건넸다.

"혹시 일해볼 생각 없소?"

"일이요?"

화연의 물음에 완희가 한숨을 쉬고는 입을 열었다.

"죽은 여인들의 시신과 유품을 수습하는 일입니다."

옆에서 곱분이 펄쩍 뛰었다.

"뭐라고요? 우리 아기씨를 어찌 보고!"

화연은 곱분에게 가만있으라고 손짓하고는 완희에게 물었다.

"그걸 왜 저에게 맡기시려는 겁니까?"

"처리할 사람이 없으니까요."

"포도청에서 할 일이 아닙니까?"

완희는 화연의 반문에 고개를 저었다.

"포도청에서는 살인을 비롯한 범죄만을 다룹니다. 스스로 목숨을 끊은 일에는 관여하지 않죠. 문제는 그렇게 죽은 여인들의 시신과 유품을 정리할 사람이 없다는 겁니다. 시신을 염하고 수습하는 사람은 대부분 남자들이니까요. 그들도 자살한 사람의 시신은 재수가 없다면서 손대려고 하지 않습니다. 여인들이 머물던 장소에 남자들이 쉬이 들어갈 수도 없고, 특히 양반가 안채 같은 곳이라면 더더욱 난감해지는 셈이지요. 포도청에까지 와서 하소연을 하기도 하지만 저희로서도 딱히 도울 방도가 없습니다."

"시신을 검시하는 오작인들을 보내면 되지 않습니까?"

"처음에는 그랬습니다. 그런데 몇몇 오작인들이 죽은 여인들의 옷과 물건을 훔쳐서 팔다가 걸리는 바람에 포도대장이 파직당하는 일이 있었지요. 그 이후에는 오작인들을 보내지 않습니다."

"결국 같은 여인이 처리하는 게 적격이란 말이군요."

화연의 대답에 완희가 고개를 끄덕거렸다.

"낭자는 담력과 배포가 크고 법전을 꿰고 있으니 적임자 같습니다."

"그걸로 밥벌이가 되겠습니까?"

"한 건당 적어도 한 냥은 받을 수 있습니다."

"한 냥이요?"

옆에서 듣던 곱분이 소스라치게 놀랐다. 한 냥이면 쌀을
두 말이나 살 수 있었다. 그 정도라면 화연이 과천에 내려가
지 않을 수도 있겠다는 생각에 덜컥 겁이 난 곱분이 서둘러
나섰다.

"사람을 무시해도 유분수지. 우리 아기씨가 그런 일을 할
거라고 생각하십니까?"

완희는 발끈한 곱분을 힐끔 바라보고는 다시 입을 열었다.

"물론 어려운 일이라는 건 알고 있습니다. 하지만 일 자체
는 크게 힘들지 않고 벌이도 쏠쏠한 편이니까요. 듣자 하니
가족들이 낙향해서 먹고살 길이 막막하다고요. 그렇다고 반
가의 여식이 아무 일이나 할 수는 없는 노릇이니 일단 호구
지책으로 삼으시지요."

"그렇다고 이런 일을 하기는 좀……."

화연이 얼버무리자 완희는 회심의 미소를 지었다.

"만약 이 일을 맡아준다면 내가 낭자의 소원을 들어주리

다."

"소원이요?"

완희는 고개를 돌려서 방금 나온 문서고를 바라봤다.

"열 건을 처리해주면 문서고에서 낭자 아버지의 기록을 찾아볼 수 있도록 해드리겠소."

"정말입니까?"

눈을 동그랗게 뜬 화연을 보고 완희가 고개를 끄덕거렸다.

"그렇고말고요. 돈도 벌고 아버지의 기록도 찾아보고……
일거양득의 기회 아닙니까?"

화연도 고개를 돌려서 문서고를 바라봤다. 그 모습을 보고 곱분이 다급히 나섰다.

"아기씨! 안 됩니다. 주인마님이 아시면 어쩌시려고요."

잠깐 생각에 잠겼던 화연이 완희에게 말했다.

"생각할 시간을 주세요."

*

화연은 집으로 돌아가는 내내 침묵을 지켰다. 불안해진 곱분이 종종걸음으로 따라붙으며 말을 걸었다.

"아기씨, 설마 승낙하시려는 것은 아니지요?"

곱분의 물음에 화연은 발걸음을 멈추고 그녀를 쳐다봤다.

"왜? 나랑 같이 일하기 싫어서 그래?"

"아유, 무슨 말씀이세요."

곱분은 손사래를 치면서도 속으로는 뜨끔했다. 화연은 가끔 이상한 데서 눈치가 빨랐다. 그녀가 다시 발걸음을 떼자 궁시렁거리던 곱분이 서둘러 따라갔다.

"진짜 하시려는 건 아니죠?"

"못 할 것도 없잖아?"

"어유, 어찌 곱게 자란 아기씨께서 죽은 사람의 몸에 손을 대고 유품을 정리한단 말입니까?"

"벌이가 나쁘지 않잖아. 게다가 열 건만 하면 아버지의 기록도 볼 수 있게 해준대고."

"그 샌님같이 생긴 작자의 말을 믿으시는 겁니까?"

"외모로 사람을 판단하면 안 돼."

딱 잘라 말한 뒤 화연은 답답한 듯 머리에 쓰고 있던 장옷을 벗어서 어깨에 걸쳤다. 그러고는 거리를 오가는 사람들을 바라보면서 말했다.

"어쩌면 아버지의 죽음에 얽힌 비밀을 파헤칠 수 있는 좋은 기회가 될지도 몰라."

"주인마님께서 아시면 어쩌시려고요."

다급해진 곱분이 마지막 패를 내밀었다. 그러자 화연이 갑자기 주위를 돌아봤다.

"알리지 않으면 되잖아."

"나중에 마님께서 아시면 더 큰일 납니다."

"모르게 하면 되지. 이게 동네방네 소문날 일도 아니고."

화연의 말에 곱분은 가슴이 철렁했다. 주인마님은 한양을 뜨기 전에 곱분에게 화연의 행동거지를 잘 살펴보고 알려달라고 신신당부했다. 하지만 이런 일을 맡게 된다면 곱분으로서도 입을 다물 수밖에 없었다. 거기다 화연이 그 일을 한다면 곱분 역시 옆에서 도와야 할 게 분명했다. 곱분은 이래저래 골치가 아파서 자기도 모르게 얼굴을 찡그렸다.

*

화연이 떠나고 문서를 정리하던 문 노인이 문가에 기댄 채 바깥을 바라보던 완희에게 물었다.

"포교 나리, 뭐 하나만 여쭤봐도 되겠습니까?"

"그러시게."

"화연이라는 낭자에게 왜 그런 일을 맡기신 겁니까?"

"먹고살 길이 막막하다잖아."

"언제부터 그렇게 남의 일에 관심이 많으셨습니까? 의금부로 가는 것 외에는 일체 흥미가 없으셨던 걸로 아는데요."

포도청 밥을 오랫동안 먹은 만큼 문 노인의 질문은 날카로웠다. 완희는 저도 모르게 움찔했다.

"자꾸 민원이 들어오니 성가시기도 하고 그 댁 사정이 딱하기도 하고."

"성정이 강하고 똑 부러지긴 합니다만, 과연 그렇게 험한 일을 하겠습니까?"

"아버지의 억울한 죽음을 밝히고 싶다는데, 원하는 걸 얻으려면 자기 걸 내주기도 해야지."

"포교 나리께서는 의외로 냉정한 면이 있으십니다."

문 노인의 말에 완희가 피식 웃었다.

"그래야 출세하니까."

문서고를 나온 완희는 우포도대장 신숙철이 머무는 당상대청으로 향했다. 밖에서 자신의 이름을 고한 완희는 들어오라는 말이 떨어지자마자 가죽신을 벗고 디딤돌에 올라섰다. 종사관에게 뭔가를 지시하던 신숙철은 그에게 나가보라고 명한 뒤 두루마리를 펼쳤다. 그러고는 완희 쪽에는 눈길도 주지 않은 채 물었다.

"무슨 일인가?"

"고할 것이 있어서 왔습니다."

"말해보게."

"화연 낭자가 오늘도 찾아왔습니다."

"그래서?"

신숙철의 반문에 완희는 고개를 숙인 채 대답했다.

"듣자 하니 먹고살 길이 막막해 곧 낙향할지도 모른다고 해서 제가 제안을 하나 했습니다."

"제안?"

"자살한 여인들의 시신과 유품을 정리하는 일을 해보지 않겠느냐고 말입니다."

완희의 대답을 듣고 신숙철은 두루마리에서 눈을 뗐다. 쉰 줄에 가까워진 그는 오랫동안 무관으로 일한 탓에 강건한 눈매를 가지고 있었다. 유능하고 왕실에 대한 충성심이 깊은 데다가 당파에 휩쓸리지 않아서 새 임금이 즉위한 뒤에 우포도대장으로 임명되었다. 완희의 보고를 받은 신숙철이 물었다.

"왜 그런 제안을 한 건가?"

"만약 한양에서 지내지 못하고 낙향을 하게 되면 제대로 감시하지 못하게 될까 봐 그랬습니다. 그 일을 하게 되면 한양에 그대로 머물 수 있는 데다가 주기적으로 우포도청에 와야 하기 때문에 지켜보기가 수월할 것 같아서 말입니다."

대답을 들은 뒤 신숙철이 한 손으로 수염을 쓰다듬으며 말했다.

"알겠네. 관련해 계속 보고해주게."

얘기를 마친 신숙철이 다시 두루마리를 들여다보자 나가지 않고 머뭇거리던 완희가 물었다.

"그런데 왜 죽은 동부승지의 가족을 감시하라고 하신 겁니까?"

신숙철이 두루마리에서 눈을 떼지 않은 채 대답했다.

"자네 생각은 어떤가?"

"역적의 가족이라 그러신 게 아닌가 싶었습니다만……."

완희의 얘기가 끝나기도 전에 신숙철이 손바닥으로 서안을 내리쳤다.

"역적이라니, 동부승지가 어째서 역적이란 말인가?"

"그, 그게 아니오라……."

"역모 혐의를 받았을 뿐, 증거가 나오진 않았네. 설사 역모를 꾸몄다고 해도 가족들까지 연좌를 시키는 것이 온당하다고 생각하는가?"

"물론 아닙니다."

"죄를 죄로 처벌해야지, 함부로 죽인다고 능사가 아닐세. 더군다나 가족들이 무슨 죄가 있다고 처벌한단 말인가? 내가 죽은 동부승지의 가족들을 지켜보라고 한 것은 감시하라는 뜻이 아니라 보호하라는 뜻이었네."

"보호라고요?"

완희의 반문에 신숙철이 깊은 한숨을 쉬었다.

"자네도 저잣거리에서 전하와 대비마마가 사도세자의 죽음에 연루된 자들을 은밀히 처단하고 있다는 소문을 들은 적이 있을 걸세."

그 질문을 듣고 완희는 마른침을 삼켰다. 포졸들로부터 전해 듣긴 했지만 함부로 입 밖에 낼 수 있는 얘기가 아니었다. 완희의 표정을 살핀 신숙철이 말했다.

"죽은 동부승지 역시 사도세자의 죽음에 연루된 인물이었지.

그러니 가족들에게 마수가 뻗치지 않으리라는 법이 있겠나."

"그래서 지켜보라고 하신 겁니까?"

신숙철은 깊게 한숨을 쉬었다.

"만약 동부승지의 죽음이 전하나 대비마마의 뜻이라고 해도 이런 식의 처리는 옳지 않아. 그러니 일단 지켜보는 수밖에."

비로소 신숙철이 화연을 감시하라고 한 이유를 알게 된 완희는 긴장감에 억눌려 있던 숨을 내쉬었다.

*

다음 날, 완희는 아침 댓바람부터 들이닥친 화연을 복잡 미묘한 표정으로 맞이했다.

"하겠어요."

화연의 대답을 예상한 듯 완희는 바로 소매에서 작게 접힌 종이를 꺼내 내밀었다.

"여기에 적힌 곳으로 가시오. 얘기는 미리 해뒀으니 내 이름을 대면 안으로 들여보내줄 겁니다. 앞으로 일이 생기면 관노를 보내서 알려드리겠습니다."

"어떻게 죽은 건가요?"

"자기 방 대들보에 목을 맸습니다."

"어떤 사람입니까?"

화연의 물음에 완희가 대답했다.

"방씨라는 돈 많은 과부입니다. 젊은 나이에 남편을 잃고 남긴 재산을 굴려서 부를 축적했죠."

"그런데 왜 갑자기 자액을 한 건가요?"

완희는 어깨를 으쓱거렸다.

"그간 외로웠다는 유서를 남겼습니다. 주변 사람들이 필적을 확인해줘서 포도청에서 따로 조사를 하지 않은 거고요."

"제가 가서 뭘 하면 됩니까?"

"시신은 대충 수습했다니까 수의로 갈아입히고, 방 안의 유품들을 정리해서 유족들에게 건네주시면 됩니다. 그러고 나면 유족들이 돈을 줄 겁니다. 일이 끝나면 저에게 와서 얘기해주시고요."

"알겠습니다."

화연이 짤막하게 대답하고 돌아서자 등 뒤에서 완희가 말했다.

"혹, 생각이 바뀌면 언제든 얘기해주시오."

"그럴 일 없을 겁니다."

화연은 단호하게 말한 뒤 장옷을 머리에 쓰고 밖으로 나갔다. 우포도청 앞에서 기다리고 있던 곱분이 화연을 보고 달려와 물었다.

"어디로 갑니까?"

화연은 건네받은 쪽지를 펼쳤다.

"경강의 마포진으로 갈 거야."

"거기는 강대 사람*들이 사는 곳 아닙니까?"

"그자들을 상대로 객주를 운영했다나 봐."

"제가 다 할 거니까 너무 염려하지 마세요."

곱분이 결연한 표정으로 팔을 걷어붙이는 시늉을 해 보이자 화연이 피식 웃었다.

"도망이나 치지 마."

곱분이 풀 죽은 표정을 짓자 화연이 웃으며 덧붙였다.

"도와준다고 해서 고마워."

---

* 한강(당시 '경강'이라 불림) 일대에 살던 사람들.

*

　　숭례문을 나온 두 사람은 경강으로 향했다. 봄을 시샘하는 쌀쌀한 바람이 화연의 코끝을 스치고 지나갔다. 경강이 가까워지면서 주변 풍경이 달라졌다. 텃밭이 있는 언덕을 넘어가자 구불구불하게 흐르는 강줄기와 배들이 보였다. 크고 작은 돛대들이 숲처럼 빽빽하게 마포진을 채웠다. 포구 주변에는 난전이 열려서 시끌벅적했다. 난전 근처에 다다른 화연이 다시 쪽지를 펼쳤다.

　　"난전 옆 장승 뒤쪽, 객주 다음다음 집이라고 했는데……."

　　"저기 장승이 있네요."

　　주변을 살피던 곱분이 장승을 발견하고는 손가락으로 가리켰다. 화연은 그쪽을 바라보며 말했다.

　　"뒤쪽에 객주가 보이는구나. 저쪽으로 가자."

　　담장을 두른 집들과 달리 객주는 행랑채의 문이 모두 밖을 향했다. 대문 옆에는 커다란 마구간이 있어서 여러 필의 말들이 나란히 서 있었다. 시끌벅적한 객주를 지나자 언덕으로 집들이 이어졌다. 초가집들 사이로 난 골목길 끝에 커다란 기와집이 있었고, 그 대문에 상중임을 뜻하는 노란 등이 걸려 있었다. 안에서 희미하게 곡소리가 들려왔다.

"저긴가 봐."

"그러게요, 아기씨."

보따리를 쥔 곱분의 손이 덜덜 떨렸다. 화연이 곱분의 손을 감싸 잡으며 말했다.

"곱분아 힘들겠지만 좀 도와줘. 반드시 이 일을 해내고 누가 아버지를 죽였는지 밝혀내고 싶어."

"네, 아기씨."

화연은 곱분과 함께 집 안으로 들어갔다. 거적이 깔린 마당에 곡비*들이 쪼그리고 앉아서 울고 있었다. 낯선 여인들이 들어서자 사람들의 시선이 한꺼번에 쏠렸다. 화연과 곱분도 막상 집 안으로 들어선 뒤에는 어찌할 바를 몰라서 우물쭈물 서 있는데 푸른색 도포 차림의 사내가 다가왔다.

"어디서 오셨습니까?"

뭐라고 대답할지 고민하던 화연이 간신히 입을 열었다.

"우포도청 남완희 군관의 소개로 왔습니다."

그러자 사내가 반색을 했다.

---

* 哭婢. 남의 집 장례식에 와서 유족 대신 울어주는 일을 하던 여성.

"아! 기다리고 있었습니다. 저는 이 집안의 종복들을 다스리는 청지기 손집평이라고 합니다."

키가 크고 시원시원한 그는 공손하게 안채 쪽을 가리켰다.

"저기에 계십니다."

화연과 곱분은 통곡하는 곡비들을 지나 안채로 향했다. 담장이 높은 데다가 대나무를 빽빽하게 심어서 안쪽이 보이지 않았다. 문을 열고 들어서자 한편에 장독들이 놓인 마당이 나왔다. 안채는 건물들이 마당을 빙 둘러싼 형태였다. 대청 가운데에 이불로 감싸인 시신이 있었다. 그걸 본 곱분은 화연의 뒤에 숨었다. 화연 역시 떨리는 손을 소매 속에 감췄다. 손집평은 시신이 누워 있는 대청 옆방을 가리켰다.

"저곳이 주인마님께서 거처하시던 방입니다."

화연은 대청 쪽을 바라보다가 담장으로 시선을 돌렸다. 안에서도 바깥이 보이지 않았다. 화연을 따라 시선을 옮긴 손집평이 쓴웃음을 지었다.

"마님께서는 다른 사람들의 시선을 피하고 싶어 하셨습니다."

"왜요?"

"과부가 혼자 살면서 바깥일을 한다고 온갖 소문이 돌았거든요. 무뢰배들이 시시때때로 괴롭혀서 아예 안채는 밖에서 들여다볼 수조차 없게 하셨습니다. 허락 없이는 아무도 안에 들이지 않으셔서 시신도 하루가 지난 다음에야 발견되었습니다."

"그런 사연이 있었군요."

"마님은 자신을 둘러싼 나쁜 소문들 때문에 힘들어하셨습니다. 사정을 잘 모르는 사람들은 왜 갑자기 스스로 목숨을 끊으셨는지 이해할 수 없다고 하지만 저는 충분히 이해합니다. 그런 일들이 계속 쌓이면서 지치셨던 거죠."

"시신은 누가 발견한 겁니까?"

"곁에서 마님을 모시는 몸종인 연지가 발견했습니다. 안채에는 누구도 함부로 들어갈 수 없었지만 연지는 예외니까요."

손집평이 담담하게 얘기한 뒤 덧붙였다.

"쓰시던 물건들을 잘 정리해주십시오."

"수의는 어디 있습니까?"

화연의 물음에 손집평이 대청 구석을 가리켰다.

"저기에 있습니다. 수의를 입혀주시면 뒷일은 염장이가 맡을 겁니다. 마님이 쓰시던 물품들은 밖에 내놔주시면 저희가 정리하겠습니다."

"속옷 같은 건 따로 정리하겠습니다."

"네, 몸종인 연지에게 따로 건네주십시오."

"문서 같은 건 어찌합니까?"

"일일이 번거롭게 확인하실 것 없이 통으로 제게 건네주시면 됩니다."

"따로 챙겨야 할 게 있나요?"

"없습니다."

화연이 알겠다는 듯 가만히 주억거리자 손집평은 고개를 꾸벅 숙여 보인 뒤 등을 돌렸다.

"돌아가신 마님은 어떤 분이셨나요?"

화연의 조심스러운 물음에 문 쪽으로 걸음을 옮기던 손집평이 우뚝 멈춰 섰다. 그는 땅이 꺼져라 깊은 한숨을 쉬고는 대답했다.

"억척스러운 분이셨죠. 여기 오시는 길에 객주를 보셨습니까?"

화연이 고개를 끄덕거리자 손집평의 설명이 이어졌다.

"원래 돌아가신 바깥어른이 운영하시던 겁니다. 20년 전에 갑작스럽게 돌아가신 이후, 마님께서 이어받으셨죠."

"집안일만 하시던 분이 어찌 객주를 운영했단 말입니까?"

"그러게 말입니다. 그뿐만 아니라 객주를 운영해서 번 돈을 장사꾼들에게 빌려줘서 재산을 많이 불리셨습니다."

"만만찮은 일이었을 텐데요."

"제가 10년 넘게 모시면서 지켜본 바로는 매일 새벽에 일어나셔서 밤이 이슥할 무렵까지 주무시지 않으셨습니다. 밤낮없이 일에 몰두하셨죠. 과부 혼자서 뭘 하겠느냐며 비아냥거리고 손가락질하던 세간의 목소리를 물리치고 보란 듯이 객주를 번창하게 만드셨습니다."

"그런데 어째서?"

화연이 안타까운 듯 말을 잇지 못하자 손집평이 바깥쪽을 힐끔 쳐다보고는 말을 이었다.

"최근에 많이 힘들어하셨습니다. 객주를 경강상인에게 팔았는데 그 소식을 듣고 일가친척이 다 몰려들었거든요."

손집평은 거기까지만 얘기하고 입을 다물었지만 화연은 그다음 전개를 충분히 짐작했다. 갑자기 큰돈을 쥐게 되었다는 소식을 듣고 사방에서 몰려들었을 것이다. 거기다 과부였으니 보호가 필요하다는 명목으로 핑곗거리도 충분했을 테고 말이다. 화연의 안색이 어두워지자 손집평이 덧붙였다.

"마음고생을 하셔서 그런지 몸도 많이 안 좋아지셔서 상심이 크셨습니다. 객주를 판 이후에 눈에 띄게 의기소침해지시긴 했지만 이런 선택을 하실 줄은 꿈에도 몰랐습니다."

"힘든 얘기를 꺼내주셔서 감사합니다. 어떤 사연인지 알아야 그에 걸맞은 예를 갖출 수 있을 테니까요."

"별말씀을요. 시신을 모시는 일로 고민이 많았는데 마침 와주셔서 감사합니다. 다시 한번 당부드리자면 유품을 정리하실 때 문서는 반드시 따로 모아서 저에게 주시기 바랍니다."

손집평의 요구에 화연이 물었다.

"무슨 연유라도 있는지요?"

"갑작스럽게 마님이 돌아가시자 재산을 노리는 일가친척이 몰려와서 골치가 아픈 상황입니다. 자칫 문서로 수작을 부리려는 작자가 생길 수도 있어서 각별히 당부드렸습니다. 저는 이미 견제를 받고 있어 나서기가 조심스러우니 대신 좀 부탁드립니다."

"일단 시신에 수의를 입히고 방을 정리하겠습니다. 그때 나오는 것들은 모두 전해드리죠."

"알겠습니다. 밖에 있을 테니까 끝나는 대로 알려주십시오. 주인마님을 잘 부탁드립니다."

공손하게 인사를 한 손집평이 안채의 문을 닫고 밖으로 나갔다. 고즈넉하게 새소리만 이어지는 가운데 곱분이 보따리를 내려놓으면서 털썩 주저앉았다.

"그럼 저기에 있는 게 시, 시신입니까?"

"그런가 보다. 가자."

화연은 마당을 가로지른 뒤 댓돌 위에 신발을 벗고 대청에 올라섰다. 울상이 된 곱분이 덜덜 떨면서 뒤따랐다. 숨을 고른 화연은 시신 옆에 앉아서 천천히 이불을 들추었다. 끔찍하거나 무섭다는 생각보다 공허함이 느껴졌다. 환갑쯤 되어 보이는 여인은 고개가 살짝 옆으로 젖혀져 있었다. 목에 푸른 멍이 목걸이를 두른 듯 선명했다. 코와 입에는 허연 거품 같은 것이 차 있었다. 그런 흔적이 없었다면 마치 깊은 잠에 빠져든 사람 같았을 것이다. 화연의 어깨 너머로 여인의 시신을 살펴보던 곱분이 조심스럽게 물었다.

"목을 맨 것입니까?"

"그런 것 같아. 왜 더 살고 싶지 않았을까?"

화연의 말에 곱분이 담장에 둘러싸인 안채를 두리번거리

면서 대답했다.

"숨 막히지 않았을까요? 여긴 완전히 감옥 같은데요."

"아까 전해 듣기로는 죽은 남편을 대신해서 객주를 운영하고 대금업에도 손을 댄 모양이야. 하루가 모자랄 만큼 바쁘게 살았다고 하더라. 그렇게 바쁜 사람이라면 감옥 같다고 느낄 새도 없었겠지."

"그럼 왜 죽은 거랍니까?"

곱분의 반문에 화연은 고개를 갸웃거렸다.

"그러게. 유서에는 지치고 외로웠다고 적혀 있었대."

"이런 집에서 먹고 입을 걱정 없이 살면서 뭐가 그리 힘들었을까요?"

"먹고 입을 게 풍족하다고 사람의 괴로움이나 고독이 전부 해결되는 건 아니거든."

"전 배불리 먹고 살 수만 있으면 고민 같은 건 없을 것 같아요."

곱분의 말에 화연은 쓴웃음을 지었다.

"하지만 하나의 문제가 해결되면 그다음 문제가 보이는 법이야. 어서 일하자."

곱분은 대청에 눕혀진 시신을 곁눈질로 바라봤다.

"수의를 어찌 입힐까요?"

"일단 입고 있는 옷을 벗겨야지."

"시신의 몸에 손을 대야 한다굽쇼?"

곱분이 사색이 되자 화연이 나서서 움직였다.

"그럼 시신이 알아서 옷을 벗겠니? 가위 가져왔지?"

"네, 아기씨."

"옷을 가위로 잘라서 벗긴 다음에 수의를 입히자."

화연은 곱분에게서 가위를 건네받은 뒤 누워 있는 여인의 머리맡에 앉아서 말을 건넸다.

"잠시 몸에 손을 대겠습니다. 부디 극락왕생하십시오."

얘기를 마친 뒤 화연이 가위로 저고리의 어깨 부분을 잘랐다. 서걱거리는 소리와 함께 가위질을 하던 화연이 곱분에게 말했다.

"소매가 걸리적거리는구나. 다음부터는 소매를 끈으로 묶든지, 팔찌 같은 걸 해야겠다."

"명심해서 준비하겠습니다."

치마와 속곳까지 말끔하게 잘라낸 화연이 한숨을 내뱉으며 이마에 흐르는 땀을 닦아냈다. 그러자 곱분이 재빨리 구석에서 수의를 챙겨 왔다.

"고생하셨습니다, 아기씨."

"입히는 게 어려울 거야. 사람이 죽으면 몸이 뻣뻣하게 굳어버리거든."

그 말을 듣고 곱분이 조심스럽게 시신의 팔목에 손을 갖다 댔다. 그러고는 놀란 표정으로 화연을 바라봤다.

"몸이 얼어붙은 것 같습니다. 이렇게 된다는 걸 어찌 아셨습니까?"

"《신주무원록》을 보면 죽은 지 반나절 이후부터 시신의 몸이 굳어진다고 나와. 한여름에는 그때부터 썩기 시작하고."

수의를 펼친 화연이 한숨을 쉬었다.

"속곳부터 천천히 조심스럽게 입혀야 해. 네가 잡아줘."

"알겠습니다."

곱분은 눈을 질끈 감고 차디차게 굳어버린 여인의 다리를 잡았다. 그 모습을 본 화연이 고개를 절레절레 흔들고는 속곳을 다리 사이에 끼웠다.

어느새 치마와 저고리까지 입힌 뒤 화연은 깊은 한숨을 쉬면서 손으로 부채질을 했다. 곱분 역시 인상을 찡그린 채 숨을 몰아쉬었다. 기운을 차린 화연이 이불을 끌어다가 여인의 시신을 덮어줬다.

"이제 방으로 들어가자."

화연은 숨을 고르면서 안방의 미닫이문을 열어젖혔다. 화
연의 어깨 너머로 방 안을 본 곱분은 놀라서 눈이 휘둥그레
졌다.

"우와! 안방이 아니라 사랑방 같은데요?"

"그러게."

열 폭이 넘는 병풍 앞에는 보라색 보료가 깔려 있었다. 값
비싼 비단으로 만들고 솜을 두툼하게 넣은 보료였다. 그 옆
에는 사각형 안침이 있었고, 학이 새겨진 안석이 보료 위에
비스듬하게 놓여 있었다. 모서리의 사방탁자에는 책과 도자
기가 층층이 자리했다. 긴 책상 모양의 경상과 문서 및 편지
를 보관하는 문갑, 그리고 벼루와 붓을 보관하는 벼루 탁자
까지 문방사우 용품이 빼곡했다. 한동안 그것을 살펴보다가
화연이 말했다.

"바깥일에 매진한 흔적이로구나."

화연을 따라 방을 살피던 곱분은 자개로 만든 경대를 보
고 입을 열었다.

"그래도 경대가 깨끗한 걸 보니 여인이 쓰던 방이 맞네요."

"그러게 말이다. 나눠서 일을 하자."

"제가 뭘 할까요?"

"농이랑 문갑에 있는 것들을 꺼내. 물건들을 종류별로 나눠서 대청에 차곡차곡 정리해놓자. 나는 경상이랑 서안을 살펴볼게."

"네, 아기씨."

화연은 곱분이 농을 열고 옷가지를 꺼내는 것을 지켜보다가 경상의 서랍을 열었다. 둘둘 말린 작은 두루마리와 붓이 몇 개 있었다. 하나씩 꺼내서 경상에 올려놓은 뒤 옆에 있는 벼루 탁자의 뚜껑을 열었다. 먹물이 채 마르지 않아 붓과 엉겨 붙어 있었다. 그 옆에는 종이 뭉치가 구겨진 채 널브러져 있었다. 화연은 슬며시 웃었다. 바깥일을 할 때는 엄격하고 까다로웠다는 방 여인이 이곳에서 홀로 머물 때는 서랍과 벼루 탁자 안도 제대로 정리하지 않고 지저분하게 놔둔 것이 왠지 친근하게 느껴졌다. 동시에 고인의 사적인 비밀을 엿보는 것 같아서 죄책감도 들었다. 화연은 그런 마음을 잊기 위해 서둘러 일에 몰두했다. 곱분이 농에서 꺼내놓은 옷들을 정리하는 사이, 화연은 경상과 벼루 탁자에 있는 것들을 꺼내놓고는 문갑을 열었다. 안에는 잘 접힌 문서들이 쌓여 있었다. 주로 수결이 찍힌 집문서와 노비문서들이었다.

제일 안쪽에는 자개로 된 작은 함이 있었다. 그 안에서 금붙이 몇 개와 객주의 매매 문서들이 나왔다. 차례차례 정리하던 화연은 마지막으로 벽에 걸린 고비를 내려놨다. 나무로 된 고비에는 둘둘 말린 편지들이 대충 꽂혀 있었다. 그사이 옷 정리를 마친 곱분이 화연에게 다가왔다.

"그건 뭔가요?"

"서신."

내용은 다양했다. 오라버니인 방 진사는 아들이 과거 준비를 하는 데 필요한 돈을 꾸어달라고 했고, 나중에 들인 듯한 양자 부부는 형식적이고 성의 없는 안부를 전해왔다. 전라도를 비롯해 팔도 각지에서 올라온 서신들도 있었는데 대개 언제까지 물건을 보낼 테니 맡아서 팔아달라는 내용이었다. 하나하나 빠르게 확인하며 정리하던 화연은 마지막 서신을 펼쳐 들었다. 그 내용을 읽으며 화연의 표정이 점점 굳어졌다. 옆에서 곱분이 물었다.

"뭐라고 쓰여 있길래 그러세요?"

"영월에 사는 외거노비가 보낸 건데, 분부한 대로 새집을 깨끗하게 치웠고, 밭도 사났다는 내용이야."

"영월이면 한양에서 천 리나 떨어진 곳인데 거기 집은 왜

샀을까요?"

곰곰이 생각하던 화연이 곱분에게 물었다.

"아까 청지기가 안주인이 돌아가시기 전에 객주를 팔았다
고 했지?"

"네."

화연은 조금 전에 치운 경상과 서안을 떠올렸다. 그리고
자기도 모르게 중얼거렸다.

"정돈이 되지 않았어."

"뭐라고요?"

곱분의 물음에 화연이 답했다.

"벼루에는 먹물 자국이 남았고, 종이도 뭉쳐서 던져놨어.
붓도 제대로 정리하지 않았고."

"그거야 귀찮아서 그런 거 아니겠어요?"

화연은 미묘한 표정을 지으면서 고개를 저었다.

"나도 그렇게 생각했는데, 아니야."

"뭐가 아니라는 말씀이십니까?"

화연은 눈을 감은 채 한동안 생각에 잠겼다가 입을 열었다.

"스스로 목숨을 끊기로 한 자는 주변을 말끔하게 정리한
후에 결행한다. 물에 뛰어든 자는 신발을 벗어서 가지런히

정리하고, 자액하는 자는 옷고름을 단단히 해서 풀어지는 것을 막는다."

"무슨 말씀이십니까?"

영문을 몰라 하는 곱분을 보며 화연이 눈을 크게 떴다.

"《신주무원록》에 나오는 구절이야. 스스로 목숨을 끊었다면 분명히 주변을 정리하고 일을 마무리했을 텐데, 벼루 탁자와 경상 안이 정리가 하나도 안 돼 있잖아."

"귀찮아서 그런 거 아닐까요? 죽는 판국에 뭘 정리를 하고 그러겠어요."

곱분의 심드렁한 대꾸에 화연은 고개를 저었다.

"고비에서 나온 서신도 이상해. 강원도에 집과 밭을 사놓고 깨끗하게 치우라고 지시했잖아. 자살을 결심한 사람이 할 행동이 아니야."

화연은 영문을 몰라 하는 곱분을 놔두고 벌떡 일어났다. 그러더니 문을 밀고 나가서 대청에 누운 여인의 시신을 살폈다. 뒤따라 나온 곱분이 물었다.

"왜 그러십니까?"

"혀가 안 나와 있지?"

화연의 물음에 곱분이 고개를 끄덕였다.

"그런 것 같습니다."

"스스로 목을 매면 혀가 입 밖으로 나오게 되어 있어."

"하지만 목에 밧줄 자국이 있는데요?"

곱분의 물음에 화연은 여인의 고개를 옆으로 돌려서 살펴봤다.

"자액한 시신의 목에 감긴 밧줄 자국을 액흔이라고 부르는데, 이걸 봐. 붉은색이야."

"그게 이상한 겁니까?"

"스스로 자액하면 목에 남은 액흔은 검붉은색이 되어야 해."

"왜요?"

"《신주무원록》에 화비로 위장한 사건 기록들이 남아 있어. 자액을 하면 검붉은색, 거짓으로 흔적을 남기면 붉은색이 남는대."

화연은 시신의 목을 가만히 들여다보다 확신에 찬 목소리로 말했다.

"이건 화비로 만든 거짓 흔적이야."

"화비가 뭡니까?"

"불로 달군 비녀. 그걸 목에 대서 가짜로 액흔을 남긴

거지."

어리둥절해하던 곱분은 화연의 말뜻을 알아차리고는 소스라치게 놀랐다.

"아, 아기씨, 그 말씀은……."

시신을 살펴보던 화연이 몸을 일으켜 문 쪽을 바라봤다. 곡비들의 흐느낌 소리가 가늘게 들려왔다. 한동안 바깥을 살피던 화연이 입을 열었다.

"집안사람 누군가가 이 여인을 살해하고 자액으로 위장한 거야."

화연의 얘기를 들은 곱분이 부들부들 떨었다.

"대체 누가 그런 천벌받을 짓을 했을까요?"

"지금부터 찾아봐야지."

곱분이 다급하게 화연의 치맛자락을 움켜잡았다.

"아기씨가 왜요?"

"그럼 이대로 내버려둬? 꼭 우리 아버지 같잖아. 억울하게 죽임을 당하고도 누구 하나 진실에 관심을 두지 않아."

"그럼 우리가 나설 게 아니라 포도청에 맡겨야지요."

화연은 코웃음을 쳤다.

"나보고 이 여인이 자살했다고 한 게 바로 그 포도청 군관인 걸 잊었어? 알리더라도 명백한 물증을 찾은 다음에 말할 거야."

"하지만 무슨 수로 물증을 찾습니까?"

화연은 곱분의 물음에 차분하게 대답했다.

"범인은 내가 이 사실을 알고 있다는 걸 몰라. 아니, 내 존재조차 모를 가능성이 높지. 그러니까 한 명씩 붙잡고 물어봐야지."

"너무 위험합니다, 아기씨."

곱분의 만류에 화연은 수의를 입은 채 대청에 누워 있는 여인을 바라봤다.

"저분을 봐. 젊을 적에 남편을 잃고 그 유지를 이어서 악착같이 일했어. 단지 열심히 일했다는 이유만으로 온갖 억측과 야유에 시달리면서 말이야. 그런데 집안사람 누군가에게 죽임을 당한 것도 모자라서 자액한 것으로 꾸며졌잖아. 모르면 몰라도 알게 된 이상 그냥 넘어갈 수는 없어."

단호한 화연의 말에 곱분은 더 이상 말리지 못했다. 한번 발동이 걸리면 누구도 말리지 못한다는 걸 어릴 때부터 익히 경험한 터였다.

"어찌하시게요?"

체념한 곱분의 물음에 화연이 눈빛을 반짝거리며 답했다.

"나한테 계획이 있어."

*

곡비들이 잠시 쉬는 중인지 바깥이 조용했다. 안채와 연결된 문이 열리자 사람들의 시선이 일제히 몰려들었다. 화연은 문을 열고 나온 뒤 한 손으로 이마를 짚은 채 그대로 주저앉았다. 뒤따라 나온 곱분이 호들갑을 떨었다.

"아기씨! 괜찮으십니까?"

손집평이 다가와 곱분에게 물었다.

"어찌 된 게냐?"

"저희 아기씨가 일하시다가 갑자기 어지럽다고 하셔서요. 잠깐 쉬셔야 할 것 같습니다."

곱분의 말을 들은 손집평이 큰 소리로 말했다.

"얼른 저쪽으로 눕혀라."

여종들이 화연을 사랑채의 대청에 눕혔다. 곱분이 부채질을 해주고 여종들이 물을 떠 와 먹이자 화연은 신음 소리를 내면서 눈을 떴다.

"괜찮으십니까?"

곁에서 초조하게 지켜보던 손집평이 묻자 화연은 힘겨운 듯 고개를 끄덕거렸다. 그러자 툇마루에 걸터앉아서 다리를 떨던 중년의 사내가 이죽거렸다.

"거봐, 내가 이상한 계집은 데려오지 말라고 했잖아."

그 얘기를 듣고 손집평이 발끈했다.

"말씀 함부로 하지 마십시오. 주인마님의 마지막 가는 길을 챙겨주시는 분입니다."

"그냥 돈에 환장한 천것들 몇 불러다가 처리하라니까."

"방 진사님! 어찌 마님을 그런 자들에게 맡길 수 있단 말입니까!"

그러자 중년의 사내가 벌떡 일어나서 짜증을 냈다.

"청지기 주제에 감히 어디다 대고!"

큰소리가 오가자 사랑채 문이 벌컥 열리더니 젊은 사내가 나왔다.

"상중에 이 무슨 소란입니까! 당장 멈추십시오!"

그가 호통을 치자 손집평과 방 진사는 못마땅한 얼굴로 고개를 돌렸다. 마당으로 나온 사내 뒤로 키 큰 여인이 모습을 드러냈다. 젊은 사내가 두 사람에게 말했다.

"두 분 모두 여긴 제집이라는 사실을 잊지 마십시오."

방 진사가 콧방귀를 뀌었다.

"환장하겠네. 누이가 살아 있을 때는 쳐다보지도 않다가 이제 와서 주인 행세를 하려고 들어?"

"그간 사정이 있어서 그랬습니다. 하지만 양자인 제가 어머니의 유지를 잇는 건 당연합니다."

"한 것도 없으면서 이제 와서 양자 타령이야!"

방 진사가 고래고래 소리를 지르면서 삿대질을 하자 지켜보던 여인이 나와서 사내의 팔을 잡았다.

"당신이 참으세요. 초상집에서 싸우는 목소리가 담장 밖으로 나가면 상주인 당신 체면이 뭐가 되겠습니까."

그 얘기를 듣고 방 진사는 어이없다는 표정을 지었다.

"얼씨구, 짚신도 제짝이 있다고 부부끼리 잘들 논다."

대청에 누워 있던 화연은 들려오는 얘기에 귀를 기울였다. 한편으로는 주변 사람들을 살폈다. 죽은 여인의 재산을 차지하기 위해 몰려든 불나방들이 혹시라도 한밑천 차지하지 못할까 봐 전전긍긍하는 모습이었다. 행랑채 쪽에도 일가친척인 듯한 남자가 상복을 입은 채 창백한 얼굴로 서 있었다. 그는 파리한 얼굴로 안절부절못하며 상황을 지켜봤다. 다툼은 키 큰 여인이 남편의 팔을 잡고 사랑채로 들어가면서 끝이 났다. 방 진사는 마당에 침을 뱉으며 양자 부부를 욕하고는 별채 쪽으로 사라졌다. 청지기인 손집평은 찌푸린 얼굴로 그 광경을 지켜보다가 누워 있던 화연에게로 시선을 돌렸다.

"괜찮습니까?"

화연은 힘들어하는 척하면서 몸을 일으켰다.

"좀 나아졌습니다."

"꿀물을 타 오라고 했습니다. 드시고 잠깐 쉬십시오."

"폐를 끼쳤네요. 죄송합니다."

화연이 미안한 표정으로 고개를 숙이자 손집평이 희미하게 웃었다.

"폐는요. 마님을 돌봐주시다가 그러신 거니 잘 챙겨드려야지요. 그나저나 못 볼 꼴을 보여드려서 죄송합니다."

화연은 겸연쩍은 듯 고개를 돌린 손집평에게 천진난만한 표정으로 물었다.

"초상집에서 다툼이야 흔한 일이죠. 그런데 저분들은 왜 싸우는 건가요?"

"마님의 재산 때문이죠. 객주를 제법 비싼 값에 팔았다는 소문이 돌아서 다들 불나방처럼 몰려든 겁니다."

"그럼 마님이 돌아가셨을 때 저분들도 다 이 집에 있었나
요?"

화연이 최대한 아무렇지 않은 듯 물었다.

"한 달 전부터 진을 치고 있었습니다. 그러다가 마님이 갑
자기 돌아가시니까 유산을 독차지하려고 저 난리를 치는 중
입니다."

"방 진사라는 분이 돌아가신 분의 오라버니죠?"

"그렇습니다. 말이 진사지, 까막눈에 술과 색만 밝히는 작
자죠. 마님께도 여러 차례 손을 벌렸다가 다 탕진했습니다."

"마님께서도 불편해하셨겠네요."

"손윗사람이라 대놓고 티를 못 내셨죠. 생각 같아서는 발
길도 들이지 못하게 하고 싶어서 몇 번이고 마님을 설득했
으나 결국은 막지 못했습니다. 이번에도 객주를 팔았다는
소식을 듣자마자 냉큼 나타나서는 별채에 들어앉았습니다."

"사랑채에 머물고 있는 건 마님이 들이신 양자 부부인가
요?"

"그 부부도 골칫거리입니다. 마님께서 후사가 없으셔서
나중에 제사상이라도 받을 요량으로 양자를 들였지요."

손집평은 양자 부부가 들어앉은 사랑채를 노려보며 이를 갈았다.

"저 부부가 고인에게 보낸 안부 편지를 봤습니다."

화연이 나지막하게 말하자 손집평은 흥분한 목소리로 말을 이었다.

"먼 친척의 막내아들인데 제법 똑똑하고 예의가 바르다며 집안 어른들이 하도 재촉을 해서 양자로 맞이했지요. 그런데 양자가 되자마자 과거 준비를 할 수 있게 돈과 노비를 나눠달라고 하는데……. 나 원 참. 아무튼 마님께서 골치깨나 아프셨답니다."

"양자라면 곁에서 모셔야 하지 않습니까?"

"마님도 은근히 그걸 기대하셨습니다. 하지만 글공부를 한다는 핑계로 따로 살다가 한 달에 한 번 정도 문안 인사만 드리고 돌아갔습니다. 하인들에게도 본데없이 대해서 제가 여러 번 만류했죠. 들은 척도 하지 않더군요."

"왜 그렇게 경우 없이 굴었을까요?"

화연이 이해가 가지 않는다는 듯 중얼거리자 손집평은 고개를 끄덕거렸다.

"자기와는 상관없는 사람들이라는 거죠. 하도 사람을 들들 볶기에 제가 우리는 주인마님의 명만 듣는다고 하니까 자기가 주인이 되면 다들 멀리 섬이나 변방으로 팔아버린다고 마구 날뛰기도 했습니다."

"양자 부부는 언제부터 여기 있었나요?"

"마님이 돌아가신 날로부터 닷새 전부터요. 편찮으시다고 기별을 보내도 글공부한다고 코빼기도 안 보이더니 객주를 비싼 값에 팔았다는 소문을 어디서 들었는지 부부가 들이 닥치더라고요. 그러고는 자기들이 모실 것이니 같이 살자고 주인마님을 매일 들볶아댔습니다. 속셈이 너무 뻔해서 마님도 그냥 웃고 마셨죠."

손집평이 지긋지긋하다는 표정으로 이야기를 늘어놓았다.

"평생 열심히 일하시고 쉬려던 참에 주변에서 돈을 노리고 괴롭혔군요."

"맞습니다. 돈에 미친 과부라고 손가락질을 받을 때는 꿈쩍도 하지 않던 인간들이 이제 좀 쉴 만하니 돈에 눈이 벌게서 달려든 셈이지요. 주변에 보는 눈들이 있어서 차마 내치지 못한 것이 참으로 원통합니다."

"아까 행랑채에 젊은 남자가 있던데 그 사람도 돌아가신 마님의 일가친척입니까?"

화연의 물음에 고개를 갸웃거리던 손집평이 생각났다는 듯 말했다.

"박 서방입니다."

"그 사람은 마님과 관계가 어떻게 됩니까?"

"돌아가신 대감마님과 기생 사이에서 태어난 아들입니다. 한마디로 서자죠. 그 기생이 젖먹이 아들을 이 집에 버리고 종적을 감췄지요."

"저런. 그래서 마님께서 키우신 겁니까?"

"그렇죠. 마님은 피 한 방울 안 섞였는데도 거둬서 혼인까지 시켜주셨습니다. 하지만 별로 고마워하지 않더군요."

"왜요?"

"태생이 그런 자입니다. 어릴 적부터 나쁜 친구들과 어울려서 도박과 노름에 빠지더니 마님께서 몇 번이나 대신 노름빚을 갚아주고 타이르기를 반복했지만 듣지 않았습니다. 부인을 병으로 잃고도 정신을 차리지 않다가 최근에 크게 꾸중을 들었죠."

"무슨 일로요?"

"나가서 살고 싶다고 재물을 떼어달라고 했습니다. 마님께서 크게 노하셔서 빈손으로 쫓아내려고 한 걸 제가 간곡하게 말씀드려서 겨우 말렸습죠. 그러다 마님께서 저렇게 돌아가셔서 가시방석에 앉은 기분일 겁니다."

"쫓겨날까 봐요?"

손집평은 화연의 물음에 고개를 끄덕거렸다.

"딴 사람이 이 집을 차지하면 제일 먼저 쫓겨날 테니까요. 그러게 계실 때 잘했어야 하는데 자업자득이죠."

"박 서방은 어디 머무나요?"

"안채 뒤쪽의 별채에 머뭅니다. 쪽문 너머에 있지요."

화연은 그 대화를 통해 집안 사정을 어느 정도 깨달았다. 죽은 남편을 대신해서 객주를 운영하던 방 여인이 어떤 연유로 그걸 팔게 되자 돈을 노린 친척들이 몰려들었다. 그 와중에 갑자기 방 여인이 목을 매서 자살했다. 아니, 자살한 것처럼 꾸며졌다. 범인은 집 안에 머물면서 안채로 접근할 수 있고, 방 여인을 죽일 만한 동기를 가진 자였다.

화연이 입을 다물자 손집평은 쉬라는 말을 남기고 자리를 뜨려고 했다. 궁금한 게 남았던 화연은 다급하게 그를 불러 세웠다.

"잠시만요."

고개를 돌린 그에게 화연이 물었다.

"주인마님이 목을 매신 곳이 정확히 어딥니까?"

"그건 왜 물으십니까?"

손집평이 눈살을 찌푸리자 화연은 적당히 둘러댔다.

"그곳에서 예를 표하고 싶어서요."

그가 꼬치꼬치 캐물을까 봐 걱정했지만 다행히 쉽게 넘어갔다.

"안채 뒤편 툇마루 모서리에 있는 대들보입니다. 새 날개 모양으로 조각되어 있습니다. 작은 풍경이 달려 있는 곳이죠."

"처음으로 발견한 건 몸종인가요?"

"네. 원래는 안채에서 잠을 잤는데 그날은 행랑채에서 자기 어머니와 잤답니다. 새벽에 안채로 들어가서 마님을 깨우려고 하다가 발견한 겁니다."

화연은 손집평의 이야기를 들은 뒤 길게 한숨을 쉬고 자리에서 일어났다.

"얘기를 나누니까 기운이 좀 나네요. 이제 들어가서 마무리하겠습니다."

"잠깐 기다리십시오. 연지가 꿀물을 가져올 겁니다. 드시고 하시지요."

그의 말이 끝나기가 무섭게 여종 하나가 사발을 들고 조심스럽게 걸어왔다. 화연과 곱분보다 나이가 많았지만 기껏해야 스무 살 정도로 보였다. 쪽을 진 머리에 긴 비녀를 꽂은 그녀는 들고 온 사발을 화연에게 건넸다.

"꿀물 대령했습니다."

화연은 사발에 담긴 꿀물을 벌컥벌컥 들이켰다. 그러고는 빈 사발을 그녀에게 건네줬다.

"잘 마셨습니다. 그런데 주인마님의 마지막 모습을 봤다고요."

기습적인 질문을 받고 연지는 우물쭈물하면서 손집평을 바라봤다. 그가 고개를 끄덕거리자 그녀가 나지막한 목소리로 대답했다.

"제가 본 건 다 말씀드렸습니다."

연지의 눈동자가 떨렸다. 그녀의 눈빛에는 주인의 시신을 처음 목격했다는 충격과 죄책감, 그리고 그로 인해 시달린 데 따른 피로와 두려움이 오롯이 담겨 있었다. 화연은 그런 연지가 안쓰러워 그녀의 두 손을 꼭 잡았다.

"뭐라고 하려는 게 아니니까 무서워하지 마세요."

"죄송합니다."

고개를 떨군 연지가 빈 사발을 품에 안고 돌아섰다. 어깨를 들썩거리는 것으로 봐서는 울고 있는 게 분명했다. 화연이 안쓰러운 눈길로 멀어져가는 그녀를 바라보자 지켜보던 손집평이 말했다.

"마음이 여린 아이입니다. 자기가 마님 곁을 지켰더라면 그런 일이 없었을 거라고 계속 자책하고 있죠."

"죽기로 마음먹었다면 누가 옆에 있어도 말리지 못했을 겁니다."

"아기씨같이 이해해주는 사람만 있는 건 아니니까요. 그럼 가실까요."

얘기를 마친 손집평이 안채를 가리켰다. 화연은 그쪽으로 걸어가면서 뒤따라오던 곱분에게 속삭였다.

"연지를 한번 만나봐."

"만나서 뭘 하게요?"

곱분의 물음에 화연이 낮은 목소리로 대답했다.

"그날 왜 안채가 아니라 밖에서 잤는지, 그리고 최근 집 안팎에서 무슨 일이 벌어지고 있는지 물어보란 말이야."

"제가요?"

"나보다는 네가 더 편하지 않을까?"

화연이 코끝을 찡긋하자 곱분은 화연의 말을 알아차리곤 고개를 끄덕였다.

"아, 네. 그럼 아기씨는요?"

"안채 정리하는 거 마무리할게. 그리고 말이야."

화연은 곱분에게 다가가 귓속말을 했다. 곱분은 제법 비장한 얼굴을 한 채 대답했다.

"알겠습니다."

곧바로 화연은 안채로 들어가서 뒤쪽 툇마루로 향했다. 손집평의 말대로 모서리에 튀어나온 새 날개 모양의 대들보가 보였다. 그 뒤쪽으로 작은 정원이 꾸며져 있고 한 사람이 겨우 드나들 수 있을 만한 쪽문이 있었다. 그 너머가 박 서방이 산다는 별채였다. 화연이 시선을 돌리자 처마 끝에 매달린 풍경이 달랑거렸다.

안방으로 들어간 화연은 경상을 들고나왔다. 그리고 그 위에 올라서서 대들보를 들여다봤다. 처마 아래라 뿌연 먼지가 그득했다. 화연은 눈을 크게 뜨고 대들보를 살펴봤다. 밧줄을 매단 흔적을 찾다가 마침내 먼지가 없는 곳을 발견했다. 화연은 아랫입술을 깨물었다. 그리고 읊조리듯 조용히 말했다.

"역시…… 누군가 그녀를 죽인 게 틀림없어."

그때 바스락거리는 소리가 들려왔다. 고개를 돌린 그녀는 소리가 들린 담장 쪽을 바라봤다. 인적은 없었지만 담장 밖의 대나무가 천천히 좌우로 흔들렸다. 화연은 순간 오싹한 느낌에 저도 모르게 마른침을 삼켰다. 파란 하늘이 구름 한 점 없이 화창했다. 바람조차 불지 않는 날씨에 대숲이 저절로 흔들릴 리 없었다. 그녀는 한동안 경상 위에서 꼼짝 않고 담장 너머를 응시했다.

*

곱분은 치마를 말아 쥔 채 걸음을 빨리하며 행랑채로 향하는 연지를 뒤쫓았다. 그리고 행랑채 뒤쪽에서 간신히 연지를 따라잡았다.

"저기요."

곱분의 목소리를 들은 연지가 화들짝 놀라며 돌아섰다.

"누구세요?"

"오늘 시신이랑 유품 정리하러 온 곱분이라고 해요. 댁이 돌아가신 마님을 모시던 분 맞죠?"

"난 아무것도 몰라요."

연지가 잔뜩 움츠러든 목소리로 대답하자 곱분이 그녀의 팔을 잡았다.

"말 놓으세요. 일도 힘들고…… 신세 한탄이나 좀 나누면 나을까 싶어 따라왔어요."

친근한 곱분의 말에 연지가 조심스럽게 고개를 끄덕거렸다. 곱분이 주변을 확인한 후에 은근한 목소리로 물었다.

"죽은 마님은 어떤 분이셨어요?"

"무서운 분이셨어. 갑자기 소리를 지를 때도 많고, 밤에 자다가 이불을 제대로 안 덮어줬다고 화를 낸 적도 많고. 너희 아기씨는 어때?"

"아직 어려서 철이 없는 거 빼고는 그럭저럭해요."

"근데 어쩌다 이런 일을 하게 된 거야?"

"갑자기 포도청을 들락거리더니 돈벌이를 하겠다고 나서서 죽겠어요. 속된 말로 자기는 좋아서 한다지만 저는 무슨 죄가 있다고……."

곱분이 주먹을 쥐고 부르르 떨자 연지가 맞장구를 쳤다.

"우리네 신세야 주인 마음이니까. 너도 고생이 많네."

"근데 원래 주인마님이랑 같이 자지 않았어요? 그날은

왜?"

"어머니가 편찮으셔서 하루만 따로 자겠다고 했더니 그러라고 해서 말이야."

"안채를 보니까 담장도 높고 대나무가 빽빽해서 밖이 전혀 안 보이던데요."

"주인마님이 남들이 들여다보는 걸 싫어해서 말이야. 문도 늘 빗장을 채워놔. 아무튼 새벽에 일어나서 미리 열어둔 쪽문으로 들어갔는데……."

"멀쩡하시던 분이 왜 갑자기 목을 매신 거래요? 유품을 정리하면서도 내내 이상하더라고요."

"원래 외로움을 많이 타셨지. 거기다 돈이 많으니까 일가 친척들이 날파리처럼 들러붙어서 괴롭다고 나한테도 여러 번 얘기하셨어. 그렇긴 해도 갑자기 그러셔서 나도 엄청 놀랐어."

"다른 사람들도 마찬가지였나요?"

"다들 난리지 뭐. 특히 청지기 어르신은 방 진사나 양자 부부와 사이가 안 좋아서 많이 불안하실 거야."

"그렇군요. 그럼 안채는 아무나 못 들어가나요?"

"나 빼고는 다들 발도 못 들여. 청지기 어르신도 혼자서는 못 들어와. 안채는 나와 마님만의 공간이지."

노비들은 주인을 두려워하면서도 그들의 애정을 갈구하고 과시하곤 했다. 연지도 마찬가지였다. 겁먹은 얼굴은 온데간데없고 어느새 자부심이 그득했다. 어릴 때부터 화연과 함께 자라면서 허물없이 지낸 곱분으로서는 이해하기 어려운 감정이었다. 어쨌든 연지를 살살 구슬려 정보를 캐내보라는 화연의 부탁을 받은 터라 그녀는 속내를 감추고 질문을 이어갔다.

"마님이 돌아가신 날 혹시 이상한 점은 없었어요? 사람이 죽을 때가 되면 어떤 징조가 먼저 보인다잖아요."

곱분의 물음에 연지는 고개를 갸우뚱거리면서 생각에 잠겼다.

"가만있어보자. 그러고 보니 밤중에 별채에서 개 짖는 소리가 들린 것 같아."

"개야 늘 짖잖아요?"

"마님이 개 짖는 소리를 싫어해서 특히 밤중에는 더 조심하거든."

"그러면 개를 안 키우면 되잖아요."

"개가 없으면 도둑이나 괴한이 들 수 있다고 해서 놔둔 거야. 애꿎은 박 서방만 고생했지."

"박 서방이 개를 돌보나요?"

"밥값은 해야지. 원래도 개를 좋아해서 마누라 죽고 개를 가족처럼 돌보더라고. 그런데 그날은 한참 짖는데도 그냥 놔두더라니까. 왜 그랬겠어?"

곱분이 답을 하지 못하자 연지가 주변을 살피더니 넌지시 말했다.

"소문이 있었지."

"마님이 누구랑 정분났다는 소문?"

곱분이 넘겨짚자 연지는 깜짝 놀랐다.

"어디서 들었어?"

"제가 눈치가 빨라요."

곱분이 히죽 웃자 연지가 한숨을 쉬었다.

"사실 그날 마님이 좀 이상했어."

"뭐가요?"

"전에 어머니랑 자고 싶다고 할 땐 들은 척도 안 하더니 그날은 먼저 자고 오라고 했거든."

연지의 얘기를 듣고 곱분은 대번에 눈치를 챘다.

"누구랑 몰래 만나려고 밖으로 내보낸 거네요. 누굴까

요?"

"그걸 내가 어떻게 알아. 확실한 건 요새 낌새가 이상했다는 거지."

"어떻게요?"

"객주를 팔아치우고 어디 조용한 데 가서 살고 싶다고 그러질 않나……."

"에이, 그건 이제 연세가 좀 되셨으니 쉬고 싶으셨던 게 아닐까요?"

곱분의 반문에 연지가 고개를 저었다.

"우리 마님을 몰라서 그래. 얼마나 욕심이 많고 악착같으신데……. 거기다 평생 한양에서만 사신 분이 갑자기 시골로 내려간다니 이상하지 않아? 주변에서 얼마나 말이 많았는지 몰라."

"그럼 몰래 만나던 사람과 같이 떠나려고 하신 거였어요?"

곱분의 호들갑에 연지가 이어서 대답을 하려다가 그대로 굳어졌다. 곱분이 고개를 돌리자 손집평이 팔짱을 끼고 쳐다보고 있었다. 곱분의 놀란 표정을 보고 손집평이 팔을 풀면서 물었다.

"너는 왜 돕지 않고 여기 있는 게냐?"

"잠깐 쉬라고 하셔서요. 이제 돌아갈 겁니다."

안채로 돌아가려던 곱분은 길을 잃었다. 다행히 담장에 심어놓은 대나무들이 보여서 그쪽을 향해 걸었다. 그때 누군가 곱분의 앞을 가로막았다. 창백한 얼굴에 구부정하게 선 남자는 맨상투 차림이었다.

"누, 누구세요?"

놀란 곱분의 물음에 남자가 대답했다.

"나는 박 서방이라고 하네."

그제야 아까의 소동을 말없이 지켜보던 그의 모습이 떠올랐다. 곱분은 고개를 조아리며 말했다.

"아, 몰라봬서 죄송합니다. 제가 길을 잃고 당황해서 그만……."

"괜찮네. 물어볼 게 있어서 말이야."

"저한테 뭘……."

"혹시 마님의 시신에 이상한 점은 없었나?"

곱분이 흠칫 놀랐다.

"무슨 말씀이십니까?"

"이상해서 말이야. 마님은 바늘로 찔러도 피 한 방울 안 나올 것 같은 분이셨어. 그런데 갑자기 자액을 하셨다고 하니 도통 믿기지가 않네."

"그런 건 포도청에 물어보셔야죠. 저나 저희 아기씨는 유품을 정리하러 온 겁니다."

곱분이 딱 잘라서 말하자 박 서방이 답답하다는 표정을 지었다.

"포도청에서 사람이 오긴 했는데 유서를 보더니 그냥 자액이라고 결론을 내리더군. 뭐가 어떻게 돌아가는지 잘 몰라서 물어보는 걸세."

"저라고 뭘 알겠습니까? 이런 일을 하는 건 처음이라서 살펴볼 경황이 없었습니다."

"그래도 뭔가를 봤을 거 아니냐?"

"저희 같은 아랫것들은 장님이고 귀머거리입니다. 정 궁금한 게 있으시면 집안 어른들께 직접 여쭤보십시오."

곱분은 박 서방이 말을 더 걸기 전에 서둘러 인사를 하고 자리를 떴다.

*

안채의 대청에 앉아서 생각에 잠겨 있던 화연은 문이 열리는 소리에 고개를 돌렸다. 곱분이 허겁지겁 달려오자 화연이 물었다.

"알아봤니?"

"네, 아기씨."

대청에 올라선 곱분은 연지에게 들은 얘기를 들려줬다. 그리고 직전에 박 서방과 한 얘기도 덧붙였다. 곱분의 얘기를 다 듣고 화연이 굳은 표정으로 말했다.

"방 여인은 자액한 게 아니라 누군가에게 목이 졸려서 죽은 뒤 매달렸어."

"확실한가요?"

곱분의 물음에 화연은 안방 쪽을 바라봤다.

"목을 맨 곳을 살펴봤는데 먼지가 흩어지지 않았어."

"그게 뭔 소리예요?"

"사람이 자액을 하면 자연스럽게 몸부림을 치거든. 그러면 목에 걸린 밧줄이 요동치면서 먼지가 어지럽게 흩어져. 하지만 이미 죽거나 의식이 없으면 꼼짝도 안 할 테니까 주변으로 먼지가 그대로 남아 있겠지. 방 여인이 목을 맨 자리를 봐. 먼지가 흩어진 자국이 없어."

"맙소사, 진짜로 누군가 죽인 거네요."

"그렇게 자액한 것으로 위장하고 날 불러서 시신과 유품을 처리하려고 한 거지."

"대체 누가 그런 끔찍한 짓을 한 걸까요?"

"아까 집안사람들 얘기를 들어봤는데 방 여인의 오라버니인 방 진사와 양자인 김씨 부부, 그리고 죽은 남편의 서자인 박 서방과 청지기인 손집평 중 하나인 것 같아."

"왜요?"

"방 여인이 죽으면 재산에 손을 댈 수 있는 사람들이니까. 거기다 최근에 객주를 팔아 큰돈이 생겼다는 걸 알고 있기도 하고. 또 여기 안채를 봐."

곱분은 높다란 담장과 그 위로 치솟은 대나무를 바라보면서 중얼거렸다.

"무슨 성채 같아요."

"맞아. 담장을 넘으려면 사다리 같은 게 있어야 해. 그런데 어떻게 조용히 들어왔겠어."

화연의 말뜻을 알아차린 곱분이 소스라치게 놀랐다.

"열린 쪽문으로 들어왔다는 말씀이세요?"

"쪽문은 새벽에 연지가 드나들 수 있도록 미리 열어놨겠지. 범인은 바로 그걸 아는 사람이야."

"그럼 연지 짓일 수도 있잖아요?"

곱분의 말에 화연이 고개를 저었다.

"연지는 주인이 죽어도 별다른 이득이 없잖아."

"그렇긴 하네요. 그래도 죄다 한 핏줄이나 다름없는 사람들인데 어쩌자고 살인까지 저질렀을까요?"

곱분이 몸서리를 치자 화연이 냉정하게 대답했다.

"큰돈을 챙길 수 있는 기회니까. 거기다 속사정을 들여다보면 다들 방 여인에게 그다지 호감정을 품고 있지도 않았고."

"대체 누굴까요?"

곱분의 물음에 화연이 단언하듯 말했다.

"짐작 가는 사람은 있어."

"누군데요?"

"내가 알려줄 테니까 가서 불러와."

"제가요?"

화연은 사색이 된 곱분에게 다가가 귓속말을 했다. 곱분이 의아한 표정을 지었다.

"그자가요? 닭 모가지도 못 비틀 것같이 생겼는데……."

"생김새로 사람을 판단하면 안 된다니까. 돈이나 욕심 때문이라면 닭 모가지는 못 비틀어도 사람 모가지는 자를 수 있는 게 사람이니까."

"그자가 그럴 만한 이유가 있나요? 마님이 죽으면 자기도 어떻게 될지 모르잖아요."

"그래서 일을 벌였을지도 몰라."

"그럼 어서 포도청에 알려서 체포하도록 해야죠."

곱분의 말에 화연이 고개를 저었다.

"그 전에 내가 자백을 받아낼 거야."

"너무 위험해요, 아기씨."

곱분은 자신만만하게 말하는 화연이 걱정스러웠다. 무모한 구석이 보였기 때문이다. 그런 곱분의 마음을 눈치챘는지 화연이 말했다.

"내가 시키는 대로 하면 문제없어."

"그 사람이 아기씨 생각대로 움직일까요?"

화연은 여유롭게 미소 지으며 말했다.

"걱정 말고 포도청에나 다녀와. 그사이에 내가 범인의 자백을 받아낼게."

곱분이 안채의 문을 열고 나서자 밖에서 서성거리던 박
서방이 다가왔다. 흠칫 놀란 곱분이 박 서방에게 말했다.

"아기씨가 뵙고 싶어 하십니다. 안채에 계세요."

박 서방은 단숨에 안채로 걸어 들어갔다. 그 모습을 본 곱
분은 곧장 행랑채로 갔다. 그리고 하염없이 툇마루에 앉아
있던 연지에게 다가갔다.

"청지기 어르신은 어디 계신가요?"

"여기 계시는데, 왜?"

"아기씨께서 하실 말씀이 있다고 해서요."

"잠깐만."

연지가 행랑방의 문을 열자 안에서 곰방대를 물고 담배를
피우던 손집평이 물었다.

"무슨 일이냐?"

곱분은 화연의 지시대로 말을 전했다.

"아기씨께서 도움이 필요하시답니다."

*

    대청에 앉아 있던 화연은 박 서방이 문을 열고 들어오자 자연스럽게 시선을 돌렸다. 주변을 두리번거리며 들어선 박 서방이 화연에게 물었다.

"날 불렀다고 들었습니다만."

"여쭤볼 게 있어서 말입니다."

"뭘 말입니까?"

    박 서방이 미심쩍은 표정을 짓는데 문이 열리는 소리와 함께 손집평이 들어섰다. 그는 대청에 오르는 대신 마당에 서서 팔짱을 끼고 상황을 지켜봤다. 그 광경을 본 박 서방이 물었다.

"자넨 왜 왔나?"

"저쪽 아기씨가 불렀습니다."

    박 서방이 영문을 모르겠다는 표정으로 화연을 바라봤다.

"뭐 하는 거요?"

"살인자를 찾고 있습니다."

    차가운 화연의 말에 박 서방이 흠칫 놀랐다.

"사, 살인이라니? 그럼 마님이 자액하신 게 아니라는 말입니까?"

"스스로 목을 매신 게 아닙니다."

"뭐라고요?"

화들짝 놀란 박 서방이 마른침을 삼켰다.

"눈속임입니다. 마님은 지방에서 새 삶을 계획하고 계셨고, 목에 난 액흔도 달군 비녀로 만든 가짜였습니다. 거기다 목을 맨 자리도 몸부림친 흔적 없이 깨끗하고요."

"맙소사."

박 서방이 넋이 나간 표정으로 중얼거리자 화연이 날카롭게 물었다.

"제 몸종에게 마님의 죽음에 이상한 정황이 없는지 물으셨다고 하던데요."

"그건 집안 분위기도 이상하고 마님 같은 분이 스스로 목을 맬 리가 없어서……."

"전부 자액하신 걸로 알고 있는데 혼자 의심스러웠다고요? 좋습니다. 그럼 마님이 죽던 날, 그러니까 연지가 행랑채에서 잔 날 뭘 하셨습니까?"

"뭘 하긴. 그냥 내 방에서 잤지요."

"듣자 하니 그날 새벽에 개가 심하게 짖었다고 하던데요.

죽은 마님은 개 짖는 소리를 싫어하시는데 그날은 유독 아무 말씀도 없으셨다고 하고요. 또 연지가 드나드는 쪽문이 댁이 계신 별채와 연결되어 있는 걸로 압니다."

"왜 내게 그런 얘기를 하는 겁니까?"

화연은 시선을 돌려서 안채 뒤쪽의 쪽문을 바라봤다.

"쪽문이 열린 걸 알 수 있으니까요. 그리고 결정적인 이유가 하나 더 있어요. 죽은 마님의 몸에 반항한 흔적이 없다는 점이에요. 만약 사이가 나쁜 방 진사나 왕래가 별로 없던 김씨 부부가 밤중에 들어왔다면 분명 의심했을 거예요. 하지만 자식같이 여겼던 당신이라면 얘기가 다르죠."

"내가 어찌 마님에게 해를 끼친단 말입니까? 마님이 돌아가시면 당장 쫓겨날 텐데."

"어쨌든 호적상으로는 자식이니 유산의 일정 부분을 챙길 수 있으니까요. 밤중에 개가 짖은 것도 당신이 손쓴 거죠?"

"말도 안 됩니다!"

"개는 당신이 돌본다면서요. 개가 짖으면 마님이 싫어한다는 걸 알면서도 그냥 놔둔 건 그날 밤 어떤 소리를 감추려고 했던 거 아닌가요?"

"아니라고!"

"돌아가신 분은 객주를 팔아 마련한 돈으로 낙향할 생각이었어요. 그렇게 되면 가뜩이나 눈칫밥이나 먹던 처지가 더 위태로워질까 봐 일을 저지른 거죠?"

"나는 모르는 일이야!"

파랗게 질린 얼굴로 소리를 지르던 박 서방이 갑자기 몸을 돌려서 도망치려고 했다. 그러자 지켜보고 있던 손집평이 다리를 걸어서 넘어뜨렸다. 그리고 일어나려는 그의 얼굴에 주먹을 날렸다. 둔탁한 소리와 함께 박 서방이 의식을 잃고 축 늘어졌다. 손집평이 쓰러진 박 서방을 내려다보면서 화연에게 말했다.

"이자가 마님을 죽인 겁니까?"

화연은 손집평의 물음에 고개를 끄덕거렸다.

"참으로 대단하십니다. 이제 마님도 편안하게 저세상으로 가실 수 있겠군요."

손집평의 말에 화연은 희미하게 웃었다.

"일단 저자를 가둬두도록 하겠습니다."

손집평이 밖에 대고 외치자 문이 열리더니 연지가 모습을 드러냈다. 손집평과 연지가 의식을 잃은 박 서방을 일으켜 세워서 문밖으로 데리고 나갔다. 화연의 입에서 긴 한숨이 새어 나왔다. 잠시 뒤 손집평은 연지와 함께 다시 들어와 화연을 보며 말했다.

"그자는 광에 가뒀습니다. 포도청으로 사람을 보내서 알리도록 하겠습니다."

"포도청이라면, 이미 곱분이를 보냈습니다."

"참으로 대단하십니다. 박 서방이 그런 짓을 저지르리라고는 생각지도 못했습니다. 욕심이 사람을 망치는 법이군요."

"그럼 저는 이만 밖에서 곱분이를 기다리겠습니다."

"굳이 나가 계실 필요가 있겠습니까?"

화연이 밖으로 나가려고 하자 손집평이 앞을 가로막았다. 옆으로 지나쳐가려고 하자 이번에는 몸을 옆으로 틀었다.

"어떻게 아셨습니까?"

손집평의 물음에 화연이 한숨을 쉬면서 대답했다.

"생각을 해봤습니다. 연지가 새벽에 드나들기 위해 쪽문을 열어놓는다는 걸 알고 있고, 죽은 여인에게 별다른 의심 없이 접근할 수 있으며, 힘으로 여인을 제압할 수 있는 사람이 누구일지 말입니다. 그래서 당신을 눈여겨봤는데 태도가 너무 평온했어요."

"대단하군요."

"오랫동안 모신 주인이 갑자기 자살한 것도 모자라서 살해당했다는 것이 밝혀졌는데 지나치게 침착하더군요. 최대한 감정을 숨기려고 노력한 것 같은데 그게 오히려 이상하게 느껴진 거죠. 그리고 유품을 정리하러 온 저를 붙들고 주변 사람들을 계속 용의자로 만들려고 했어요. 결정적으로 확신하게 된 건 신발 때문이었어요."

화연의 말에 손집평이 자기 가죽신을 내려다봤다.

"아무리 급해도 주인마님이 계시던 대청에 신을 벗지도 않고 올라가다니요. 제가 엉뚱한 사람을 범인으로 모니까 순간 기뻐서 그랬겠죠. 마지막은 연지가 꽂고 있던 비녀예요."

화연은 연지의 머리에 꽂혀 있는 긴 비녀를 바라봤다.

"아까 지나치면서 슬쩍 살펴봤는데 불에 달궜던 흔적이 있었어요. 얼핏 그냥 얼룩 같지만 군데군데 그을린 자국이었죠. 방 여인의 목에 밧줄 자국을 만들기 위해 그 비녀를 불에 달궈서 목에 갖다 댄 거일 테니까요."

화연의 얘기를 듣고 손집평이 씩 웃었다.

"그런데 왜 바로 포도청에 알리지 않고 이런 소동을 벌인 거요?"

"눈치 빠른 당신이 혹시나 종적을 감추지 않을까 염려가

됐습니다. 박 서방을 범인으로 몰아서 감시하고 있도록 하다가 포도청에서 사람이 오면 그때 알려주려고 했죠."

"약삭빠른 계집이라는 건 눈치챘지만 이 정도일 줄은 몰랐군."

화연은 애써 침착함을 유지하며 점점 가까이 다가오는 손집평에게 말했다.

"곱분이를 포도청에 보냈으니 쓸데없는 짓은 하지 않는 게 좋을 게야."

화연이 어금니를 꽉 깨물며 말하자 손집평이 혀를 찼다.

"그 쥐새끼 같은 계집 말인가? 지금 재갈이 물린 채 광에 갇혀 있지."

"뭐라고?"

놀란 화연의 말에 손집평이 씩 웃었다.

"그쪽은 연지가 처리했지. 우리는 한 몸이나 다름없거든. 아무렴, 벌써 하나를 같이 처리했는데 두 명, 세 명이라고 별거겠어."

"어찌 이리 흉악한 짓을 하는 것이냐!"

"평생을 뼈 빠지게 일했는데 나한테 한마디 상의 없이 객주를 팔아치우더니 시골로 내려간다고 하더군. 그럼 난 닭

쫓던 개 꼴이 되는 거 아닌가."

"이놈! 그렇다고 인명을 해하다니 하늘이 무섭지도 않으냐!"

화연은 짐짓 소리를 내지르며 문 쪽을 힐끔거렸다.

"그래 봤자 아무도 안 와. 내가 안채에는 얼씬도 하지 말라고 했거든."

손집평이 히죽 웃은 뒤 숨겨 온 밧줄을 꺼내서 움켜쥐었다.

"이런 일은 처음이라고 했지? 그럼 충격을 못 이겨서 자액한 걸로 하면 되겠군. 몸종은 주인 따라서 죽었다고 하면 그만이고 말이야. 아니면 범행을 들킨 박 서방이 둘을 죽이고 목을 매달아버린 다음에 도망쳤다고 해도 되겠지."

화연은 이리저리 몸을 피했지만 손집평에게 붙잡히고 말았다. 발버둥을 치던 그녀의 목에 밧줄이 감겼다. 화연이 필사적으로 저항하자 손집평이 멍하게 서 있던 연지에게 소리쳤다.

"뭐 해! 와서 돕지 않고!"

목이 졸린 화연은 점점 의식을 잃어갔다. 눈앞 광경이 점차 희뿌옇게 멀어졌다. 눈앞이 깜깜해질 무렵, 안채의 문이 벌컥 열렸다. 화연은 성큼성큼 다가오는 누군가의 발소리를 들으면서 정신을 잃고 말았다.

*

"이놈!"

완희는 눈앞의 풍경이 믿기지 않았다. 온몸에 힘이 풀려 축 늘어진 화연의 모습을 보고는 육모방망이 뽑아 들고 단숨에 달려들어 손집평의 머리를 내리쳤다. 억 소리와 함께 손집평이 쓰러지자 완희는 그를 마구 짓밟았다. 하마터면 자신의 판단 착오로 화연을 죽음에 이르게 할 뻔했다는 자괴감이 분노로 폭발했다. 포졸들이 달려들어서 그를 뜯어말리는 사이, 곱분이 화연의 목에 감긴 밧줄을 풀어줬다. 겨우 정신을 차린 화연이 기침을 하면서 눈물을 흘렸다.

"아기씨! 아기씨! 괜찮으세요!"

거기다 완희까지 가세해서 흔들어대자 화연은 힘겹게 한마디를 건넸다.

"머리 아프니까 고만 좀 흔들어."

화연이 평소처럼 투덜거리자 곱분이 안도의 한숨을 쉬었다.

"늦은 줄 알고 얼마나 놀랐다고요."

정신을 차린 화연이 곱분에게 물었다.

"넌 괜찮아? 연지한테 잡혔다고 하던데……."

"잘 구워삶았죠. 노비가 주인을 죽이면 능지처참을 당하지만 자수를 하면 살 수 있다고요. 게다가 나중에 손집평이 배신하면 어떡할 거냐고 하니까 고민하더니 풀어줬습니다."

포졸들에게 끌려가던 연지가 화연 앞에 이르러 무릎을 꿇었다.

"용서해주십시오. 청지기 나리가 시키는 대로 하면 평생 먹고살 수 있게 해준다고 해서 잠깐 눈이 멀었습니다."

"그자가 무슨 돈이 있다고 그런 말을 한 거지?"

"마님께서 객주를 팔면 한몫 떼어주시기로 약조했나 봅니다. 그런데 거래가 끝나고도 별다른 얘기가 없고, 낙향하신다는 소문까지 도니까 불안해했습니다. 문서엔 약조한 내용이 남아 있을 테니 마님만 소리 소문 없이 처리하면 자기 몫을 챙기는 건 문제없다고……."

"설마 그런 이유가 다야? 정말 돈 몇 푼 때문에 사람을 죽인 거야?"

화연이 믿기지 않는다는 듯 되묻자 연지는 말없이 고개를 수그렸다. 그때 피범벅이 된 채 포졸들에게 끌려나가던 손집평이 발악하듯 외쳤다.

"내가 뼈 빠지게 일해서 객주를 이만큼 키웠는데 청지기라고 무시해서 그랬다! 과부 혼자 허덕이는 걸 구해줬더니 은혜도 모르고 날 무시해!"

손집평은 끝까지 고래고래 악을 쓰며 끌려나갔다. 화연이 그 모습을 물끄러미 바라보며 고개를 설레설레 저을 때 완희가 곁으로 다가왔다.

"낭자 덕분에 하마터면 놓칠 뻔한 사건을 해결했구려."

완희의 말에 화연이 고개를 저었다.

"섣불리 나섰다가 곱분이까지 위험에 빠뜨릴 뻔한걸요."

"그 무슨 겸손한 말씀이오. 낭자가 나서준 덕에 고인의 억울한 한도 풀 수 있었거늘."

화연은 손집평이 끌려나간 쪽을 하염없이 바라봤다. 아버지의 죽음을 둘러싼 비밀에 한 걸음 다가간 것 같으면서도 동시에 두려움이 엄습해왔다. 화연의 표정이 어두워진 걸 본 곱분이 물었다.

"괜찮으세요?"

"두렵구나."

"죽을 뻔하셨으니 당연히 그러시겠죠."

"죽은 이의 사연을 속속들이 알게 된다는 게 이렇게 엄중한 일인 줄 몰랐어. 마치 그 사람의 고통이 고스란히 전해지는 것 같구나."

"그럼 그만두고 다른 일을 찾을까요? 다 때려치우고 과천으로 내려가요, 우리."

곱분이 부러 세게 말하면서 자신의 결심을 독려하고 있다는 걸 눈치챈 화연이 엷게 웃었다. 그러자 곱분이 덧붙였다.

"아기씨가 아니었으면 누가 이 억울한 사연을 풀어냈겠어요. 가족과 친지들은 유산에 눈이 멀어 정작 고인의 고통은 나 몰라라 했고, 진상을 밝혀야 할 포도청조차 그들의 목소리에만 귀 기울여 고인을 외면했잖아요."

"그랬지."

"앞으로 이런 일이 또 벌어지지 말라는 법이 없잖아요. 그게 바로 아기씨가 이 일을 계속해야 할 이유가 아닐까요?"

곱분의 말을 들은 화연은 복잡한 생각을 털어내듯 머리를 가볍게 흔들었다. 그러곤 평소처럼 확신에 찬 어투로 말했다.

"그래, 억울한 죽음이 그대로 묻혀버리는 일은 없어야지."

화연의 얘기를 들은 곱분이 활짝 웃었다.

"일도 무사히 끝냈으니 늘어지게 잠이나 잘까요?"

"그러자."

화연이 마침내 상념을 털어낸 듯 웃으면서 대답하자 곱분도 따라서 웃었다. 두 사람은 해가 저물어가는 거리를 나란히 걸었다.

第二章

감춰진 이야기 》

《

화연이 풀 먹인 저고리를 팽팽하게 당기면서 물었다.

"그러니까 방 여인의 먼 친척이 유산을 물려받았다는 말이지? 엉뚱한 사람이 혜택을 본 셈이네."

그러자 곱분이 방망이를 움켜쥐면서 대답했다.

"네. 방 진사나 양자 부부가 손집평이 쓴 가짜 유서를 진짜라고 거짓으로 증언했다는 게 밝혀지면서 모두 공범으로 처벌받았답니다. 박 서방도 손집평의 짓이라는 걸 대충 눈치챘지만 눈감아주었다는 게 밝혀졌고요."

"결국 모두가 합심해서 방 여인을 죽인 거나 다름없구나."

"그러게요. 참으로 끔찍스럽습니다."

"사람의 목숨보다 중한 게 있다고 생각하는 어리석음은

어디서부터 시작된 걸까."

화연은 낮은 목소리로 중얼거리며 다듬잇돌 위에 풀을 먹인 저고리를 올려놓았다. 이어 곱분이 다듬이를 양손에 쥐고 천천히 두드리기 시작했다. 해가 막 지기 시작한 터라 붉은 노을이 처마 끝에 살짝 걸쳤다. 화연은 곱분의 다듬이질에 맞춰 풀 먹인 저고리를 이리저리 당겼다. 그때 대문이 열리는 소리가 들렸다. 두 사람이 고개를 돌리자 구군복을 입고 쇠도리깨를 뒤춤에 찬 완희가 마당으로 들어섰다. 화연이 겸연쩍은 웃음을 지은 채 다가오는 그에게 물었다.

"무슨 일이십니까?"

"뭐, 일이라기보다는…… 오다가다 들러본 거요."

"이곳은 군관 나리의 순찰 구역도 아니고, 퇴청하는 길이라면 구군복에 쇠도리깨까지 들고 다니지는 않으실 터, 즉 일이 있어서 왔다는 뜻 아니겠습니까?"

화연의 말에 완희가 뒤통수를 긁적거렸다.

"낭자의 눈은 속일 수가 없구려. 급하게 일이 있어서 찾아왔소."

그럴 줄 알았다는 표정으로 화연이 눈짓을 하자 곱분이 다듬잇방망이를 내려놓고 입을 열었다.

"여섯 번째입니다."

"뭐가 말이냐?"

완희가 눈을 동그랗게 뜨고 묻자 화연이 재빨리 대꾸했다.

"열 번 중에 여섯 번째라는 뜻입니다. 이제 네 건만 더 처리하면 우포도청의 문서고에 들어가서 아버지 관련 기록을 찾아볼 겁니다."

화연의 말에 완희가 고개를 절레절레 저었다.

"기억력도 좋군요. 알겠소. 내 약조한 것은 꼭 지키리다. 그보다 지금 당장 가야 할 것 같습니다."

"어딘가요?"

"계동입니다."

완희의 대답을 들은 화연이 고개를 갸웃거렸다.

"거긴 행세깨나 하는 사람들이 사는 곳 아닌가요?"

"맞습니다. 공조참판인 한 대감 댁에 가셔야 합니다. 그 집 며느리가 은장도로 자기 목을 찔렀어요."

뜻밖의 이야기에 화연과 곱분은 서로의 얼굴을 바라봤다. 완희가 이어 말했다.

"혼례를 치르고 이듬해인가, 남편이 죽은 뒤로 쭉 수절했다고 하더군요. 그러다가 남편을 따라간 모양입니다."

"네? 진짜 자살한 거 맞나요?"

그간의 의뢰를 떠올리며 화연이 날카롭게 묻자 완희가 굳은 표정으로 말했다.

"물론이죠. 시신은 이미 처리했고, 유품만 정리해주면 됩니다."

그 얘기를 듣고 화연은 속으로 안도했다. 여인들은 자살할 때 대부분 목을 매거나 소금에서 나온 간수를 마셨다. 둘다 끔찍한 모습으로 죽었기 때문에 시신을 수습하는 동안에 큰 고통을 감내해야 했다. 무엇보다 화연은 스스로 목숨을 끊을 수밖에 없는 처지의 여인들을 보면서 마음 아파했다. 일을 끝낸 이후에도 한동안 그런 감정에서 헤어나기가 어려웠다. 다행히 이번에는 시신 수습은 안 해도 된다는 말에 일말의 안도감이 든 화연이 곱분에게 말했다.

"곱분아, 나갈 채비를 하자."

"네, 아기씨."

곱분이 일어나서 안방으로 들어가는 걸 본 완희가 물었다.

"챙길 것이 있습니까?"

"유품을 정리하려면 몇 가지 필요한 게 있어서요. 일 끝내고 곱분이를 보내서 알려드리겠습니다."

"그러시오, 그럼."

완희가 살짝 고개를 숙인 뒤 대문을 빠져나가고 나서 보따리를 든 곱분이 안방에서 나왔다. 화연은 어깨를 가볍게 한 번 두드리고는 신발을 신으면서 말했다.

"일하러 가자."

*

궁궐 근처에 있는 계동에 들어서자 분위기가 확 달라졌다. 보따리를 품에 안은 곱분이 높다란 담장과 그 너머 지붕들을 바라보면서 중얼거렸다.

"집들이 다 큼직큼직해요."

"여긴 조정 대신이나 권세가들이 사는 곳이라 그래."

얕은 오르막을 오르는데 길 끝에 노란 등이 걸린 대문이 보였다. 그걸 본 화연이 곱분에게 말했다.

"저긴가 보다."

"대문이 엄청 높네요."

"솟을대문이구나. 초헌*이 걸리지 않고 지나갈 수 있도록 높게 지은 거지."

화연과 곱분이 다가가자 울음소리가 들려왔다. 그런데 분위기가 이상했다. 높다란 울음소리에 비해 집 앞을 오가는 사람들의 낯빛은 그다지 어둡지 않았다. 화연이 멈칫하면서 중얼거렸다.

"별로 슬퍼하지를 않네."

"그러게요."

대문 앞에 선 두 사람 앞으로 상복을 입은 남자 종이 다가왔다.

"문상 오셨습니까?"

화연 대신 곱분이 대답했다.

"포도청에서 연락을 받고 유품을 정리하러 왔어요."

남자는 곱분 뒤에 서 있는 화연에게 고개를 조아리며 말했다.

"잠시만 기다려주십시오."

그러곤 쏜살같이 달려가 마당에 있는 천막으로 들어갔다. 천막 안에 있던 누군가가 남자와 함께 밖으로 나왔다. 큰 키에 빽빽한 구레나룻을 지닌 젊은 남자는 중인이 쓰는 작은

---

* 軺軒. 종2품 이상의 벼슬아치가 타던 수레. 긴 줏대에 외바퀴와 두 개의 긴 채가 달려 있다.

갓에 상복 차림이었다. 뚜벅뚜벅 다가온 그가 화연에게 가볍게 고개를 숙였다.

"오종도라고 합니다. 이 집의 청지기이지요."

화연은 청지기에 대한 안 좋은 기억이 떠올라 순간 움찔했지만 이내 아무렇지 않은 듯 차분하게 대답했다.

"저는 화연이고, 이쪽은 저와 함께 일할 곱분입니다."

소개를 마치자 오종도가 천막 너머를 바라봤다.

"선죽당 마님께서 기다리고 계십니다. 저를 따르시지요."

두 사람은 큰 천막이 놓인 마당을 가로질러 안으로 들어갔다. 처음 유품을 정리했던 방 여인의 집보다도 몇 배는 더 커 보였다. 삐걱거리는 문으로 들어서자 좁고 긴 마당과 높다란 계단 위의 안채가 보였다. '선죽당'이라는 당호가 붙은 대청 아래에는 소복을 입은 여인이 서 있었다. 오종도가 고개를 숙인 채 다가가서 말했다.

"선죽당 마님, 아씨 마님의 유품을 정리하러 포도청에서 보낸 분들이 오셨습니다."

화연은 오종도의 등 너머로 보이는 여인을 올려다봤다. 반백의 머리였지만 허리가 곧고 눈빛이 형형했다. 무엇보다 그동안 봐왔던 여성들과는 다른 강렬한 느낌이 있었다. 이야기를 들은 선죽당 마님이 크게 한숨을 쉬었다.

"늦지 않게 와줬구먼. 이리 오시게들."

오종도가 어서 따라가라는 손짓을 했다. 선죽당 마님은 신을 신고 안채 뒤로 돌아갔다. 화연과 곱분도 뒤따랐다. 뒤쪽으로 난 작은 쪽문을 열자 양쪽이 담장으로 가려진 좁은 오르막길이 나왔다. 중간중간 계단이 있는 길을 오르자 높다란 담장에 둘러싸인 기와집 한 채가 있었다. 곱분이 화연의 귓가에 속삭였다.

"마치 전옥서* 같습니다, 아기씨."

치맛자락을 들고 계단을 오르던 선죽당 마님이 중간에 걸음을 멈추더니 몸을 돌려 화연을 바라봤다.

"여기가 며느리가 머물던 별채네."

"이곳에서 돌아가신 겁니까?"

화연의 물음에 그녀가 고개를 끄덕거렸다.

"자기 방에서 남편이 그립다는 편지를 써놓고 은장도로 목을 찔렀네. 참으로 장하다고 안팎으로 칭찬이 자자해."

뿌듯한 얼굴로 얘기하던 선죽당 마님이 화연을 바라보며

---

* 典獄署. 조선 시대에 죄인들을 수감했던 감옥.

물었다.

"올해 나이가 어떻게 되는가?"

"열여덟입니다."

그녀는 화연을 위아래로 훑어보고는 입을 열었다.

"아직 혼례를 안 치른 모양이군."

"이런저런 일들이 있어서요."

화연은 기분이 상했지만 일을 하러 온 처지라 꾹 참고 대답했다. 그런 화연을 보며 선죽당 마님이 잔잔한 미소를 지었다.

"우리 아이는 올해 스물하나였네. 남편의 삼년상을 치르고 바로 따라갔지. 참으로 대단하지 않은가?"

소위 양반가에 법도로 자리 잡은 열녀라는 것이었다. 화연도 전해 듣기는 했으나 직접 목격하기는 처음이었다. 죽은 지아비를 기리기 위해 멀쩡한 여성들을 사지로 내모는 무언의 압력에 분노가 일어 화연의 얼굴은 계속해서 구겨지고 있었다. 화연이 아무런 대꾸도 하지 않자 선죽당 마님이 소매에서 엽전 꾸러미를 건넸다.

"넉넉하게 챙겼네. 우리 며느리가 얼마나 고매하게 살았는지 사람들에게 증명해주게."

"저는 그저 유품을 정리하는 일을 할 뿐입니다."

"어려운 일이지. 시신은 수습했는데 그 아이가 쓰던 물건들을 보는 건 영 내키지가 않아서 말이야."

"폐기할 것은 폐기하고, 쓸 수 있는 건 정리해서 넘겨드리겠습니다."

화연의 말에 선죽당 마님이 흡족한 표정을 지으며 돌아섰다.

"그럼 잘 부탁하네."

계단 아래로 사라지는 그녀의 뒷모습을 보면서 화연은 씁쓸한 기분을 감추지 못했다. 곱분이 옆에서 조심스럽게 입을 열었다.

"이 정도면 그냥 눈치만 줘도 알아채고 죽어야 할 것 같네요."

"그러게……."

답답해진 화연은 얼른 일을 끝낼 요량으로 댓돌 위에 신발을 벗어놓고 방으로 들어갔다. 뒤따라 들어온 곱분이 손으로 눈을 가렸다.

"세상에, 저 피 좀 보십시오."

방 가운데에 피가 말라붙은 흔적이 있었다. 검붉은 색이라 보기에 더 끔찍했다. 보료 뒤편으로 새가 그려진 병풍에도 피가 점점이 뿌려진 게 보였다. 얼굴을 찡그린 화연이 안쪽으로 들어가서 꼼꼼하게 살펴봤다. 보료와 그 앞에 있는 경상에도 피가 군데군데 묻어 있었다. 곱분이 문가에 서서 말했다.

"여기서 죽은 게 맞나 봅니다."

화연은 대답 대신 손을 내밀었다. 곱분이 얼른 보따리에서 천을 꺼냈다. 건네받은 천으로 코와 입을 가린 화연이 보료 앞에 가서 앉았다. 그리고 오른손을 높이 치켜들었다.

"뭐 하십니까?"

곱분의 물음에 화연이 치켜든 손으로 목을 찌르는 시늉을 했다.

"보료와 경상에도 피가 튄 걸 보면 여기 앉아서 찔렀을 거야. 그리고 고통에 못 이겨 몸부림을 치다가 손에 든 은장도가 흔들리면서 병풍에 피가 튀었겠지."

그제야 화연이 뭘 확인한 건지 알아차린 곱분이 고개를 끄덕거렸다.

"그럼 왜 방 가운데에 피가 고인 거예요?"

"목을 찌르고 나서 의식을 잃고 앞으로 쓰러졌을 거야. 그래서 이쪽에 피가 고인 거지."

화연의 대답에 곱분이 놀랍다는 표정을 지었다.

"아! 그렇네요. 정말."

"이제 어서 일이나 하자."

화연의 재촉에 곱분이 보따리에서 천과 팔찌를 꺼냈다. 팔찌로 소매를 감싼 화연은 바닥에 깔린 보료와 안침을 살폈다. 그사이 곱분은 쇠막대기를 이용해서 농의 자물쇠를 열었다.

"안침은 빨면 다시 쓸 수 있을 것 같은데, 보료는 피가 꽤 묻었네."

"혹시 모르니까 뜯어서 안을 살펴보는 건 어때요? 솜이 멀쩡하면 일부라도 건질 수 있을 것 같은데요."

곱분의 말에 화연이 고개를 끄덕거렸다. 그러곤 피가 묻은 비단 홑청은 칼로 도려내고 안쪽에 든 솜은 뽑아냈다. 살릴 수 있는 물건은 최대한 살리고, 어쩔 수 없는 물건은 완벽히 폐기하는 방식으로 작업했다. 공조참판 댁 같은 부잣집에서는 일일이 신경도 쓰지 않겠지만 죽은 이의 물건이니만큼 사소한 것도 빠짐없이 완벽하게 처리하고자 했다. 그간 유품을 정리해주고 받은 돈으로도 두 사람이 지내기에는 부족하지 않았다. 이따금 양반집 처자가 이런 일을 하는 걸 곱지 않게 보는 시선도 있었지만 애초의 결심을 떠올리며 마음을 다잡았다. 그래서 일에는 더더욱 철두철미하게 임했다. 화연은 솜을 빼낸 보료를 다시 쓰지 못하게 칼로 그어놓았다. 피가 묻은 병풍도 여기저기 찔러서 못 쓰게 만들었다. 그사이 곱분은 농에 있던 옷과 장신구들을 꺼내서 차곡차곡 정리한 뒤 책이 쌓인 사방탁자 쪽으로 다가갔다. 그 안에서 생각보다 많은 책이 나오는 걸 보고 화연이 중얼거렸다.

"책에 관심이 많았던 모양이구나."

곱분이 책 가운데 하나를 들어서 보여줬다.

"표지 끝이 너덜너덜한 걸 보니 이 책을 제일 많이 읽은 모양입니다."

화연은 곱분이 보여준 책의 제목을 읽었다.

"《난설헌집》."

"무슨 책인가요?"

"선조 때 살았던 허난설헌이라는 시인의 시집이야. 중국에서 크게 호평을 받았다고 하는구나."

"와, 그럼 정말 대단한 거 아닙니까? 그런데 왜 알려져 있지 않은 거죠?"

"여인의 몸으로 태어났기 때문이지. 평생 규방에 갇힌 채 시를 발표할 기회조차 얻지 못했으니까."

"아기씨는 정말 모르는 게 없으십니다."

곱분이 감탄하는 눈길로 바라보자 화연이 살짝 웃었다.

"나도 얘기만 듣고 읽어보진 못했어."

《난설헌집》을 건네받은 화연은 책장을 팔락팔락 넘기면서 안에 든 시들을 빠르게 훑어보았다. 말로만 듣던 책을 직접 보게 되자 가슴이 마구 뛰었다. 옆에서 곱분이 조심스럽게 말했다.

"선죽당 마님에게 얘기해서 가져가시지요. 어차피 이 집에는 읽을 사람도 없을 것 같은데요."

화연이 책 더미 위에 《난설헌집》을 내려놓으며 고개를 저었다.

"그럴 수는 없지. 마저 일이나 하자."

다음으로 정리한 것은 거울이 달린 경대였다. 뚜껑을 열자 거울 아래 패물들이 나왔다. 나비 모양의 노리개를 비롯해서 옥으로 된 비녀들을 보고 곱분이 한숨을 쉬었다.

"남편을 여의고 나서 변변히 써보지도 못했겠네요."

"이건 따로 보자기에 싸서 건네주자. 귀중품이니까 조심해서 다뤄."

"예, 아기씨."

바닥에 보자기를 펼친 곱분이 경대에서 나온 패물들을 조심스럽게 꺼내놨다. 그러다가 바닥에 있던 삼작노리개*를 들고는 고개를 갸우뚱거렸다.

"이상하네요."

"뭐가?"

"분명 삼작노리개인데 하나가 없습니다."

나비가 새겨진 작은 옥을 오색실의 매듭 장식으로 꿰어놓은 노리개가 두 개뿐이었다.

"그러게. 세 개가 한 쌍인데 왜 두 개밖에 없지?"

"달고 다니다가 떨어뜨린 걸까요?"

곱분의 물음에 화연은 고개를 저었다.

"시집오자마자 남편이 죽어서 수절을 했다고 그랬잖아. 이런 걸 달고 다닐 틈이 없었을 거야."

"방을 봐서는 깔끔한 성격이었던 것 같은데 왜 짝이 안 맞는 삼작노리개를 버리거나 고치지 않고 그대로 경대 안에

---

* 산호, 옥, 금, 은 등으로 만든 세 개의 노리개를 하나의 끈에 맞추어 단 장신구로, 주로 옷고름에 달았다.

놔뒀을까요?"

　그 짝 잃은 삼작노리개에 남편을 잃고 반강제로 수절을
해야 했던 젊은 여인의 한 서린 숨결이 남아 있는 것만 같았
다. 화연은 다시금 고인이 숨기고자 했던 사연을 알아버린
느낌에 미안한 마음을 곱씹으며 묵묵히 일을 했다. 곱분도
가만히 삼작노리개를 내려놓은 뒤 화연에게 말했다.

　"거의 다 되었는데, 저게 문제네요."

　곱분이 피가 묻은 바닥을 가리켰다. 화연은 들고 있던 칼
로 피가 묻은 장판을 오려냈다. 곱분이 놀라 눈을 동그랗게
뜬 채 바라봤다. 화연이 작업을 마무리하면서 말했다.

　"물건들은 대청으로 옮겨놓자. 못 쓰는 건 왼쪽에, 쓸 수
있는 건 오른쪽으로."

　"네, 아기씨."

　곱분이 옷가지를 들고 나간 사이, 화연은 마지막으로 경
대와 경상을 살폈다. 경상은 비어 있었고, 경대 아래쪽에서
작은 조각보가 나왔다. 다시 방으로 들어온 곱분이 그녀가
펼쳐 든 조각보를 보며 말했다.

　"색깔이 참 곱네요."

　"마음을 써서 만들었겠지."

화연은 조각보를 조심스럽게 접으면서 그녀의 삶을 떠올려봤다. 숨 막힐 듯한 집안 분위기와 외로움만 가득했을 별채살이. 매일 숨죽여 지내야 했던 그녀가 할 수 있었던 것은 표지가 닳도록 《난설헌집》을 읽고, 바느질을 해서 조각보를 만드는 일뿐이었다. 그 공허한 삶마저 죽은 남편을 뒤따라가야 한다는 암묵적인 압박으로 인해 끝나버리고 말았다. 생각에 잠겨 있던 화연은 저도 모르게 중얼거렸다.

"여인들의 삶은 어찌하여 이리 고달플까."

"오죽하면 여자 팔자는 뒤웅박 팔자라고 했겠어요? 그래도 이분은 적어도 먹고살 걱정은 없으셨겠네요."

"또 그런다. 먹고사는 게 전부는 아니라니까."

화연의 말에 곱분이 한숨을 쉬면서 대답했다.

"그건 먹고살 만한 사람들 얘기고요. 우리 같은 사람들에게는 그게 꿈이고 희망이고 전부예요."

화연은 곱분의 말에 더 이상 반박하지 못했다. 그간 자신도 먹고사는 문제에 관해 고민해본 적이 없었다. 하지만 유품을 정리하는 일을 하면서 그것이 얼마나 중요하고 무거운 문제인지 새삼 깨닫고 있었다.

"그럴지도 모르지……. 이제 마무리하자."

곱분이 냉큼 정리한 물건들을 챙겨서 밖으로 나갔다. 경대를 닫은 화연은 마지막으로 책들을 살펴봤다. 그러다가 제일 위에 놓인《난설헌집》을 다시 펼쳤다. 아쉬운 마음으로 급하게 넘겨보는데 책장 사이에서 작게 접힌 종이가 툭 떨어졌다. 화연은 바닥에 떨어진 종이를 주워서 펼쳐보았다.

몽유광상산시서	夢遊廣桑山詩序

푸른 바다는 구슬 바다에 스며들고	碧海侵瑤海
푸른 난새가 오색 난새에 기대네	青鸞倚彩鸞
스물일곱 송이 연꽃	芙蓉三九朵
달빛 찬 서리에 붉게 떨어지네	紅墮月霜寒

짧지만 강렬한 시였다. 화연은 눈을 떼지 못하다가 곱분이 문을 열고 들어오는 소리에 저도 모르게 종이를 감췄다. 곱분은 다른 물건을 정리하느라 화연의 행동을 눈치채지 못했다. 화연은 곱분이 다시 나간 틈에 종이를 접어서 팔찌를 찬 소매에 쑤셔 넣었다.《난설헌집》은 몰라도 시 한 수가 적힌 종이라면 그리 문제 될 것 같지 않았다.

화연이 곱분을 시켜서 일이 끝났음을 알리자 선죽당 마님이 종들을 대동하고 나타났다. 화연은 대청에 정리해놓은 물건들을 보여줬다. 선죽당 마님은 정리된 물품들을 제대로 살피지도 않고 하인들에게 명했다.

"전부 뒤뜰에서 태워버려라."

화연은 정성껏 분류해놓은 물건들을 마구잡이로 들고 나가는 광경을 말없이 지켜봤다. 맥이 빠지고 허망했지만 한편으로는 억압받던 한 여인의 삶과 기억이 말끔히 지워질 거라는 생각에 홀가분하기도 했다. 어쩌면 이 집 안에 남게 되는 것보다는 훌훌 사라져버리는 게 그녀로서도 바라는 바일 것 같았다. 우울한 마음을 달래고자 화연은 쪽지를 넣어둔 소매 끝을 살짝 움켜잡았다. 모든 게 사라지지만 그녀가 이 세상에 남긴 마지막 흔적만은 지키고 싶었다.

곱분은 선죽당 마님이 추가로 건네준 엽전을 받고는 어쩔 줄 몰라 했다.

"아기씨, 무려 닷 냥이나 주셨습니다. 지금까지 일한 곳 중에서 가장 많이 주셨어요. 이거면 두 달은 충분히 지낼 수 있습니다."

기뻐하는 곱분을 보면서도 화연은 전혀 기쁘지 않았다.

누군가의 서글픈 마지막 풍경만이 뇌리에 선명하게 남았
다. 대문을 나서기 직전 한 여종이 따라와 선죽당 마님이 챙
겨주신 제사 음식이라며 보따리를 건네줬다. 곱분은 또다시
저녁 끼니가 해결되었다며 좋아했다. 화연은 고개를 돌려
방금 나온 솟을대문을 바라봤다. 저녁 무렵이 되면서 문상
객들이 문턱이 닳도록 몰려들고 있었다. 물론 공조참판에게
눈도장을 찍기 위한 발걸음들이었다.

*

집으로 돌아온 화연은 곱분이 차려준 제사 음식으로 배를
채웠다. 그리고 곱분이 설거지를 하는 사이, 소매 속에 넣어
뒀던 쪽지를 펼쳤다. 검은빛을 띤 두툼한 종이에서는 희미
한 기름 냄새가 났다. 아마 종이 겉면에 기름이 발린 듯했다.
종이에 적힌 시를 읽고 또 읽으면서 화연은 그동안 마주했
던 죽음들을 떠올렸다. 한양에 남기 위해서 돈벌이로 시작
한 일이었지만 알게 모르게 계속 얽매이게 되었다. 스스로
목숨을 끊어야만 했던 여인들의 시신과 유품을 보면서 자꾸
만 그 사연을 떠올리고 파고들게 되었던 것이다. 평생 부모

의 그늘 아래에서 별다른 어려움 없이 성장한 화연으로서는 처음 만나는 세상의 모습이 낯설고 신기하면서도 서글펐다. 어쨌든 끝난 일이라고 생각하면서도 화연은 시가 적힌 종이에서 눈을 뗄 수 없었다. 그때 설거지를 마치고 안방으로 들어온 곱분이 쪽지를 보고 물었다.

"아기씨, 그게 뭡니까?"

"아까《난설헌집》사이에 끼어 있던 거야."

"아니, 그런 건 언제 발견하셨데요?"

곱분의 말에 화연이 살포시 웃었다.

"마지막으로 책을 훑어보는데 툭 떨어지더라고. 이게 그분의 마지막 유품인 셈이니까 나라도 간직해주고 싶어서."

곱분이 나직이 한숨을 내쉬었다.

"어련하시겠어요. 이불 펴드릴까요?"

"아니, 내가 펼게. 고단할 텐데 이제 너도 쉬어."

곱분이 배시시 웃으며 자리에서 일어났다. 이부자리를 봐주지 않은 게 내심 신경 쓰이는지 곱분은 화연 쪽을 힐끔거렸다. 화연이 괜찮다며 고개를 끄덕이자 그제야 방문을 열었다. 밖으로 한 발 내딛던 곱분이 멈칫하며 큰 소리로 말했다.

"저쪽에 불이 난 것 같아요."

"정말?"

벌떡 일어난 화연이 곱분 옆에 섰다. 어둠이 깔리기 시작한 동네 너머로 불길이 넘실거리는 게 보였다.

"어디쯤이야?"

화연의 물음에 곱분이 까치발을 하고 내다보다가 대답했다.

"개천 근처 근화동 같아요."

불길이 더 치솟으면서 곧 불이 났다는 외침이 메아리처럼 울려 퍼졌다. 기둥에 서서 지켜보던 화연이 호기심 넘치는 눈길로 곱분을 바라봤다.

"가볼까?"

곱분이 만류하는 눈빛을 건넸지만 화연은 이미 신을 신고 있었다.

"무슨 일이 있을지 모르잖아."

"같이 가요, 아기씨!"

서둘러 장옷을 챙긴 곱분이 화연을 따라 대문을 나섰다. 사람들이 불을 끄기 위해 도끼와 갈고리를 든 채 뛰어가고 있었다. 장옷을 뒤집어쓴 두 사람은 그들을 따라갔다. 불이 난 곳은 인가였다. 담장 안에 두 채의 초가집이 있었는데, 그

중 마당에 붙은 두 칸짜리 초가집이 불타고 있었다. 불길은 방에서 새어 나왔다. 맨상투 차림의 집주인은 버선발로 마당을 서성거리면서 도와달라고 외쳤다. 혹시나 다른 집에 번지기라도 하면 보상을 해야 하는 것은 물론, 포도청에 끌려갈 수도 있었다. 하나둘 모여든 동네 사람들이 물을 뿌리고 갈고리로 불이 붙은 짚을 끄집어 내렸다. 문틈과 창문으로 맹렬한 연기를 쏟아내던 불길은 차츰 가라앉았다. 그 모습을 본 집주인은 한숨을 쉬면서 땅바닥에 주저앉았다. 잠시 뒤, 포도청의 포졸들이 도착해서 잔불 정리에 들어갔다. 마당 구석에서 그 광경을 지켜보던 화연은 뼈대만 남은 문이 굳게 잠겨 있는 걸 보고는 중얼거렸다.

"설마 안에 사람은 없겠지?"

"에이, 문이 밖에서 잠겨 있는데 있겠어요?"

말은 그렇게 하면서도 곱분 역시 걱정스러웠는지 눈을 떼지 못했다. 한 포졸이 가까스로 정신을 차린 집주인에게 물었다.

"왜 불이 난 것이냐?"

"저도 잘……."

집주인이 횡설수설하자 포졸은 짜증스러운 표정을 지으면서 불에 타버린 문 쪽으로 다가갔다. 그러곤 문을 열려고 했다. 그가 몇 번이나 당겼는데도 문은 꼼짝하지 않았다. 포졸은 욕설을 퍼부으면서 육모방망이로 불탄 문을 내리쳤다. 둔탁한 소리와 함께 귀퉁이가 바스러지듯 떨어져 내리더니 문이 열렸다. 안으로 들어간 포졸은 이내 사색이 된 채 뛰쳐나왔다. 문 앞에 서 있던 동료가 무슨 일이냐고 물었다.

"사, 사람이 죽어 있어."

누군가 죽었다는 말에 구경꾼들이 술렁거렸다. 자기들끼리 모여 쑥덕거리던 포졸들이 다시 바쁘게 움직이기 시작했다. 한 명이 구경꾼들을 헤치고 포도청으로 향했고, 나머지는 불탄 집 주변을 둘러싼 채 사람들의 접근을 막았다. 화연은 저도 모르게 집 쪽으로 발걸음을 뗐다. 그러자 듬성듬성하게 수염이 난 포졸이 눈을 부라렸다.

"물러서라."

"사람이 죽었다고 했는데 혹시 여인인가요?"

"알 거 없습니다. 양반댁 처자는 이런 데 오는 거 아닙니다."

화연은 왠지 무시당한 것 같은 기분에 말대꾸를 하려고

했지만 곱분이 다가와서 만류했다.

"아기씨, 이러시면 안 됩니다."

"안 되긴! 궁금해서 물어봤는데 여자라고 안 된다고 하잖아!"

화연은 화를 참지 못했다. 어린 여자라는 이유로 틈만 나면 무시하고 따돌리는 세상에 분노가 일었다. 규방에 있을 때는 몰랐지만 세상 밖으로 나오자 그 비뚤어진 관념들이 얼마나 끔찍하게 여자들을 얽매는지 깨닫고 있었다. 그때, 한 무리의 포졸들이 나타났다. 화연은 그 무리의 선두에 선 완희를 발견하고는 그쪽으로 다가갔다. 포졸들에게 현장 상황을 묻던 완희는 화연이 불쑥 나타나자 깜짝 놀랐다.

"낭자가 여긴 어인 일입니까?"

"저희 동네예요. 불이 나서 와봤는데 안에 시신이 있다고 해서요."

화연의 얘기를 듣고 완희가 피식 웃었다.

"낭자의 오지랖은 따라올 사람이 없구려."

"어찌 된 건가요?"

"안 그래도 죽은 사람 중에 여인이 있는데, 같이 보시겠습니까?"

완희의 제안에 뒤에 서 있던 곱분이 안 된다는 듯 어깨에
손을 올렸지만 화연은 연신 고개를 끄덕거렸다.

"그래요."

"아기씨!"

그러자 화연이 걱정하지 말라는 듯 사색이 된 곱분의 어
깨를 토닥거렸다.

"불이 나고 사람이 죽었어. 무슨 뜻인지 알아?"

"서, 설마."

화연은 불에 탄 초가집을 바라보면서 대답했다.

"아버지와 똑같은 방식이야."

"우연의 일치일 겁니다."

"그럴지도 모르지. 하지만 알아볼 거야."

단호하게 대답한 화연은 완희와 함께 잿더미가 된 방으로
들어갔다. 매캐한 냄새와 눅눅한 연기로 가득한 방은 아버
지가 돌아가셨을 때의 사랑채와 비슷했다. 화연이 옷고름으
로 입을 가리고 방 안을 살펴봤다. 양쪽으로 열게 되어 있는
문은 거의 다 타서 테두리만 남아 있었다. 그 앞에 두 사람의
시신이 나란히 누워 있었다. 완전히 타서 끔찍한 모습이었
다. 완희가 소매로 입가를 가리면서 말했다.

"꼼짝없이 탔지만 골격으로 봐서는 둘 다 성인 같군요."

시신을 유심히 살펴보던 화연이 말했다.

"이쪽이 여자, 저쪽이 남자 같습니다."

"그걸 어찌 아십니까? 겉으로 보기에는 둘 다 심하게 타서 겨우 사람인 것만 알 수 있는데요."

"안쪽 시신의 머리 부근에 비녀가 있어요."

화연의 말대로 비녀가 뒹굴고 있는 걸 본 완희가 감탄조로 말했다.

"이야, 족집게가 따로 없네요."

완희가 몸을 구부려 시신을 살펴보는 사이, 화연은 아직까지 연기가 자욱한 방 안을 살펴봤다. 불길이 한번 휩쓸고 지나가면서 바닥과 벽, 천장이 모두 검게 그을렸다. 시신의 발아래로 장롱이 하나 있었다. 맞은편 벽에 매달린 대나무 횃대에는 반쯤 불탄 옷들이 걸려 있었고 시신의 머리 위에는 부엌과 통하는 쪽문이 있었다. 그리고 쪽문 앞에 잔과 술병이 놓인 소반은 그슬려 있었다. 화연은 그쪽으로 다가가 불에 탄 문고리를 들여다봤다. 숟가락이 하나 꽂혀 있었다. 횃대 옆에 있는 창문은 밖을 겨우 내다볼 수 있을 정도로 작았다. 화연이 이리저리 방 안을 살펴보는데 완희의 목소리가 들려왔다.

"찾았다."

"뭘요?"

완희가 누워 있는 시신 발치를 가리켰다.

"저기 등잔대가 넘어진 게 보이죠?"

"네."

"저게 넘어지면서 불이 붙은 모양입니다. 두 사람이 덮고 있는 이불과 옷에 옮겨붙으면서 방 안을 다 태워버린 거죠. 그런데 이상한 점이 있습니다."

"뭐가요?"

완희는 나란히 누운 채 불탄 시신을 바라보면서 대답했다.

"보통 불에 타 죽게 되면 끔찍할 정도로 고통스럽기 때문에 발버둥을 치게 되어 있어요. 그런데 이 두 사람은 마치 잠들었다가 죽은 것처럼 평온하게 누워 있네요."

"깊게 잠들었다면 모를 수도 있지 않을까요?"

완희는 고개를 저었다.

"아무리 깊게 잠이 들거나 기절했다고 해도 살이 타는 고통이라면 깨어나고도 남을 겁니다. 혹시 결박되어 있었다면 모르지만……."

그 얘기를 듣고 화연은 시신을 내려다본 뒤 고개를 저었다.

"결박된 흔적은 보이지 않네요."

"새끼줄 같은 것이라면 불에 타버렸을 수도 있지만 결박된 상태였다면 팔과 다리가 저렇게 떨어져 있지는 않았을 겁니다."

두 사람이 밖으로 나오자 구경꾼들이 술렁거렸다. 화연은 완희와 함께 부엌으로 들어갔다. 아궁이가 하나밖에 없는 작은 부엌에는 불이 옮겨붙은 흔적이 보이지 않았다. 아궁이 안을 살핀 완희가 말했다.

"아궁이에 불을 땐 흔적이 없습니다."

그러자 화연이 대답했다.

"방에서 부엌으로 통하는 쪽문이 잠겨 있었습니다."

"뭐라고요?"

"문고리에 숟가락이 꽂혀 있는 걸 봤습니다. 안에 있던 사람이 꽂은 것이겠죠."

"맨 처음 현장을 발견한 포졸의 보고로는 문도 안에서 잠겨 있었다고 합니다."

"그랬을 겁니다. 문이 안 열리니까 포교가 육모방망이로 부수는 걸 봤거든요."

화연의 얘기를 들은 완희가 생각에 잠겼다.

"그럼 불은 잠긴 방에서 시작되었다는 얘기군요."

"그게 가능한가요?"

화연의 물음에 완희가 고개를 갸웃거리며 말했다.

"두 사람이 문을 잠그고 들어간 뒤 불을 질러서 자살했다고 하면 말이 됩니다. 하지만 결박당하지도 않은 이들이 누운 채 그대로 불에 탔다는 건 납득이 안 갑니다."

"아까 등잔불이 넘어지면서 이불에 옮겨붙었을 거라고 했죠? 그건 자살이 아니라 실수 같은데요?"

"그렇게 불이 붙었으면 아무리 깊게 잠들었다고 해도 열기를 느끼고 눈을 떴을 겁니다. 그런데 마치 잠을 자듯 누워 있었어요. 결박을 당하지도 않은 것 같은데 대체 어찌 된 걸까요?"

화연도 딱히 대답을 하지 못하자 완희는 먼저 부엌을 빠져나왔다. 그러곤 옆에 서 있던 포졸에게 손짓했다.

"집주인은 어디 있느냐?"

"안방에 누워 있습니다."

"어디 다친 것이냐?"

"충격이 큰지 혼절할 지경이라 눕혀놨습니다."

"알겠다."

완희가 같이 들어가보겠느냐고 묻자 화연은 고개를 끄덕거렸다. 그리고 밖에서 기다리고 있던 곱분을 손짓으로 불렀다.

"사람들에게 수소문해서 죽은 사람이 누군지, 집주인이랑 무슨 관계인지 알아봐."

"알겠어요, 아기씨."

곱분이 고개를 끄덕거린 뒤 구경꾼들 사이로 사라지는 것을 본 화연은 완희를 따라 안방으로 들어갔다. 두 사람이 문을 열자 목침을 베고 누워 있던 집주인이 눈을 떴다. 펑퍼짐한 코와 가느다란 콧수염을 가진 땅딸막한 중년 남성이었다. 완희가 날카로운 눈빛으로 그를 쏘아봤다.

"이름이 뭔가?"

"안달성입니다요, 포교 나리."

"이 집은 자네 건가?"

"그렇습니다."

"다른 가족들은?"

"마누라는 재작년에 병으로 죽었고, 아들놈은 해남으로 뱃일을 하러 갔습니다."

"그럼 이 집에 자네 혼자 사나?"

"그렇습니다요."

안달성의 대답을 들은 화연이 끼어들었다.

"그럼 죽은 사람들은 누구란 말이에요?"

"그, 그게……."

안달성이 제대로 대답을 하지 못하자 완희가 호통을 쳤다.

"똑바로 말하지 않으면 포도청에 끌고 가겠다!"

"아이고, 그것만은 제발 봐주십시오."

사색이 된 안달성이 싹싹 빌자 완희가 재차 물었다.

"누군지 썩 말하라!"

"여자는 종침교 쪽에 사는 김 소사이고, 남자는 칠패 시장에서 물건을 파는 중도아* 박완수라는 자입니다."

"둘이 부부 사이인가?"

완희의 물음에 주저하던 안달성이 고개를 저었다.

"아닌 걸로 알고 있습니다."

"그렇다면 저 둘은 간통하던 사이라는 얘기인데, 어째서 네 집에 있다가 변을 당한 것이냐?"

---

* 中徒兒. 중간 도매상.

"잘 모르겠습니다……."

"자네 집에서 사람이 죽었네. 그런데 그 사람에 대해 몰라?"

완희가 눈을 부라리자 안달성이 주저하며 답했다.

"가끔 김 소사와 박완수가 저희 집에 찾아와서 머물다 갑니다."

그 이야기를 듣고 화연의 얼굴이 빨개졌다. 완희 역시 얼굴이 달아올랐다. 애써 침착함을 유지한 완희가 다시 물었다.

"둘이 언제부터 이곳에 드나들었단 말이냐?"

"작년 이맘때부터입니다. 김 소사가 칠패에서 물건을 떼다 파는데 박완수가 도와주면서 서로 알게 되었다고 했습니다. 제집에 다른 가족이 없는 걸 알고는 반나절 정도씩 그 방을 빌려서 머물다가 갔습니다."

"어허, 어찌 남편이 있는 여자가 외간 남자와 당당하게 통정을 했단 말인가?"

"저도 민망하고 부끄러운 일이라 외면하고 싶었습니다. 하지만 박완수라는 자가 워낙 거칠고 험한 터라 거절하면 무슨 봉변을 당할지 몰라서 방을 내주었지요."

"그럼 둘이 작년부터 불륜을 저질렀단 말이군. 이 집에서 말이야."

"저는 그냥 방을 빌려준 것뿐입니다요."

"이웃이 나쁜 짓을 저지르면 마땅히 관아에 고해야 하는 걸 몰랐는가?"

"소인은 아무것도 몰랐습니다요. 제발 봐주십시오."

화연은 싹싹 비는 안달성을 보고 측은함을 느꼈다. 하지만 완희는 냉철한 얼굴로 계속 몰아붙였다.

"박완수라는 자가 방을 빌린 값을 냈느냐?"

"그럴 만한 자가 아닙니다요. 그냥 불쑥 나타나서 방을 쓰겠다고 하고 그 여자랑 들어갔습지요. 겨울에 장작을 한 짐씩 가져오는 정도였습니다."

"오늘은 언제 왔었느냐?"

"점심 좀 지나서 왔습니다. 다른 때처럼 그냥 방을 쓰겠다고 하고는 들어갔습니다."

"그리고 밖으로 나오지 않았고?"

"네. 술을 한 병 들고 들어가서는 문을 걸어 잠그기에 지켜보기만 했습니다요. 그런데 해가 떨어지도록 나오지를 않아서 이상하다 싶었습니다."

그 이야기를 들은 화연이 완희에게 말했다.

"방 안에 소반과 술상이 있는 걸 봤어요."

"그럼 박완수와 김 소사는 방 안에서 술을 마시고 관계를 맺은 다음에 곯아떨어진 모양이군요."

완희의 말에 화연은 고개를 끄덕거리는 것으로 대답을 대신했다. 완희가 계속하라는 눈짓을 하자 안달성이 말을 이어갔다.

"보통 한두 시각쯤 지나서 나갔는데 해가 떨어질 때까지 나가질 않았습니다. 그래서 궁금해하던 차에 방 안에서 연기가 새어 나왔습니다."

"두 사람은?"

"아무 기척도 없었습니다. 안에서 잠갔는지 문이 꼼짝도 하지 않았지요. 그사이에 연기가 점점 거세지더니 불길이 솟구쳤습니다요."

"그때까지 안에서 아무 움직임도 없었습니까?"

화연의 물음에 안달성은 고개를 저었다.

"없었습니다. 제가 문을 흔들면서 계속 이름을 불렀지만 끝내 반응이 없었지요. 그러더니 불길이 거세지면서 사람들이 몰려왔습니다."

안달성의 얘기를 들은 완희는 화연을 바라봤다. 화연은

방 안에서 봤던 풍경과 둘이 나눴던 대화, 그리고 지금 들은 얘기를 머릿속으로 정리했다.

"대략 어떻게 진행되었는지 알겠어요. 하지만 결정적인 의문점이 풀리지 않아요."

"아마 나와 같은 것이겠지요?"

화연이 고개를 끄덕거리자 완희가 몸을 일으켰다. 안달성이 따라서 엉거주춤하게 일어서려다가 내뻗은 손을 부자연스럽게 숨겼다.

"손은 왜 감추는 것이냐?"

완희의 물음에 안달성이 불에 덴 흔적이 있는 손바닥을 보여줬다.

"불을 끄다가 다쳤습니다. 보여드리기가 민망해서 말입니다."

"별도의 명이 있을 때까지 한양을 떠나면 안 된다. 그리고 사람을 보내면 포도청으로 조사를 받으러 와야 한다."

"알겠습니다요. 소인은 아무것도 모르고 본 것도 없습니다. 그저 그자의 포악한 성정이 겁나서…… 용서해주십시오."

안달성은 잘못이 없다는 말과 용서해달라는 말을 연거푸

내뱉었다. 완희는 그런 그를 뒤로하고 밖으로 나와 포졸들을 불러 모았다.

"방을 샅샅이 뒤져서 안에 있는 물건들을 모두 밖으로 꺼내놓는다. 시신들은 뒤뜰에 거적으로 덮어놓고, 오작인들이 오면 검시하도록 하라."

그러자 지시를 받은 포졸 한 사람이 나섰다.

"이게 포도청에서 나서서 조사할 일입니까?"

"그게 무슨 말이냐?"

"우리는 범죄 사건만 조사하지 않습니까. 그런데 이 일은 어찌 봐야 할지 모르겠습니다."

"불이 나서 잿더미가 된 방에서 죽은 사람이 발견됐다. 그렇게 자살한 경우를 본 적이 있느냐?"

완희가 쏘아붙이자 포졸이 움찔했다.

"송구하옵니다."

"서둘러라. 작은 단서도 놓쳐서는 안 된다!"

화연은 포졸들에게 호령하며 신속히 일을 처리하는 완희의 모습에 적잖이 감탄했다. 포졸들이 구경꾼들을 집 밖으로 몰아내고 불탄 방으로 들어가서 물건들을 꺼냈다. 시신은 조심스럽게 뒤뜰로 옮겨서 거적으로 덮었다. 화연이 그 광경을 지켜보는데 곱분이 다가왔다.

"아기씨, 잠시 이쪽으로."

곱분이 화연을 인적이 없는 구석으로 데리고 갔다.

"그래, 알아봤어?"

"알아보긴 했는데, 워낙 민망한 얘기라서요."

"집주인에게 대충 들었어. 죽은 두 사람이 간통했다며?"

화연의 얘기에 곱분이 고개를 끄덕거렸다.

"오랫동안 깊은 관계였답니다."

"남자도 마찬가지지만, 여자 쪽은 남편이 눈치를 못 챈 거야?"

"김 소사의 남편은 노름에 푹 빠져서 집에도 잘 안 들어온대요. 어쩌다 들어와도 패악을 부리며 돈이나 뜯어가고요. 줄줄이 딸린 입이 셋이나 되는지라 어쩔 수 없이 칠패 시장에서 생선을 떼다 팔기 시작했답니다."

"저런. 그걸로 생계를 유지한 거야?"

"이번에 함께 죽은 남자가 생선을 싸게 공급해줘서 그걸 팔아 간신히 입에 풀칠이나 했던 모양이에요. 그리고……."

곱분은 멈칫하다가 다시 말을 이었다.

"아기씨는 잘 모르시겠지만 이런 상황에서 아낙네가 선택

할 수 있는 건 별로 없어요. 일단 제 새끼 입에 풀칠은 해야 하니까요. 그래서 어쩔 수 없이 그런 선택을……."

화연이 할 말을 잃자 곱분은 우울한 표정으로 덧붙였다.

"남편은 여기저기에 노름빚만 천 냥이 넘고, 상대 남자는 워낙 그악스럽기로 유명해서 다들 사정을 알면서도 쉬쉬하며 모른 척했답니다."

"하……."

화연은 형체도 알아볼 수 없이 타버린 김 소사를 떠올리면서 안타까움을 금치 못했다. 마음이 무거워진 화연은 멀리서 들려오는 괴성에 퍼뜩 놀랐다. 눈이 충혈된 사내가 저고리를 풀어 헤친 채 마당으로 뛰어들었다.

"내 마누라! 마누라가 여기 있다며!"

사내의 외침에 구경꾼들이 슬금슬금 자리를 떴다. 포졸들을 지휘하면서 현장을 조사하던 완희가 나섰다.

"웬 놈이냐!"

"죽은 계집의 남편이외다."

"아! 네가 김 소사의 남편이로구나."

"그렇소. 마누라가 딴 놈이랑 불륜을 저지르다가 죽었다는 소식을 듣고 찾아왔소이다."

"자네 아내는 불에 타 숨졌네. 오작인들이 검시를 하고 시신을 넘겨줄 것이니 그때 장례를 치르게."

"장례라니요! 멀쩡한 남편을 두고 딴 놈이랑 놀아나다가 죽은 년한테 초상이 웬 말이랍니까!"

사내의 거친 언사에 완희가 난감한 표정을 지었다.

"이 사람아, 아무리 그래도 죽은 사람인데 장례는 치러줘야지."

"됐습니다. 강에다 던져버려서 물고기 밥으로 만들어버릴 겁니다."

참다못한 화연이 나서려고 하자 뒤에서 곱분이 끌어안았다.

"안 됩니다, 아기씨. 참으셔요."

"놔! 노름에 빠져서 가족도 팽개친 주제에 어떻게 저런 소리를 할 수 있어?"

"여인들은 어느 때고 남편에게 순종하는 게 법이니까요. 노름에 빠졌거나 오입질을 해도 말입니다."

대개의 가정은 남자가 바깥일을 해서 가족을 먹여 살리고, 여인이 아이를 키우며 살림을 도맡았다. 하지만 김 소사처럼 남편이 도박에 빠졌거나 무능력한 경우에는 여인들이 두 가지 일을 다 떠맡아야만 했다. 그런 여성들의 삶이 얼마나 고달프고 위험한 것인지 김 소사의 마지막 모습에서 절절하게 느낄 수 있었다.

"말도 안 돼!"

화연이 뿌리치려고 안간힘을 썼지만 그럴수록 곱분은 팔에 힘을 주었다.

"여자는 참는 게 미덕이라잖아요. 아기씨도 참으세요."

"부인 시신을 물고기 밥으로 만든다잖아."

"그래도 참아야 해요. 제발 나서지 마세요."

화연과 곱분이 티격태격하는 사이, 김 소사의 남편은 더더욱 큰소리를 쳐댔다.

"내 마누라를 죽인 놈이 누굽니까?"

"아니, 이 사람아. 조금 전에는 마누라를 물고기 밥으로 준다고 했으면서 범인은 왜 찾으려고 하는 건가?"

완희의 물음에 그는 주먹을 불끈 쥔 채 말했다.

"그놈이 살림 밑천을 없앴으니 응당한 보상을 받아내야지요."

그 얘기를 듣고 완희의 표정이 굳어졌다.

"죽은 부인의 원통함을 풀 생각은 안 하고, 살인자를 찾아서 돈을 뜯어낼 생각이나 하다니!"

"그게 뭐 잘못됐습니까?"

그의 태연한 반문에 완희가 호통을 쳤다.

"저놈을 당장 끌어내. 다시 내 눈에 보이면 뼈도 못 추릴 거야!"

포졸들이 씩씩거리는 사내를 밖으로 끌고 갔다. 그 광경을 지켜보던 화연은 완희에게 다가갔다.

"따지고 보면 김 소사가 저렇게 된 것도 다 저자 때문인데 저자를 처벌할 수는 없나요?"

완희가 난감한 표정으로 대답했다.

"원래 불륜을 저지르다가 발각되면 남편은 아내를 때려 죽여도 죄를 묻지 않습니다. 저자의 행동이 괘씸한 건 사실이지만 따로 벌을 줄 수는 없습니다."

"시신을 물고기 밥으로 만든다는 얘기, 똑똑히 들었잖아요."

"어쨌든 시신은 조사가 끝난 뒤 가족에게 보내는 게 원칙입니다. 다만 살인이 명백한 경우에는 범인을 잡을 때까지 우포도청에 보관하면서 장례를 미룰 수 있습니다."

"그렇다면 우리가 범인을 잡고 제대로 장례를 치러줘요."

"그건 제 일입니다."

딱 잘라 말한 뒤 완희가 덧붙였다.

"낭자는 바깥일에 너무 관심을 두지 않는 게 좋겠습니다. 남들 보기에 안 좋습니다."

화연은 터져 나오려는 분노를 애써 눌렀다.

"제 주변에서 부당한 일이 벌어지지 않으면 그렇게 하지요. 하지만 이번 일은 천부당만부당합니다. 고인의 명예를 회복시키기 위해서라도 반드시 해결하고 말 거예요."

이글거리는 화연의 눈빛을 보고 완희가 작게 한숨을 쉬었다.

"일단 살인 여부를 밝히는 게 급선무입니다."

"물증은 나왔습니까?"

완희는 포졸들이 마당에 늘어놓은 것들 중에서 검게 탄 쇳덩어리를 가리켰다.

"방문을 채운 자물쇠가 나왔습니다."

"부엌과 통하는 쪽문은 잠겨 있었고, 창문은 사람이 드나들 수 없을 만큼 작았어요."

"맞습니다. 그 얘긴 밖에서는 안에 들어올 수 없었다는 뜻입니다. 그렇다면 남은 건 두 사람이 안에서 문을 걸어 잠그고 스스로 목숨을 끊었다는 추측뿐이겠지요."

"하지만 몸이 불타오르는 아픔을 견딘 채 누워 있을 수는 없다고 한 것은 남 군관님이었어요."

화연의 반문에 완희는 난감한 표정으로 고개를 저었다.

"그렇긴 한데 딱히 살인이라고 볼 만한 물증이 없어서 말입니다."

"그럼 어찌 됩니까?"

"일단 검시는 해보겠지만 거기서도 물증이 안 나오면 추가로 조사하기가 곤란합니다."

"의심이 가는데도 말인가요?"

"명백한 살인 사건이 아니라면 조사를 할 여력이 없습니다."

"좋아요. 그럼 저랑 곱분이가 조사해서 물증을 찾겠습니다. 그때까지만 기다려주세요."

"하지 마시구려, 낭자."

"왜요?"

"죽은 여인은 남편을 두고도 다른 남자와 대낮에 간통을 한 불륜녀입니다. 낭자의 이름에 먹칠을 하게 될지도 모릅니다."

"원해서 그런 것이 아닙니다. 힘없고 가난한 여인이 아이들을 먹여 살리려다가 이 지경이 되었습니다. 그런 사람을 물고기 밥으로 만들 수는 없습니다."

완희는 아랫입술을 깨물면서 생각에 잠겼다. 그러다가 고개를 들고 화연에게 말했다.

"닷새 정도는 시간을 끌 수 있습니다. 그 안에 범인을 잡으면 남편에게 김 소사의 시신을 넘겨주지 않고 관에서 처리할 수 있게 해드리지요."

"고마워요."

그사이 오작인이 도착했다는 소식이 들려왔다.

"일단 오작인이 검시한 결과까지는 알려드리리다. 하지만 내가 공식적으로 도와줄 수 있는 건 그게 전부입니다."

"알겠어요."

얘기를 마친 완희가 한쪽 발을 절름거리며 나타난 오작인에게 가서 이런저런 지시를 내렸다. 그 모습을 지켜보던 화연 옆으로 곱분이 다가왔다.

"아기씨, 얘기는 잘 되셨습니까?"

"일단 시간은 벌었어."

"그나저나 어찌 된 일이래요? 마을 아낙네들은 귀신 소행이라고 수군거리고 있는데요."

"귀신이 곡할 노릇이긴 해. 불이 난 방은 안에서 잠겨 있었고, 죽은 사람들은 잠자듯이 누워 있었으니까."

"불에 살짝만 닿아도 아파 죽을 지경인데 누운 채 꼼짝도 안 했다고요? 말도 안 돼요."

"나도 그렇게 생각해. 그러니까 분명 우리가 아직 모르는 뭔가가 있어."

화연은 시신이 있는 뒤뜰을 바라봤다. 절름발이 오작인이 한쪽 무릎을 꿇고 거적을 들춘 채 이리저리 살피는 게 보였다. 구군복 차림의 완희가 뒤에 서서 그 모습을 지켜봤다. 잠시 뒤 오작인이 고개를 돌리고 완희와 얘기를 나누었다. 완희가 몇 마디 하자 오작인은 고개를 저었다. 조금 더 얘기를 나누다가 완희는 화연이 있는 곳으로 다가왔다.

"오작인은 뭐라고 하나요?"

화연의 물음에 완희가 얼굴을 찡그렸다.

"시신이 심하게 타서 검시로 알아낼 수 있는 게 없답니다."

"그럼 왜 누운 채 가만히 불에 탔는지 알 수 없겠네요?"

"손목과 발목에서 결박한 흔적을 찾아볼 수 없다고 합니다. 그러니 결박당한 채 불에 타 죽은 것도 아니라고 봐야죠."

"맙소사. 그럼 대체 어떻게 불길 속에서 나란히 누운 채로 죽은 거죠?"

"오작인도 이런 건 처음 봤다고 하더군요. 시신이 너무 상해서 독을 썼는지도 조사하기가 어렵답니다."

"그럼 시신에서 찾아낼 수 있는 단서가 없다는 얘기군요."

"포졸들이 방 안을 샅샅이 뒤졌지만 별다른 단서도 안 나왔습니다."

완희가 난감한 얼굴로 바라보자 화연이 대답했다.

"아무튼 닷새 안에 정황을 밝혀보도록 하겠어요."

"일단 시신은 우포도청으로 가져가도록 하겠습니다. 하지만 닷새 뒤에 남편이 돌려달라고 하면 거절할 명분이 없습니다."

화연은 죽은 부인에게 욕설을 퍼붓던 남편을 떠올렸다. 그자에게 시신을 넘겨줄 경우 어떻게 할지 불 보듯 뻔했다. 아랫입술을 깨문 화연이 말했다.

"반드시 찾아내고 말 거예요."

"만만치 않을 겁니다."

화연은 완희의 염려를 무시하고 돌아섰다. 그리고 곱분에게 말했다.

"죽은 김 소사와 가깝게 지낸 사람이 누구지?"

곱분이 담장 밖에서 수군대던 아낙네 한 명을 가리켰다.

"아까 저와 얘기를 나눈 사람이 바로 옆집에 산다고 했어
요."

"그래?"

화연은 곧장 곱분이 알려준 아낙네에게 다가갔다. 펑퍼짐
한 몸매에 치마를 바짝 올려 입고 머리엔 수건을 쓴 중년 여
자는 화연을 보더니 눈을 껌뻑거렸다.

"죽은 김 소사와 가깝다고 들었어요."

화연의 물음에 여자는 손사래를 쳤다.

"아유, 그냥 옆집 살아요. 난 잘 몰라요."

여자가 자리를 뜰 기미를 보이자 화연이 재빨리 손목을
낚아챘다. 그러고는 낮은 목소리로 말했다.

"아까 제가 저 포교랑 얘기 나누는 거 봤죠? 아주 가까운
사이거든요. 만약 대답하지 않거나 거짓말을 하면 그 사람
에게 얘기해서 당신이 의심스럽다고 말할 거예요."

화연의 싸늘한 말투에 여자는 파랗게 질렸다. 지켜보던
곱분 역시 화연의 험악한 행동에 놀라고 말았다. 여자가 바

들바들 떨면서 알겠다고 하자 화연이 본격적으로 질문 세례를 퍼부었다.

"김 소사는 어떤 사람이었나요?"

"어떻긴, 애들이랑 어떻게든 살아보려고 아등바등 애쓰는 사람이었죠."

"남편이 노름꾼이라면서요?"

"노름만 하면 다행이게? 오입질에 툭하면 돈 내놓으라고 마누라를 두들겨 팼죠."

"그래서 김 소사가 다른 남자와 불륜을 저지른 건가요?"

"사흘 굶으면 포도청 담도 넘는다고 하잖아요. 남편은 땡전 한 푼 안 벌어오고, 입은 줄줄이 딸렸는데 뭐라도 해야 할 거 아니냐. 처음에는 삯바느질해주고 쌀을 받았는데 동네 살림이야 다들 비슷하니 언제까지 그럴 수는 없잖아요. 그래서 장사를 시작했는데 아낙네가 무슨 수완이 있겠어요. 거기다 좀 될 만하면 남편이 와서 밑천을 싹 가져가버렸으니까요."

화연은 이야기를 들을수록 화가 났지만 꾹 참고 물었다.

"고마워하지는 못할 망정 그렇게 행패를 부렸다고요?"

"어휴, 우리 집 양반도 술 좋아하고 한눈도 팔지만 저 집 남편 정도는 아니거든. 정신을 못 차려도 한참 못 차려서 주변에서도 다들 손가락질했지만 뭐 어쩌겠어요."

"죽은 남자가 김 소사에게 물건을 싸게 넘겨주면서 접근한 건가요?"

"박 씨 말이죠? 아마 그럴 거예요. 예전부터 김 소사 주변을 어슬렁거렸으니까."

"동네 사람들도 다 알던 모양이지요?"

"알다마다. 박 씨가 술만 마셨다 하면 얼마나 너스레를 떨었는지 몰라요. 그래서 소문이 나니까 삯바느질 일도 싹 끊겼지 뭐야."

얘기를 듣던 화연은 울컥했다. 가정을 지키기 위해 두 남자 사이에서 안간힘을 쓰던 한 여인의 가련하고 비참한 삶이 죽음으로 막을 내렸다. 단지 여자로 태어난 죄밖에는 없었던 그녀의 죽음이 울분을 불러왔다. 그 감정을 애써 억누르며 화연은 질문을 이어갔다.

"남편이라는 작자도 그 소문을 들었을까요?"

"노름꾼이라 오가는 소문이라면 못 들었을 리가 없지요."

"불륜 현장을 덮치면 둘 다 죽여도 죄가 되지 않는데 왜 그냥 지켜만 본 걸까요?"

"우리도 그게 이상해서 빨래터에 모일 때마다 얘기를 했는데 그 작자의 속은 도통 모르겠단 말이야."

"김 소사를 마지막으로 본 게 언제세요?"

"오늘 아침에 우물가에서 봤어요. 그때까지 멀쩡하던 사람이 갑자기 이렇게 되어버렸네요. 사람 일이라는 게 아침저녁으로 다르다더니 이럴 수도 있나 싶어요."

"최근에 김 소사에게 뭔가 이상한 점은 없었나요?"

화연의 질문에 아낙네는 생각에 잠겼다.

"그러고 보니까 맨날 죽을상이더니 요샌 표정이 좀 밝았어요. 그래서 좋은 일이 있느냐고 물으니까 이제 끝이 보인다면서 홀가분하다고만 하더라고요. 뭐가 끝이냐고 했더니 그냥 웃기만 해서 더 묻지 못했어요."

"무슨 일이었을까요?"

아낙네는 말없이 고개만 저었다. 다른 이들에게도 물어봤지만 새롭게 나온 얘기는 없었다. 동네 아낙네들은 뜻밖에도 김 소사를 욕하지 않았다. 남편의 지독한 노름빚과 폭력에 시달려 어쩔 수 없이 이런 일을 했다는 걸 알았기 때문이다. 탐문을 마친 화연이 곱분에게 말했다.

"남 포교가 가끔 우리 집에 보내는 종복 이름이 뭐였지?"

"수돌입니다."

"그자가 발이 넓다고 했지?"

"네. 원래 왕실의 말과 가마를 관리하는 사복시에서 오랫동안 일해서 별감들도 많이 알고 세상 물정에 밝은 편이더라고요."

"그럼 그자한테 김 소사의 남편에 대해서 알아봐달라고 해."

"네?"

곱분이 의아한 듯 되묻자 화연은 불타버린 초가집을 쳐다보면서 대답했다.

"이상한 일투성이잖아. 죽은 사람도 그렇고 주변 사람들도 저마다 사연이 있는 것 같아."

"그래도 이런 일에 아기씨가 나설 필요가 있을까요?"

"죽은 여자가 불쌍해서 그래. 이대로 묻히면 다른 남자랑 불륜을 저지르다 죽었다고 얼마나 손가락질을 받겠어."

"아기씨, 우리는 그저 죽은 여인들의 시신과 유품을 정리하기만 하면 되는 겁니다. 이렇게까지 나설 필요는 없어요. 지난번에 큰일 날 뻔한 거 벌써 잊으셨어요?"

"알아. 하지만 억울한 죽음을 보고도 그냥 넘어갈 수는 없어. 죽은 여인들의 유품이 그렇게 말하고 있는걸."

화연은 주저하는 곱분의 손을 꼭 잡았다.

"반드시 범인을 잡고 장례를 치러주겠어. 좀 도와줘."

"하, 이번이 마지막이에요. 정말 조심하셔야 해요."

"그럴게. 고마워."

화연은 곱분의 손을 잡았다. 엷은 미소를 띤 화연의 눈이
더욱 반짝였다.

*

당상 대청 앞에서 완희는 크게 심호흡을 했다. 그리고 낮
은 목소리로 외쳤다.

"포교 남완희입니다."

"들어오게."

안에서 우포도대장 신숙철의 카랑카랑한 목소리가 들려
왔다. 완희는 신을 벗고 안으로 들어갔다. 곰방대를 입에 문
채 보고서를 읽던 신숙철이 문을 열고 들어선 그를 바라봤
다. 완희가 옆구리에 끼고 온 문서를 건넸다.

"이번에 근화동에서 벌어진 화재 사건에 대한 보고서입

니다."

신숙철이 은으로 된 재떨이에 곰방대를 탕탕 턴 뒤 문서를 펼쳤다. 잠시 뒤 그가 입을 열었다.

"불륜을 저지른 남녀가 밀폐된 방에서 타 죽은 사건이군."

"그렇습니다. 방 안은 잿더미가 되었고, 두 사람은 불에 탄 채 나란히 누워 있었습니다. 의문점이 많아 추가 조사가 필요할 것 같습니다."

완희의 보고를 받은 신숙철은 곰방대를 만지작거리면서 생각에 잠겼다.

"그럴 필요는 없을 것 같은데."

"명백하지는 않지만 타살이 의심될 만한 정황들이 있습니다."

완희가 반박하자 신숙철이 차가운 눈빛으로 말했다.

"언제부터 포도청이 타살이 의심될 만한 사건을 조사할 만큼 한가했지?"

"그런 말씀이 아니오라……."

"방문과 쪽문이 모두 안에서 잠겨 있는데 불이 났다면 정황상 안에 있던 두 사람이 지른 게 분명하지 않은가? 그렇지 않고서야 결박되지도 않은 두 사람이 잠자듯 누운 채 불타 죽었을 리 없잖아."

"그 점이 수상하다는 겁니다. 어찌해서 온몸이 불에 타는 고통 속에서도 꼼짝을 안 했는지 말입니다."

"술을 마셔서 잔뜩 취했겠지. 취한 채 거하게 정사를 치른 뒤라 힘도 없었을 테고. 설사 타살이라고 해도 나는 이 사건을 조사할 마음이 없네."

"어째서입니까?"

완희의 반문에 신숙철이 수염을 쓰다듬으며 대답했다.

"불륜을 저지른 남녀는 현장에서 남편이 때려죽여도 죄를 묻지 않는다는 걸 모르나? 인륜을 저버린 자들에게 걸맞은 최후일지도 모르지."

"설사 그렇다고 해도 법에 의거해서 처벌을 해야지요. 이런 식으로 넘어가서는 안 된다고 생각합니다."

"포도대장의 뜻을 거스르겠다는 것인가!"

신숙철의 호통에 완희는 황급히 고개를 저었다.

"그런 뜻은 아니옵니다."

"그렇다면 내 명대로 하게."

"네……."

완희가 고개를 숙인 채 돌아서려고 하자 신숙철이 물었다.

"그 낭자는 요즘 어떤가?"

"화연 낭자 말씀입니까? 계속 죽은 여인의 유품을 정리하는 일을 하고 있습니다."

"특별히 만나는 사람은?"

"없는 것 같습니다."

"내가 그런 식의 대답을 제일 싫어하는 거 알지?"

신숙철의 엄한 물음에 완희가 굳은 표정으로 대답했다.

"수돌이를 시켜서 화연 낭자의 여종과 가깝게 지내라고 일렀습니다. 특별한 일이 있으면 보고하겠습니다."

"중요한 일이니 빈틈없이 처리하게."

말을 마친 신숙철이 곰방대를 물고 보고서를 읽기 위해 시선을 내렸다. 그러더니 고개를 숙이고 나가려던 완희에게 대뜸 물었다.

"지금 주상 전하의 부군이 누구신지 아는가?"

갑작스럽게 질문을 받은 완희는 우물쭈물하다가 대답했다.

"사도세자 저하이십니다."

"자네도 잘 알겠지만, 아버지인 영조 대왕에 의해 뒤주에 갇혀서 돌아가셨지. 영조 대왕은 지금의 주상 전하를 사도세자의 형님이신 효장세자의 양자로 입적하셨네. 그리고 여러 차례 사도세자를 추숭하지 말 것을 당부하셨네. 갑신처분에 대해서 들은 적이 있지?"

"그렇습니다."

"영조 대왕께서는 종통이 영원히 확정되었으니 사적인 감정에 흔들려 한 글자라도 더 높여서 받들면 안 된다는 어명을 내리셨지. 하지만 지금의 주상께서 즉위하시고 처음으로 내린 윤음이 바로 과인은 사도세자의 아들이라는 것이었네. 물론 갑신처분에 의해 결정된 대로 효장세자의 아들로서 즉위한 것이라는 사실을 재차 천명하셨고, 자신의 뜻을 핑계삼아 사도세자를 추숭하거나 하면 마땅히 법으로 다스리겠다는 말씀도 있으셨지. 하지만 그 말이 과연 진심일까?"

완희는 임금의 뜻을 의심하는 그 말에 깜짝 놀랐다. 자칫하면 역모로 오해받을 수 있었다. 파랗게 질린 완희를 보고 신숙철이 껄껄 웃었다.

"특히 주상 전하는 효심이 깊으시네. 그러니 어떤 형태로든 사도세자 저하에 대한 추숭에 나설 것일세. 그리하면 그 죽음에 연루된 자들은 어찌 되겠나?"

"그야 당연히 처벌을 받겠지요."

"거기서 또 문제가 발생하네. 사도세자가 뒤주에 갇혀서 죽은 것은 그 누구도 아닌 영조 대왕의 뜻이었으니까. 그리고 여러 차례 추숭에 나서지 말라고 명하셨고, 신하들의 지지를 받았어. 그런데 그걸 뒤집고 관련자들을 처벌한다면 그들이 과연 가만있겠는가? 거기다 즉위 직후부터 화연 낭자의 아버지를 포함해서 관련자들이 이런저런 이유로 의문의 죽음을 당하고 있네."

"그게 사실입니까?"

충격을 받은 완희에게 신숙철은 소매에서 둘둘 접은 종이를 꺼내 건넸다. 종이를 펼쳐서 그 내용을 읽은 완희는 입을 다물지 못했다. 그런 완희에게 신숙철이 말했다.

"뒤주를 날랐던 별감과 사도세자를 처벌하라는 대비마마의 언문 교지를 전달한 글월 비자, 뒤주를 탈출하신 사도세자를 보고 영조 대왕에게 그 사실을 고한 내시들이 모두 의문의 죽음을 당했네. 그 낭자의 아버지인 동부승지 역시 그중 한 명이고 말이야. 사도세자의 폐위 교서를 작성했고, 죽기 직전에는 역모를 꾸민다는 익명의 투서 때문에 자리에서 물러나 근신 중이었지."

"이걸 왜 조사하지 않고 그냥 넘어가신 겁니까?"

완희가 거친 목소리로 묻자 신숙철은 잠시 그를 응시하다가 대답했다.

"떨고 있군."

"네?"

"그 종이를 쥔 손 말이야. 계속 떨고 있어."

그제야 완희가 황급히 손을 감췄다. 씩 웃고 나서 신숙철이 입을 열었다.

"나라는 임금의 것이고, 신하는 그 임금의 뜻을 받들어야 하네. 나 역시 사도세자의 죽음이 정당하다고 믿네만 그 아들인 주상 전하께서 복수의 칼날을 뽑아 든 것도 이해하네."

"이게 다 주상 전하의 뜻이란 말입니까?"

"그럴 수도 있고, 아닐 수도 있지. 임오화변을 주도한 세력이 꼬리를 자르기 위해 저지른 짓일 수도 있고, 혹은 주상 전하에게 잘 보이기 위해 누군가가 먼저 손을 쓰고 있는 것인지도 모르고 말이야. 나도 궁금하긴 하지만 섣불리 나설 수는 없어. 주상 전하의 뜻이 무엇인지 알기 전까지는 말이야."

할 말을 잃은 완희가 입을 다물자 신숙철이 한숨 섞인 목소리로 말했다.

"나는 평생 원칙을 지키면서 살아왔네. 하지만 이번 일에서 내가 할 수 있는 건 죽은 사람들의 가족을 지켜주고 보호해주는 것밖에는 없네. 부디 내 심정을 이해해주게."

평소 신숙철은 엄격하지만 공정하다는 평을 받았다. 그런 이의 진솔한 토로에 완희는 희미하게 미소를 지었다.

"명심하겠습니다. 하지만 죄 없는 사람들을 은밀히 감시하는 게 옳은 일인지 모르겠습니다."

"이보게. 죄는 있고 없고가 아니라 그렇게 만들어지는 것일세. 임오화변은 전적으로 당시 임금인 영조 대왕의 뜻으로 이뤄졌네. 당연히 가담한 자들 역시 임금의 뜻을 따랐을 뿐이지. 하지만 사도세자의 아드님이 왕위에 올랐네. 그때의 가담자들은 임금의 아비를 죽인 천하의 역적이 되었고. 자네는 이 둘을 명백하게 구분할 수 있겠는가?"

완희는 아무런 대꾸를 하지 못했다. 그런 완희에게 신숙철의 말이 화살처럼 날아들었다.

"나조차도 혼란스럽다네. 하지만 원칙을 지키면서 지내다 보면 방법이 있을 것이라 믿네."

당상 대청을 빠져나온 완희는 답답한 마음에 문서고로 향했다. 그곳에서 문 노인이 그를 반겼다. 문 노인은 완희에게 의자를 내준 뒤 그의 표정을 살폈다.

"우포도대장 나리께 혼이 나신 모양이군요."

"나야 늘 똑같지 뭐."

"위안이 되실 만한 소식을 전해드릴까요?"

"뭔데?"

완희가 바라보자 문 노인이 대답했다.

"예전에 부탁하신 것을 정리해놨습니다."

퍼뜩 정신을 차린 완희가 의자에서 일어났다.

"얼마나 있던가?"

"눈에 띌 만큼이요. 외람되지만 한 말씀 드려도 될까요?"

"해보게."

주변을 살핀 문 노인이 낮은 목소리로 말했다.

"조심하셔야 할 것 같습니다."

"왜?"

"그림자가 깊습니다."

무슨 엉뚱한 소리냐고 반문하려는데 갑자기 문 노인이 조용히 하라는 손짓을 했다. 그러고는 완희가 열고 들어온 대문을 바라봤다. 반쯤 열린 대문 너머로 희미하게 걸음을 떼는 발소리가 들려왔다. 살짝 얼굴을 찡그린 문 노인이 중얼거렸다.

"느낌이 심상치 않습니다. 그러니 최대한 조심하셔야 합니다."

"화연 낭자에게 보여줘도 괜찮을까?"

"위험하지 않겠습니까?"

"여기저기 들쑤시고 다니면서 눈에 띄는 것보다는 낫지. 수돌이를 붙여서 지켜보게 하려고."

"며칠 뒤에 우포도대장 나리께서 집안일로 하루 쉬신다고 들었습니다."

"그럼 그때 불러야겠군."

*

화연은 행랑채 앞에서 기다리고 있던 수돌에게 다가갔다. 포도청 소속 공노비인 수돌은 곰처럼 우직하게 생긴 얼굴 위로 두건을 푹 눌러쓰고 있었다. 엉거주춤하게 서 있던 그는 화연이 다가오자 넙죽 고개를 숙였다.

"안녕하십니까요, 아기씨."

"곱분이 말로는 자네가 알아낸 게 있다고 들었네."

화연의 말에 수돌이 뒤통수를 긁적거렸다.

"쇤네가 소싯적에 노름판을 좀 돌았기에 여기저기 알아봤습니다."

"그쪽 일은 알아볼 방도가 없어서 불가피하게 자네에게 부탁했네."

"성심성의껏 도와드려야지요."

"고맙네. 알아본 걸 얘기해주게."

"먼저 투전이 어떤 것인지 알려드립죠."

수돌이 소매에서 꺼낸 패를 현란한 손놀림으로 부채처럼 펼쳤다.

"투전은 새나 물고기를 그려 넣어 끗수를 표시한 종이쪽으로 하는 노름이지요. 왜 그렇게 부르는지는 모르지만 예순 장짜리를 두타, 여든 장짜리를 수투전이라고 부릅니다. 몇십 년 전부터 크게 유행해서 장안의 노름꾼들은 모두 이 투전을 즐겨 합니다."

수돌이 행랑채의 쪽마루에 패를 쫙 펼쳤다.

"하는 방식은 다양합니다. 동동이, 돌려대기, 가구, 뻥뻥이 같은 것들이 있죠. 그중 돌려대기를 가장 많이 하는데 마흔 장을 써서 패를 외우기 쉽고 승부가 빨리 나는 편이라서 지루하지가 않죠. 방식은 이렇습니다. 판꾼 다섯 명이 다섯 장씩 패를 받으면서 시작하고, 세 장을 더 받아서 끗수를 끝자리가 0인 숫자로 맞춥니다. 그리고 마지막으로 두 장씩 받아서 더 높은 숫자가 나오는 쪽이 판돈을 쓸어가는 방식입니다."

"이런 게 노름이로군. 대체 얼마나 많은 사람들이 노름을 하는 것이냐?"

"장안 남자들 중에 노름판에 한 번도 안 낀 자를 찾기가 어렵습니다. 특히 이 투전은 사람을 푹 빠져들게 하는 게 있어서 조정에서 금지령이 떨어졌음에도 계속하고 있습지요."

"나라에서 막는데 무슨 수로 계속하지?"

화연의 물음에 수돌이 히죽 웃었다.

"그래서 노름꾼들이 가장 좋아하는 장소가 바로 초상집입니다."

"초상집?"

"초상집은 포졸들이 단속을 못 하거든요. 그러니 문상 온 것처럼 들어간 다음에 노름판을 벌이는 것이죠."

수돌의 얘기를 듣고 화연은 기가 막혔다.

"그 정도로 재미가 있단 말인가?"

"한번 빠지기 시작하면 웬만해서는 끊기가 어렵습니다. 손가락을 자르면 발가락으로 하고, 발가락도 자르면 입으로 한다는 얘기까지 있으니까 말입니다."

"그럼 너는 어찌 끊었느냐?"

화연의 물음에 수돌이 대답 대신 두건을 벗었다. 이마에 먹물로 문신이 새겨져 있는 걸 본 곱분이 비명을 질렀다.

"사복시에서 일하다가 노름에 빠져서 나라님이 타는 어마를 몰래 팔아먹었지요. 그 일로 자자형을 선고받고 이마에 문신이 새겨진 겁니다. 제가 감옥에 갇혔을 때 홀어머니가 충격으로 돌아가시고 말았습니다. 그 후에 완전히 손을 끊었습니다."

사연을 들은 화연이 난감한 표정으로 얘기했다.

"미안하네."

"아닙니다. 다 쇤네 잘못이지요. 어쨌든 노름판에서 근화동 김 소사의 남편에 대해서 알아봤습니다. 성은 조가이고 이름은 한승이라고 합니다. 올해 서른여덟이고 하는 일 없이 노름판을 전전하면서 오입질이나 하고 다니는 아주 악질인 자입니다."

"부인의 외도에 화가 나 범행을 저지른 건 아닐까?"

화연이 순간 날카롭게 묻자, 수돌이 고개를 저었다.

"그 작자는 사건이 벌어지기 전날부터 노름판에 쭉 붙어 있었다고 합니다. 거기다 마누라한테 노름에 쓸 판돈을 뜯어낼 수 있을 텐데 왜 죽이겠습니까?"

"불륜을 저질렀잖아."

"조한승이라면 죽이는 대신 부인과 정을 통한 자에게서 돈을 뜯어낼 자입니다. 한 가지 더 알아낸 게 있습니다."

"무엇인가?"

잠시 주저하던 수돌은 곱분이 옆구리를 찌르자 조심스럽게 입을 열었다.

"투전판에서 이상한 소문을 들었습니다."

"어떤 소문?"

"조한승이 김 소사와 함께 불타 죽은 박완수와 노름을 한 적이 있었답니다. 자기 부인을 걸고 말입니다."

화연은 잠시 멍해졌다. 수돌이 한 얘기의 뜻을 알아차리는 데 시간이 좀 걸렸다. 이내 화연의 얼굴이 분노와 수치심으로 빨개졌다.

"자기 부인을 판돈으로 걸고 노름을 했다고? 천하에 불한당 같으니! 그러면 조한승이 져서 부인을 빼앗겼다는 말인가?"

"반대입니다. 조한승이 이겨서 마누라를 박완수에게 주고 싼값에 물건을 넘겨받게 했답니다. 자긴 그 돈으로 계속 노름을 한 것이고 말입니다."

화연이 텅 빈 한숨을 내쉬었다.

"아무리 그래도 어떻게 남편이라는 자가 부인을 팔아넘길 수 있지?"

울분에 찬 화연 옆에서 곱분이 끼어들었다.

"흉년 때 입을 줄이기 위해 자식을 팔아넘겼다는 얘기는 들었어도 노름 때문에 부인을 팔았다는 얘기는 저도 처음 듣습니다."

간신히 울분을 삼킨 화연이 수돌에게 물었다.

"조한승에게 다른 의심이 갈 만한 점은 없었느냐?"

"그냥 악질 노름꾼입니다. 돈을 뽑아낼 수 있는 한 마누라를 죽일 위인이 아닙니다. 사건이 벌어진 시간에도 노름판에 있었고 말입니다."

"하지만 뒤늦게 현장에 나타나서 돈을 요구했어. 뭔가 알고 있던 눈치야. 그자를 직접 만나볼 방법은 없을까?"

화연의 물음에 수돌이 고개를 저었다.

"그자는 노름판에서도 악질로 꼽힙니다. 설사 만난다고 해도 입을 다물 겁니다."

화연은 실망감을 가까스로 감췄다.

"수고했네."

"별말씀을요. 앞으로도 필요한 일이 있으면 언제든 말씀만 하십시오."

"곱분이에게 베 한 필을 받아가게."

"아이고, 괜찮습니다요."

화연은 손사래를 치는 수돌에게 고맙다고 말한 뒤에 돌아섰다. 무거워진 마음 때문에 발걸음을 뗄 때마다 한숨이 절로 나왔다.

방으로 돌아온 화연은 보료 위에 앉아서 생각에 잠겼다. 수돌에게 조사를 맡기고 기다리는 동안 사흘이 지나갔다. 이제 이틀 밖에 남지 않았다. 하지만 시간의 무게감이 느껴질수록 답은 보이지 않았다. 죽은 두 사람이 있던 방은 안에서 문이 잠겨 있었고, 침입한 흔적은 발견되지 않았다. 두 사람 다 결박되지 않았는데도 불이 났을 때 비명을 지르거나 피한 흔적이 남지 않았다. 완희의 말대로 현실을 비관한 두 사람이 스스로 불을 지르고 자살한 것일까? 하지만 김 소사가 사건 당일에 기분이 몹시 좋았다는 증언이 있었다. 화연이 그동안 유품을 정리하며 관찰했던 여인들은 자살 직전에 극도의 우울함이나 자포자기하는 모습을 보였다. 이제 남은 건 김 소사의 남편인 조한승을 만나서 얘기를 들어보는 것뿐이었다. 하지만 거칠고 험악한 노름꾼을 만날 방법이 쉽사리 떠오르지 않았다. 고민하던 화연은 문이 열리는 소리에 고개를 들었다. 곱분이 참외를 깎아놓은 쟁반을 들고 들어섰다. 맞은편에 앉은 곱분에게 화연이 말했다.

"왜 두 사람은 불이 붙었는데도 꼼짝하지 않았을까?"

"그거야 술에 취해서 그랬겠죠."

"아무리 술에 취해도 그렇지, 몸에 불이 붙으면 모를 리가 없잖아."

"어쨌든 방 안에서 난 불이잖아요."

"창틈이나 문풍지를 뚫고 불씨를 넣으면 밖에서도 불을 지를 수는 있어. 문제는 두 사람이 왜 꼼짝하지 않았느냐야. 그 문제만 풀면 이번 사건을 해결할 수 있을 것 같아."

곱분이 화연에게 참외를 건네주며 말했다.

"죽은 사람에게 물어볼 수도 없고 참 난감하네요."

"남은 건 조한승뿐인데 만날 방법이 없어."

"만난다고 해도 그런 무뢰배가 제대로 털어놓겠어요?"

"그것도 문제지."

화연이 참외를 먹을 생각도 하지 않고 한숨만 쉬자 곱분이 조심스럽게 말했다.

"방법이 있긴 합니다."

"뭔데?"

화연이 눈을 반짝거리면서 묻자 곱분이 다가가서 귓속말로 속삭였다. 그 말을 들으면서 화연의 표정이 점점 밝아졌다.

*

밤이 깊어지자 순라군의 딱따기 소리가 멀리서 들려왔다. 도포 차림에 갓을 쓴 완희는 골목 안쪽에 몸을 숨긴 채 바깥을 살펴봤다. 그는 소매에 넣어둔 철퇴를 한 손으로 꽉 움켜쥔 채 소리에 귀를 기울이다가 딱따기 소리가 가까워지자 뒤에 있던 수돌에게 물었다.

"확실하지?"

"그렇고말고요. 잠시만 기다리십시오."

순라군들이 완희가 숨어 있는 골목 코앞까지 다가왔다. 그때 맞은편에서 누군가 걸어오자 순라군들이 외쳤다.

"웬 놈이 야금*인 시각에 거리를 오가느냐!"

그러자 그자가 고개를 조아렸다. 상복 차림에 대나무 지팡이를 든 남자는 울먹이는 목소리로 말했다.

"외할머니께서 돌아가셔서 급히 가는 길입니다. 부디 너그럽게 봐주십시오."

순라군들이 난감한 표정을 지었다. 그러다가 한 명이 입을 열었다.

"거, 사정은 딱하지만 야금을 어기면 처벌을 받으니까 어서 집으로 가시오."

"감사합니다."

연신 굽실거리던 그는 순라군들이 사라지자 허리를 꼿꼿이 편 채 반대편으로 걸어갔다. 숨어서 그 광경을 지켜보던 수돌이 완희에게 말했다.

"저자입니다."

상복 차림의 남자는 개천을 가로지르는 수표교를 지나 대

---

* 夜禁. 종을 쳐 알린 뒤에 통행을 금지하던 일.

나무가 촘촘하게 심긴 집으로 들어갔다. 그러자 완희가 포졸들에게 명령을 내렸다.

"한 발 더 놓자."

그 말은 포교와 포졸들이 쓰는 암구호로, 서둘러 쫓자는 뜻이었다. 변복을 한 채 숨어 있던 포졸들이 줄줄이 일어났다. 한 명이 완희에게 물었다.

"새벽녘입니까?"

단서를 잡았느냐는 물음에 완희가 상복을 입은 자가 들어간 집을 가리키면서 대답했다.

"우뚝 솟았어."

범인이라는 뜻이었다. 포졸이 그 집을 살펴보다가 말했다.

"파리로 할까요, 참새로 할까요?"

일부만 움직일지, 전부 움직일지 지시를 내려달라는 물음에 완희는 잠시 고민하다가 대답했다.

"참새로 간다."

"나그네께서 문을 맡으시겠습니까?"

완희가 고개를 끄덕거리고는 소매에 넣어둔 철퇴를 꺼냈다. 각자 무기를 꺼내 든 포졸들이 조심스럽게 다리를 건너 상복을 입은 자가 들어간 집을 조용히 둘러쌌다. 민가의 싸리 담보다 훨씬 높게 대나무로 둘러쳐서 안을 들여다보기 힘들었지만 왁자지껄한 소리로 봐서는 노름판이 분명했다. 부하들에게 준비하라고 지시한 뒤 완희는 양손에 든 철퇴로 문을 내리쳤다. 쾅 소리와 함께 문이 부서지자 그가 안으로 들어가면서 외쳤다.

"우포도청에서 단속하러 왔다! 모두 꼼짝 마라!"

불이 환하게 켜져 있던 방 안에서 노름꾼 몇 명이 뛰쳐나왔다. 하지만 빈틈없이 포위되어 있다는 걸 알고는 순순히 두 손을 들었다. 포졸들이 노름꾼들을 무릎 꿇린 다음 포박하는 와중에 완희가 수돌에게 말했다.

"그자가 안 보이는데?"

"분명히 여기 온다고 했습니다."

당황한 수돌의 말에 주변을 두리번거리던 완희는 뒤뜰 구석에 있는 측간의 문이 반쯤 열려 있는 걸 보고는 혀를 찼다.

"측간에 있었던 모양이다."

포졸들이 쏟아져 들어오는 순간 담을 넘어 도망친 게 분명했다. 대나무 담장에 매달려서 바깥을 살펴보던 완희는 어둠 속에서 멀어져가는 발소리를 들었다.

"저쪽!"

완희가 대나무 담장을 넘은 뒤 수돌이 넘겨준 횃불을 들고 소리가 들린 쪽으로 달렸다. 혜정교를 건넌 완희는 갑자기 사라진 발소리에 걸음을 멈췄다. 뒤따라온 수돌이 외쳤다.

"왜 그러십니까? 이러다 놓치겠어요."

조용히 하라는 손짓을 하며 완희가 잠시 귀를 기울이다가 아래쪽을 가리켰다. 그러곤 엉뚱한 소리를 했다.

"발소리를 놓쳤어. 어디로 갔는지 모르겠는걸."

그러면서 오른쪽 교각으로 향했다. 교각 아래를 들여다보자 누군가의 손이 매달려 있었다. 완희가 히죽 웃으면서 횃불을 갖다 댔다.

"귀신이 곡할 노릇이지 뭐야."

다리에 매달려 있던 상복 차림의 남자는 손가락에 횃불이 닿자 비명을 지르면서 아래로 떨어졌다. 풍덩 소리를 들은 완희가 아래를 내려다봤다.

"열 셀 동안에 안 올라오면 내가 잡으러 내려간다. 그러면 포도청에서 두 발로 걸어나가지 못할 거야."

물에 젖은 조한승이 완희에게 뒷덜미를 잡힌 채 골목길로 끌려갔다. 두 손을 결박당한 조한승은 주변을 두리번거리다가 고개를 갸웃거렸다.

"여긴 우포도청 쪽이 아닌뎁쇼."

"가기 전에 잠깐 만날 사람이 있어."

"그게 누군데요?"

"알 거 없고, 만약 거짓말을 하면 노름판을 주도한 죄로 처벌받을 거야."

으름장을 놓은 완희가 골목에서 기다리고 있던 화연과 곱분 앞에 조한승을 데려갔다. 완희는 조한승의 무릎을 꿇린 뒤 철퇴를 손에 쥐었다. 화연은 머리에 쓰고 있던 장옷을 벗어서 어깨에 걸친 뒤 조한승에게 물었다.

"당신이 노름 판돈으로 부인을 팔아넘겼다는 얘기는 들었소."

"그게⋯⋯."

조한승이 우물쭈물하자 완희가 그의 머리 옆으로 철퇴를 휘둘렀다. 움찔한 그가 황급히 고개를 끄덕거렸다. 화연의 목소리가 높아졌다.

"어찌 인두겁을 쓰고 그럴 수 있는가?"

화연의 말에 조한승이 이죽거렸다.

"규방에서 곱게만 자라 모르는 모양인데 먹고살기 위해서는 못 할 짓이 없는 게 이 바닥이야. 이러니저러니 해도 마누라도 딴 놈 품에 안길 생각만 하고 있었다고."

"그러고도 창피한 줄 모르고 부인이 죽은 현장에 나타나서 돈을 뜯으려고 한 것이냐!"

"내가 안달성이에게 일러뒀거든. 마누라랑 박완수가 나타나면 나한테 얘기를 하라고 말이야."

"왜!"

화연의 물음에 조한승이 완희의 눈치를 보면서 대답했다.

"요즘 마누라가 뒷돈을 챙기는 눈치였거든. 완수 놈이랑 붙어먹으면서 뒷주머니를 찬 거지. 집을 뒤져봤는데 돈이 없더라고. 이 여편네가 가지고 다니든지, 아니면 자기만 아는 곳에 숨겨놓은 게 분명해서 말이야."

화연은 어이가 없었다.

"그래서 현장을 덮쳐 돈을 뺏을 생각이었군. 자기 부인을 사지로 몰아넣고선 말이지."

"뺏는 게 아니라 원래 내 몫이었다고. 그래서 둘이 오면 술을 좀 먹여서 시간을 끌라고 했지."

"그런데 왜 뒤늦게 나타난 거야?"

"패가 끝장나게 좋았거든. 그래서 미적거리다가 뒤늦게 갔더니 그 꼴이 났지 뭐야!"

옆에서 듣던 완희가 끼어들었다.

"혹시 네놈이 불을 지르도록 시킨 거 아니냐?"

"두 연놈이 괘씸하긴 하지만 난 판돈만 나오면 그만이외다. 이제 돈 나올 구석도 없어서 마지막으로 한판 크게 벌이고 뜨려고 했는데 이게 뭔 꼴이람."

화연은 부인의 억울한 죽음에는 아랑곳하지 않고 신세 한탄이나 늘어놓는 조한승의 모습에 어처구니가 없었다. 그런 화연의 눈치를 보던 완희가 그를 잡아 일으켰다. 발버둥을 치는 조한승을 포졸에게 넘긴 뒤 완희가 화연에게 다가가 말했다.

"일러준 대로 조한승을 잡았지만 별다른 단서는 나오지 않았군요."

화연은 힘없이 고개를 끄덕거렸다.

"나쁜 작자이긴 하지만 살인을 저질렀다는 뚜렷한 정황은 없네요. 어쨌든 도와줘서 고마워요."

완희는 뜻밖의 말에 순간 놀란 표정을 지었다.

"할 일을 했을 뿐이지요. 그나저나 내일이 약속한 닷새째입니다."

"알고 있어요."

"그래도 노름판을 덮쳐 조한승이 잡혔으니 김 소사의 시신을 함부로 어쩌지는 못할 겁니다."

위로의 말을 남긴 완희가 포졸들을 이끌고 우포도청으로 돌아가면서 수돌에게 두 사람을 집까지 배웅하라고 지시했다.

*

동이 틀 때까지 잠을 이루지 못한 화연은 문풍지 너머로 희뿌옇게 떠오르는 해를 바라봤다. 완희와 약속한 날이 밝았지만 아직 사건을 풀지 못했다. 그때 안방 문이 열리면서 소반을 든 곱분이 들어왔다.

"밤새 한숨도 못 주무시는 것 같던데요. 죽 드시고 기운 좀 차리세요."

화연은 곱분이 내려놓은 소반을 물끄러미 바라봤다. 문득 불에 탄 방에서 발견된 소반이 떠올랐다. 순간 화연의 머릿속에 몇 가지 장면들이 스치고 지나갔다.

"어젯밤에 조한승이 한 얘기 기억나?"

"어떤 얘기요?"

"안달성에게 자기 부인과 박완수가 찾아오면 술을 주라고 한 거."

"예, 그랬지요."

곱분이 어리둥절해하자 화연이 말했다.

"안달성은 두 사람이 술을 가지고 왔다고 했어. 그리고 그 방은 사람이 생활하는 곳이 아니라고 했으니 소반이 있을 필요가 없잖아."

"그렇죠. 그런데 그 방에는 소반이 있었어요."

"혹시……."

벌떡 일어난 화연이 방 안을 돌면서 정신없이 중얼거렸다.

"조한승은 집주인인 안달성에게 부인인 김 소사가 돈을 가지고 있을 테니 술에 취하게 해서 붙잡아두라고 했어. 그래서 안달성이 소반에 술을 올려서 방에 넣어줬고 말이야. 그리고 그 술에 정신을 잃게 만드는 약을 탔다면……?"

"그럼 두 사람 모두 약에 취해 불길이 치솟아도 몰랐을 거예요. 안달성 그자가 김소사의 돈을 빼앗으려고 했을 수도 있겠군요."

곱분의 말에 화연이 고개를 끄덕거렸다. 하지만 곱분은 이내 의문을 표했다.

"그런데 방문과 쪽문이 모두 안에서 잠겨 있었잖아요. 그럼 정신을 잃게 한다고 해도 들어가서 돈을 훔칠 방법이 없는데요."

"그건 현장에서 알아보자. 우포도청에 갔다 올래?"

"네."

"안달성 그자의 집에서 보자고 해."

                         *

대문 앞에서 기다리고 있던 화연은 헐레벌떡 포졸들을 이끌고 달려오는 완희에게 어서 오라고 손짓했다. 완희의 걸음이 빨라졌다. 화연은 숨을 헐떡거리는 완희에게 말했다.

"그자가 사라졌어요."

"누구 말입니까?"

"집주인 안달성이요."

"언제요?"

완희의 물음에 화연은 곱분이 데려온 옆집 노인을 가리켰다. 노인이 몸을 가볍게 떨면서 말했다.

"아들을 보러 간다고 이틀 전인가 한양을 떠났습니다."

"젠장!"

화를 내면서 돌아선 완희가 함께 온 포졸들에게 말했다.

"집 주변을 샅샅이 뒤져서 수상쩍은 것은 모두 모아놓아라."

포졸들이 일제히 흩어지고 나서 완희가 화연에게 물었다.

"곱분이에게 대강 듣기는 했는데 풀리지 않는 의문이 하나 있습니다."

"뭔가요?"

"안달성이 술에 약을 타서 두 사람의 의식을 잃게 했다는 것까지는 알겠는데 문이 잠긴 방 안에서 어떻게 돈을 훔칠 생각이었을까요?"

"이쪽으로 와보세요."

화연은 완희를 불탄 초가집의 뒤뜰로 데려갔다. 화연이 작은 창문을 가리켰다. 완희가 반문했다.

"저긴 작아서 사람이 들어갈 수 없습니다."

"맞아요. 하지만 사람이 아니라면 들어갈 수 있겠죠."

때마침 포졸 하나가 뭔가를 찾았다고 외쳤다. 그가 가져온 것은 가늘고 긴 쇠막대였다. 그 끝이 살짝 구부러져 있는 걸 보고 화연이 말했다.

"저걸 창문을 통해 방 안으로 밀어 넣었을 거예요. 구부러진 끝으로 김 소사의 돈주머니를 빼내려고 했던 거죠."

"그러다가 옆에 있던 등잔을 넘어뜨려 불을 낸 것이군요."

"그자가 손에 화상을 입었던 것을 기억하시지요?"

"불을 끄다가 다쳤다고 했죠."

완희의 말에 화연이 쇠막대를 바라보면서 대답했다.

"이걸 만지다가 화상을 입었을 겁니다. 제가 왔을 때 안달성은 아무것도 안 하고 마당에 우두커니 서 있었거든요."

"얼른 쇠막대를 치우고 당황한 척한 것이군요."

"맞습니다. 아무것도 모르는 척 행동한 거죠."

"그런데 한 가지 짚고 넘어가야 할 게 있습니다."

"뭔가요?"

완희는 들고 있던 쇠막대를 내려다보면서 얘기했다.

"지금까지 얘기한 것은 모두 낭자의 추정일 뿐입니다. 이런 상황에서는 도망친 안달성을 잡는다고 해도 자백을 받지 못하면 소용이 없습니다."

화연은 완희의 얘기를 듣고 고민에 잠겼다. 그때 옆에서 곱분이 소리쳤다.

"식초요!"

"뭐라고?"

화연의 반문에 곱분이 대답했다.

"식초를 이용하면 불에 달궜던 흔적을 찾을 수 있다고 들었어요."

이내 화연이 알겠다는 표정을 지었다.

"맞아! 《신주무원록》에서 본 기억이 나."

화연이 황급히 완희에게 요청했다.

"불을 지펴주세요. 집게도 하나 구해주시고요."

"갑자기 불은 왜요?"

"어서요. 명백한 물증이 필요하다면서요."

화연은 어리둥절해하는 완희의 손에서 쇠막대를 빼앗아 들며 덧붙였다.

"여기 있어요."

*

　포졸들이 모아 온 나뭇가지로 마당에 불을 지폈다. 그 위에 곱분이 구해 온 식초병을 올려놨다. 완희가 모닥불 주변을 서성거리는 화연에게 물었다.

　"식초로 뭘 하려고 그러십니까?"

　"거의 다 됐으니까 쇠막대를 잡아보세요."

　완희가 쇠막대를 들자 화연이 달궈진 식초병을 집게로 집었다. 그리고 조심스럽게 기울여 쇠막대의 구부러진 끝에 뜨거운 식초를 부었다. 식초가 쇠막대에 닿자 지지직거리는 소리와 함께 연기가 피어올랐다. 옆에서 곱분이 서서히 연기가 가라앉는 쇠막대 끝을 바라보다가 외쳤다.

　"변했어요."

　"무슨 얘기야?"

　완희가 영문을 몰라 하자 화연이 뜨거운 식초와 닿은 쇠막대의 끝부분을 가리켰다.

　"여기 색깔이 변한 거 보여요? 달궈진 적이 있는 쇠에 이렇게 뜨거운 식초를 부으면 색이 변하죠."

　완희가 감탄하며 색이 변한 쇠막대를 들여다봤다.

"이 정도면 충분합니다. 즉시 포도대장에게 아뢰어서 도 망친 안달성을 잡도록 하겠습니다."

"김 소사의 장례는 어찌 됩니까?"

화연의 다급한 물음에 완희가 미소를 지으며 대답했다.

"남편이 노름을 한 죄로 갇혀 있으니 장례는 혜민서에서 치러줄 겁니다."

"정말이요?"

"가난한 백성들을 치료하고 시신을 매장해주는 곳이니까 요. 그곳에 장례를 담당하는 매골승*이 있으니까 너무 걱정 하지 말아요."

안도의 한숨을 내쉬는 화연의 눈가가 촉촉해지자 완희가 헛기침을 했다.

"사흘 후에 우포도청에 잠시 들르십시오."

"왜요?"

"문 노인이 문서고를 열어둘 겁니다. 문서 관리차 바람도 쐬어주고 해야 하거든요."

화연의 눈이 번쩍 뜨였다.

---

* 埋骨僧. 시신을 묻고 장례를 치러주는 일을 하던 스님.

"아직 약속한 숫자를 다 채우지 못했는데요."

"보여주는 게 아닙니다. 그냥 문서고의 문을 열어놓을 뿐
이지요. 그럼 사흘 후에 봅시다."

가볍게 고개를 숙인 뒤 완희가 자리를 뜨자 긴장이 풀린
화연이 쓰러지듯 주저앉았다. 놀란 곱분이 얼른 부축했다.

"괜찮으세요?"

곱분의 손을 잡은 화연이 대답했다.

"얼른 가자."

"어디를요?"

"김 소사의 집. 가서 유품도 정리하고 장례도 치러줘야지."

지친 화연의 얼굴에 비친 미소를 보며 곱분이 씩씩하게
대답했다.

"그래요, 아기씨."

물어물어 찾아간 김 소사의 집은 다 쓰러져가는 초가집이
었다. 온기라고는 느껴지지 않는 모습에 곱분이 혀를 찼다.

"이런 곳에서 살았다니, 참으로 딱하네요."

싸리문을 열고 들어간 화연이 안방 문을 열었다. 그러자
지저분한 이불을 쓰고 누워 있던 여자아이가 부스스 눈을

떴다.

"누구세요?"

쪽마루에 걸터앉은 화연이 눈물을 애써 참으며 말했다.

"네 어머니 친구야. 자고 있었니?"

그러자 여자아이는 옆에 누워 있던 동생들을 가리켰다.

"네. 둘 다 자요. 눈만 뜨면 배고프다고 해서 그냥 재웠어요."

"그럼 밥해줄까?"

화연의 말에 여자아이가 눈을 홉떴다.

"진짜요?"

화연이 뒤에 서 있던 곱분을 바라보면서 말했다.

"저 언니 따라가면 해줄 거야."

그 얘기를 듣고 여자아이가 서둘러 동생들을 깨웠다. 그러곤 동생들을 데리고 나가려다가 화연에게 물었다.

"아기씨는요?"

"난 여기서 어머니 물건 좀 정리할게."

"아버지 말이 어머니가 나쁜 짓을 하다가 죽었대요."

"아니야, 어머니는 열심히 살다가 돌아가신 거야."

"나도 아버지 말 안 믿어요. 그럼 어머니 물건 잘 정리해주세요."

여자아이가 동생들과 함께 허리를 숙여 인사한 뒤 곱분의 손을 잡고 집을 떠났다. 자꾸만 늘어지는 몸을 일으키며 화연은 자그마한 안방으로 들어갔다. 그 흔한 경대 하나 없는 방 안에는 힘겨운 삶의 흔적이 가득했다. 화연은 눈물을 삼키고 농문을 열었다. 얼마 되지 않는 옷가지를 정리해서 보따리에 싼 뒤 집으로 돌아왔다.

문가에 서서 거리를 바라보던 곱분이 화연을 보고는 반색했다.

"늦으셔서 걱정했습니다."

"유품이 너무 없어서 되레 찾느라고 시간이 걸렸어."

화연이 김 소사의 유품이 든 보따리를 건네며 물었다.

"아이들은?"

"저녁 먹이고 깨끗하게 씻겼어요. 행랑채에서 자고 있을 겁니다."

"수고했어."

"아기씨도 얼른 쉬십시오. 세숫물은 대청에 가져다 놓을게요."

안방으로 들어간 화연은 보료에 쓰러지듯 기댔다. 곱분이 씻을 물을 가져오기를 기다리면서 화연은 보료의 안침 아래 숨겨둔 종이를 꺼냈다. 자살한 공조참판의 며느리가 《난설헌집》 사이에 끼워두었던 시였다. 화연은 지칠 때마다 그 시를 읽었다. 그렇게 마음을 달래던 화연은 세숫물이 준비되었다는 곱분의 말에 종이를 안침 아래 다시 넣어두었다.

*

김 소사의 장례는 이틀 뒤에 치러졌다. 혜민서에서 나온 매골승 둘이 일꾼들과 함께 시신을 화장해서 경강에 뿌렸다. 화연은 매장을 하지 않고 화장하는 것이 마음에 걸렸지만 자신을 '한조'라고 소개한 매골승의 얘기를 듣고는 이해했다.

"매장을 하려면 도성으로부터 10리 밖으로 나가야 합니다. 먹고살기 힘든 처지에는 100리보다 더 먼 거리죠. 차라리 화장을 하고 마음속에 묻는 게 낫습니다."

혜민서의 한쪽 구석에 있는 화장터에서 화장이 진행되는 동안 화연은 아무 말도 하지 않았다. 그러다가 김 소사의 시신이 한 줌의 재로 변해 경강에 뿌려지는 걸 보는 순간 참았던 눈물을 쏟았다. 그녀가 너무 슬퍼한 탓에 김 소사의 큰딸 월이가 오히려 위로를 해줄 정도였다. 며칠간 곱분이 해준 밥을 먹은 아이들은 홀쭉했던 볼에 혈색이 돌았다. 재가 뿌려지는 동안 염불을 외우던 한조 스님이 화연에게 말을 건넸다.

"피붙이도 아닌 사람을 위해 애를 쓰셨다고 들었습니다. 망자에게 큰 위로가 되었을 것입니다. 이제 아이들은 제가 데려가지요."

"어찌하시게요?"

"혜민서에 이 아이들처럼 부모가 없거나 버려진 아이들을 모아서 돌보는 고아원이 있습니다. 그곳에 맡기면 됩니다."

"잘 돌봐주나요?"

"혜민서 사람들이 삼시 세 끼 먹이면서 돌봐줍니다. 저도 각별히 신경을 쓸 것이니 너무 걱정하지 마십시오."

화연은 한쪽 무릎을 꿇고 월이의 뺨을 쓰다듬었다.

"얘기 들었지? 가서 동생들 잘 돌봐주고. 종종 찾아갈게."

"네. 그동안 감사합니다."

월이가 포옹을 하자 화연은 아이의 귓가에 대고 말했다.

"어머니가 좋은 사람이었다는 걸 절대 잊지 마."

"네."

화연은 곱분과 함께 집으로 돌아왔다. 곱분이 지칠 대로
지친 화연의 등을 쓰다듬으면서 말했다.

"이제 푹 쉬세요, 아기씨."

방으로 들어선 화연은 보료에 앉자마자 안침 아래 넣어둔
종이를 꺼냈다. 거기에 적힌 시를 읽으면서 마음을 가다듬
던 화연은 문득 종이 아래쪽에서 얼룩을 발견했다. 얼룩은
무슨 글자처럼 보이기도 했다.

"뭐지?"

눈살을 찌푸린 채 손가락으로 조심스럽게 닦아봤지만 지
워지지 않았다. 화연은 이 얼룩이 언제 생긴 것인지 고민했
다. 그러다가 며칠 전, 집으로 돌아와 종이를 펼쳤을 때가 떠
올랐다.

"식초가 묻은 거 같은데?"

화연은 문을 열고 밖으로 나갔다. 그리고 물이 든 세숫대
야를 대청에 내려놓던 곱분에게 말했다.

"부엌에서 식초 좀 가져다줘."

"왜요, 아기씨?"

곱분의 물음에 화연은 색이 변한 종이를 보여줬다.

"식초가 묻은 부분이 변했어. 더 묻히면 다른 게 보일 것 같아."

화연의 재촉에 곱분이 부엌에 가서 식초가 든 작은 병을 가져왔다. 대청에 종이를 펴놓은 뒤 화연이 그 위에 식초를 몇 방울 떨어뜨렸다.

"봐봐. 여기 글씨가 나오지."

식초가 묻은 종이는 차츰 색이 변해갔다. 그리고 위쪽으로 새로운 글씨가 나타났다. 화연의 어깨 너머로 들여다보던 곱분이 입을 다물지 못했다.

"글씨 밑에 새로운 글씨가 있네요."

"먼저 쓴 글을 감추려고 한 것 같아. 그래서 식초를 떨어뜨리니 감춰진 글이 드러난 거지."

"원래 글은 한문이었는데 감춰진 글은 언문으로 쓰여 있어요."

"그러게."

화연은 식초가 다 마르기를 기다린 뒤 언문으로 쓰인 글을 읽어 내려갔다.

보기 좋던 꽃들이 지고 있습니다. 꽃이 지니 높다란 담장이 보여서 마음이 심히 괴롭습니다. 오늘은 뒤뜰에 앉아서 새들이 노는 걸 지켜봤어요. 나무에 앉은 새 한 마리가 즐겁게 지저귀다가 친구인지 연인인지 모를 새를 쫓아 담장 밖으로 훌쩍 날아가더군요. 그걸 보고 문득 슬퍼졌습니다. 저는 왜 저 새처럼 밖으로 날아갈 수 없는 걸까요? 담장 밖을 스쳐 지나가는 당신의 모습을 보면서 아무 말도 할 수 없고, 그저 바라볼 수밖에 없다는 사실에 가슴이 아픕니다. 마음이 울적해져서 방으로 돌아와 조각보를 꿰맸어요. 한 땀한 땀 바느질을 하면 어느새 마음이 가라앉으니까요. 저녁이 되니 이른 달이 떴네요. 당신도 이 달을 보고 있을 거라 생각하니 절로 눈물이 납니다. 우리는 언제 만날 수 있을까요? 이전까지는 미안하고 불안해서 마음이 아팠는데, 이제는 그러지 않기로 했어요. 아픈 마음에 더 이상 상처를 내기 싫었거든요. 그저 당신과의 만남을 고대하면서 하루하루를 보내고 있습니다.

편지를 다 읽은 화연은 입을 다물지 못했다. 곱분도 당황한 채 더듬거렸다.

"죽은 남편에게 쓴 편지가 아닐까요?"

"아니."

단호하게 말한 화연이 종이를 들어 올렸다.

"이건 사랑하는 사람에게 보내는 게 분명해."

"하지만 과부였잖아요. 밖에 나가지도 못했을 텐데 누굴 만날 수나 있었을까요?"

"그러니 이 편지를 받을 사람은 집 안에 있거나 혹은 자주 드나들던 사람일 거야."

"설마요."

곱분이 믿기지 않는다는 듯 중얼거리자 화연이 강한 어조로 말했다.

"남편이 죽고 별채 밖으로 나오지도 못하는데 누굴 만났겠어. 집 안에 있어서 그나마 얼굴을 볼 수 있는 사람이겠지. 그리고 이 편지를 보면 처음이 아니라 여러 번 만난 게 분명해."

"아기씨, 이 편지는 태워버리시는 게 좋겠습니다."

"왜?"

화연의 반문에 곱분이 마른침을 삼켰다.

"공조참판 댁에서 이 사실을 알면 어쩌겠어요."

"며느리가 다른 남자와 눈이 맞았다고 생각하겠지."

반항기 섞인 화연의 말에 곱분이 고개를 저었다.

"그 정도가 아니에요. 며느리가 제 남편을 따라 죽은 것을 자랑스러워했잖아요. 곧 열녀문도 내려진다는데 딴 남자를 연모하는 편지를 쓴 사실이 밝혀진다면 집안 망신을 톡톡히 당할 거라고요. 그러니까 화를 입지 않으려면 얼른 없애고 모른 척하는 게 좋겠어요."

화연이 아무 대답도 하지 않자 곱분은 얼른 부엌으로 가서 놋그릇에 불씨를 담아 왔다. 화연은 앞에 놓인 놋그릇을 물끄러미 내려다보다가 고개를 저었다.

"아니, 이 편지는 태우지 않을 거야."

"아기씨, 그건 엄연한 유품이니 개인적으로 가지고 있어서는 안 됩니다."

"알아. 그런데도 내 손에 들어온 건 운명이겠지."

"어떤 운명이요?"

"원래 주인을 찾아주라는 운명."

화연의 얘기에 곱분은 사색이 됐다.

"아기씨!"

"의심스럽지 않아?"

"뭐가 말입니까?"

"선죽당 마님이라는 분 말이야. 며느리가 죽었는데 굉장히 기뻐했잖아."

"그야 열녀문이 내려지고 가문의 품격이 높아지니까 그랬겠죠."

"그래도 뭔가 이상해. 아무래도 죽은 며느리가 이 편지를 누구에게 보내려 했는지 알아내야겠어."

"어떻게요? 그 일은 끝났잖아요."

"방법을 찾아봐야지. 일단 내일 우포도청에 가는 게 중요하니까 그다음에 다시 생각해보자."

당장 움직이진 않겠다는 화연의 말에 곱분은 안도하는 표정을 지었다. 화연은 죽은 여인의 편지 속 상대가 누구인지 어렴풋이 짐작이 갔다. 한숨을 쉰 화연은 곱분이 밖으로 나가는 모습을 보면서 중얼거렸다.

"그자가 분명해."

*

화연은 우포도청에 가기 전에 공조참판 댁에 들렀다. 발인까지 끝나서 그런지 집 안팎의 분위기는 한층 밝아 보였다. 반쯤 열린 대문 너머로 노비들이 바쁘게 오가는 모습이 보였다. 화연이 안으로 들어서서 두리번거리자 노비들에게 이것저것 지시를 내리던 청지기 오종도가 그녀를 알아보고 다가왔다.

"아기씨, 여긴 무슨 일이십니까?"

"잠깐 뵐 분이 있어서요."

"선죽당 마님은 출타 중이십니다."

"다른 사람을 만나러 왔어요."

"누군지 말씀해주시면 불러드리겠습니다."

오종도의 얘기를 들은 화연이 가져온 편지를 그의 눈앞에 펼쳤다. 오종도가 당황하며 물었다.

"이게 뭡니까?"

"누군가 당신에게 보낸 편지예요."

화연이 건넨 편지를 읽고 그의 표정이 굳어졌다.

"제게 보낸 거라는 내용은 없습니다만……."

화연은 오종도의 반응을 예상했다는 듯이 살짝 미소를 보였다. 그러고는 곧장 웃음기를 지우고 냉정하게 말했다.

"언문. 여기 언문으로 쓰여 있는 게 그 증거죠. 그건 여인

들이나 당신 같은 청지기가 읽는 것이라는 뜻이니까요. 그
리고 거기 담장 너머로 당신이 보인다는 대목을 보면 이 집
에 사는 사람이라는 걸 알 수 있어요. 이 집에 돌아가신 아
씨 마님과 언문으로 편지를 주고받을 만한 사람은 당신밖에
없어요."

　화연의 얘기를 듣고 오종도는 주변을 둘러보더니 따라오
라는 눈짓을 했다. 구석진 마당 안쪽에서 숨을 크게 들이쉰
뒤 그가 편지를 돌려줬다.

　"이건 어디서 찾았습니까?"

　"죽은 아씨 마님의 방에서요."

　"유품은 돌려줘야 하는 거 아닙니까?"

　오종도가 눈을 부릅뜨며 화를 내자 화연도 지지 않고 응
수했다.

　"이걸 보여줬으면 당신이 무사했겠어요?"

　"아무 죄 없는 사람을 억지로 엮지 마십시오."

　"나도 그렇게 생각해서 밝혀야 할지 고민했어요. 하지만
지금 보니까 당신에게도 죄가 있네요."

　"무슨 죄가 있단 말입니까?"

　"사랑을 외면한 죄요."

화연은 어처구니없다는 듯 혀를 차는 오종도에게 차갑게 쏘아붙였다.

"아씨 마님은 답답하고 불안한 현실 속에서도 당신에 대한 연모의 감정을 지켜갔어요. 그리고 들키면 당신이 곤란한 처지에 놓일 것을 우려해서 식초를 묻혀야만 알아볼 수 있도록 편지를 쓴 거죠. 편지 내용도 그렇고, 글씨를 감춘 수법을 보면 이미 여러 차례 편지를 주고받았을 것 같은데요."

"넘겨짚지 마십시오. 그분은 혼자 외로웠던 탓인지 아무에게나 편지를 쓰고 없애곤 하셨습니다. 작년에도 이 집에 머물던 문객이 그 문제로 곤혹을 치르고 떠나셨죠."

"그럼 이 편지가 거짓이란 건가요?"

"아기씨는 규방에서 곱게 자라서 잘 모르십니다. 이곳에서는 사소한 실수, 아니 자기 잘못도 아닌 일로 처벌을 받고 쫓겨나기도 합니다. 저희 같은 처지의 사람들은 안 좋은 일로 주인 눈 밖에 나서 쫓겨나면 오갈 데가 없어집니다. 차라리 노비 신세가 나을 지경이죠."

"그래서 편지를 안 받겠다는 건가요? 그분이 마지막으로 당신에게 남긴 것인데도요?"

오종도는 대답 대신 편지를 돌려줬다. 화연은 자기 안위만 챙기는 듯한 그의 태도에 화가 났다. 아씨 마님의 간절한 진심이 짓밟힌 기분이었다. 화연이 그가 내민 편지를 낚아채면서 소리쳤다.

"이렇게 무시당하다니, 죽은 분만 불쌍하네요."

"산 사람은 살아야지요. 저는 그게 우선입니다."

오종도의 말을 뒤로하고 화연은 욱하는 마음을 누르며 돌아섰다.

*

씩씩거리면서 공조참판 댁을 나온 화연은 우포도청의 문서고로 향했다. 문을 열어놓고 기다리던 문 노인이 공손하게 인사를 했다.

"어서 오십시오, 아기씨."

"잘 지내셨어요? 남 군관은요?"

"안달성이 양주에 나타났다는 보고를 받고 잡으러 가셨습니다. 저에게 일을 잘 처리하라고 신신당부하시더군요. 준비는 다 되었으니 염려 마십시오."

화연은 문 노인을 따라 문서고 안으로 들어갔다.

"솔직히 얘기하면 뭐부터 찾아야 할지 전혀 모르겠어요."

"예전에 남 군관께서 창포검으로 죽은 사람들에 대한 기록을 모아달라고 하신 적이 있습니다."

"진짜요?"

화연의 반문에 문 노인이 씩 웃었다.

"남 군관께서도 아버님 사건에 의구심을 품고 계셨던 게 분명합니다."

"뜻밖이네요."

아직 완희에게 반감이 남아 있던 화연이 퉁명스럽게 대꾸하자 문 노인이 껄껄 웃었다.

"이쪽으로 오시지요."

문 노인은 화연을 문서고 안쪽으로 안내했다. 대나무와 널빤지로 만든 서고들이 벽처럼 늘어선 곳을 지나자 대낮임에도 어두침침한 공간이 나왔다. 거기에 벽과 마주한 작은 책상이 있었는데, 그 위에 두루마리와 종이가 쌓여 있었다. 화연이 그 앞에 서자 문 노인이 널빤지로 가려놓았던 창문을 열었다. 빛이 쏟아지면서 정확하게 책상을 비췄다. 화연은 의자에 앉아서 문 노인이 정리해놓은 문서들을 하나씩 펼쳤다.

곱분은 우포도청 근처에서 수돌을 만났다. 우포도청의 관노인 수돌이 완희의 심부름으로 집을 자주 드나들게 되면서 친분을 쌓은 것이었다. 처음에는 미련하고 무식해 보이던 수돌은 알아갈수록 재담을 잘 늘어놓고 다정다감했다. 고집스러운 화연을 모시느라 신경을 바짝 세운 채 지내던 곱분은 그와 대화를 나누면서 마음이 편안해지는 걸 느꼈다. 수돌이 그녀가 챙겨 온 유과를 먹으면서 말했다.

"너희 대감마님을 죽인 게 누군지 알 것 같아."

"정말? 그게 누군데?"

"살주계에 속한 자객이래."

"진짜야?"

수돌이 고개를 끄덕거렸다.

"그렇다니까. 노름판이랑 기방에는 벌써 소문이 쫙 퍼졌어."

"살주계면 주인을 죽이고 도망친 노비들이 모인 곳이지?"

"맞아. 양반을 죽이고, 아녀자들을 겁탈하고, 재물을 빼앗는다는 세 가지 계율을 가지고 있대."

"무시무시하네."

"소문에는 주인을 죽인 뒤 그 살을 씹어 먹고 배를 갈라서 간을 꺼내 먹는 놈들이라니까. 양반들을 죽일 때 창포검을 쓴다고 하니 너희 대감마님을 죽인 자도 살주계의 자객이 분명해."

"대체 포도청은 뭘 하기에 그런 자들도 못 잡는대?"

"신출귀몰한 데다가 얼굴을 꽁꽁 숨기고 드러내질 않는데 무슨 수로 잡아. 거기다 칼 솜씨가 보통이 아니라서 한번 점찍은 목표는 놓치는 법이 없대."

"어휴, 듣기만 해도 겁난다."

곱분이 두 손으로 귀를 감싸는 시늉을 하자 수돌이 씩 웃었다.

"걱정 마. 우린 괜찮으니까."

"어떻게 걱정을 안 해?"

"살주계는 양반들이나 죽이지, 우리 같은 노비들은 안 괴롭혀. 그러니까 걱정하지 말라고."

"그럼 아기씨가 위험하지 않겠어?"

"화연 아기씨가 성질이 좀 불같기는 해도 나쁜 사람은 아니니까 괜찮을 거야."

수돌의 농에 곱분이 눈을 흘기면서 살짝 옆구리를 찔렀다.

"그나저나 네 말이 사실이라면 살주계의 자객이 왜 주인

어른을 죽였을까?"

"낸들 알아. 양반이니까 죽였겠지."

"어떻게 사람의 탈을 쓰고 그럴 수가 있지."

"우리가 어디 사람 취급이나 받나? 말하는 짐승이지. 아무튼 좀 더 알아볼 거니까 입 다물고 있어."

"괜찮겠어? 이유도 없이 사람을 죽이는 놈들이라면서."

"나는 노비니까 상관없어. 걱정 말라고."

"그래도……."

곱분은 걱정스러운 표정을 지우지 못하며 남은 유과를 수돌의 입에 넣어줬다.

*

문서들을 살펴본 뒤 화연은 굳은 표정으로 문 노인을 바라봤다.

"이게 정녕 사실인가요?"

"사람은 거짓말을 합니다. 하지만 문서들은 거짓말을 하지 않지요."

"살주계라는 건 말만 들었지, 실제로 활동하고 있는 줄은 몰랐어요."

"워낙 은밀하게 움직여서 풍문으로 떠도는 것이 전부입니다."

"그들은 왜 주인을 죽이는 건가요?"

"주인의 존재 자체가 자신을 괴롭히기 때문이죠. 그 화근을 없애려면 결국 피를 볼 수밖에 없고요."

"이해가 가지 않아요."

문 노인은 영문을 모르겠다는 듯 고개를 흔드는 화연에게 차분하게 설명했다.

"주인은 노비를 때려죽여도 벌금을 물 뿐 따로 처벌을 받지는 않습니다. 반면 노비는 주인의 털끝 하나만 건드려도 사형에 처해지죠. 그러니 자기가 죽기 전에 아예 죽이겠다는 겁니다."

"그들이 지금도 활동하고 있나요?"

"한양과 광주 같은 도성 인근에서 활동하고 있는 것으로 압니다. 은밀하게 움직이고 자기들만의 변어를 쓰기 때문에 좀처럼 밝혀내기가 어렵다지요."

"아무리 그래도 이렇게 버젓이 활동하고 있는데 포도청이 전혀 손을 못 쓴다는 게 이상해요."

"자객의 소행으로 추정될 뿐이지, 명백한 증거는 없으니까요."

"창포검을 사용했다는 공통점도 있는걸요."

"창포검은 살주계뿐만 아니라 검계와 향도계의 무뢰배들도 씁니다. 아기씨의 아버님처럼 목격자나 증거가 없고, 단지 그런 소문만 있을 뿐이죠."

"그래도 변변이 조사조차 안 했다는 게 이상한데요."

"공개적으로 조사하지 않을 뿐이지, 물밑에서 은밀하게 움직이고 있을지도 모릅니다. 살주계는 포도청에서도 굉장히 조심스러워하는 문제니까 말입니다."

"그런데 왜 살주계가 우리 아버지를 노린 거죠? 아버지는 노비를 괴롭히거나 하는 분이 아니었는데요."

"살주계가 그랬다는 것도 단지 소문일 뿐입니다. 사실과 소문은 다를 수 있으니까요."

"그렇다면 누군가 그런 소문을 냈다는 말인가요?"

문 노인은 잠깐 창문을 통해 쏟아져 들어오는 빛을 바라봤다. 그리고 그곳으로 다가가 한쪽 손을 뻗었다.

"지금 제가 손가락을 몇 개나 폈는지 보이십니까?"

"아뇨, 눈이 부셔서 안 보여요."

"그럼 조금 뒤로 물러나거나 옆으로 빠져서 보십시오."

화연이 의자에서 일어나 옆으로 움직이자 손 모양이 보였다.

"다섯 개를 다 펴셨네요."

"맞습니다. 강한 빛이 사물을 보는 눈을 가려버린 것이죠. 소문이 때때로 그런 역할을 합니다. 거짓과 위선이 진실을 사라지게 만드는 겁니다."

"누군가 소문을 통해 진실을 가렸다는 말인가요?"

"물론 소문이 사실일지도 모릅니다. 사실과 거짓이 섞여 있을 수도 있고요. 그걸 구분해낸다면 아기씨의 아버님을 누가 죽였는지 알아낼 수 있을 겁니다."

"제가 해낼 수 있을까요?"

우두커니 빛을 바라보던 화연이 읊조리듯 물었다. 문 노인이 엷게 웃었다.

"사람이 가는 길은 오직 그 사람만이 알 수 있는 법이니까요. 별 도움이 되지 못해서 죄송합니다. 힘닿는 데까지 찾아봤지만 제가 알아볼 수 있는 데도 한계가 있어서 말입니다."

문 노인의 말에 화연이 희미하게 웃었다.

"아니에요. 이 정도만 해도 큰 도움이 됐습니다."

"죽은 자들에 대해서 알아보면 공통점이 나올 겁니다. 그리고 그 공통점 속에 진실이 있을 겁니다."

"저도 그랬으면 좋겠어요. 남 군관에게도 고맙다고 전해주세요."

"그리하지요."

화연은 문 노인에게 인사를 하고 문서고를 빠져나왔다. 밖에서 기다리고 있던 곱분이 냉큼 달려왔다.

"아기씨, 뭘 좀 알아내셨습니까?"

"알아낸 것 같기도 하고, 아닌 것 같기도 해."

곱분은 수돌에게 들은 살주계 얘기를 털어놨다.

"수돌이가 그러는데 주인어른을 죽인 자가 살주계의 자객일지도 모른답니다. 그자들은 창포검으로 양반들을 닥치는 대로 죽인대요."

"그 얘기는 나도 들었어."

"무서워 죽겠어요, 아기씨."

화연은 움츠러든 곱분에게 따뜻한 미소를 보냈다.

"나도 그래. 하지만 네가 있으니까 든든하네."

"자객이 나타나면 제가 귀를 물어뜯을게요. 그 틈에 아기씨는 도망치세요."

"네가 귀를 물어뜯으면 나는 허벅지를 물게. 아니면 다리를 걸어서 넘어뜨리든가."

화연이 물어뜯는 시늉을 하자 곱분이 활짝 웃었다. 그렇게 우포도청을 나서는 두 사람 뒤로 누군가의 그림자가 따라붙었다.

*

화연은 문서고에서 봤던 것들을 기억해 하나하나 종이에 옮겨 적었다. 아버지처럼 창포검을 쓰는 살주계의 자객에게 살해당한 것으로 추정되는 사람은 한둘이 아니었다. 하지만 소문만 무성할 뿐 증거가 없어 포도청에서도 선뜻 조사에 나서지 못하고 있었다. 화연은 어쩌면 살주계가 연루되었다는 소문 때문에 조사가 지지부진한 것이 아닌가 하는 의구심을 품었다. 죽은 여인들의 시신과 유품을 정리하면서까지 아버지의 죽음을 파헤치려고 했지만 막상 단서가 손에 들어오자 어디서부터 손을 대야 할지 알 수가 없었다. 살주계라는 거대한 그림자가 드리워졌고, 그 그림자의 실체를 입증한다고 해도 살주계가 왜 자객을 보내서 아버지를 죽여야만 했는지를 풀어내야 했다. 화연의 고민이 깊어지는 순간, 밖에서 곱분이 부르는 소리가 들렸다.

"아기씨, 잠깐 나와보십시오."

화연이 문을 열고 대청으로 나오자 곱분이 낯선 여인과 함께 마당에 서 있었다.

"뉘신가?"

화연의 물음에 곱분이 여인을 바라보면서 대답했다.

"세검정 쪽에서 오신 분이랍니다."

"거기서 왜?"

곱분이 미처 대답하기도 전에 여인이 풀썩 주저앉았다.

"저희 언니의 유품을 수습해달라는 부탁을 하러 왔습니다."

여인이 울면서 얘기를 이어가자 곱분이 말없이 방으로 들어가 유품을 수습할 때 쓰는 용품들이 든 보따리를 들고나왔다. 화연이 울고 있는 여인의 등을 다정하게 쓰다듬어줬다.

"알았어요. 같이 가요."

"고맙습니다."

화연이 눈물을 그친 여인을 부축해 대문을 나서자 곱분이 뒤따랐다.

공조참판 댁의 청지기 오종도가 화연의 집으로 들이닥친 것은 그로부터 이틀 뒤였다. 그는 먼 길을 떠나려고 하는지 괴나리봇짐을 메고 그 위에 짚신도 한 축 얹은 채 나타났다. 대청에 앉아서 책을 읽던 화연은 그의 갑작스러운 등장에 당황했다. 그 모습을 본 오종도가 쓴웃음을 지었다.

"선죽당 마님의 명으로 여주에 있는 농막으로 떠납니다."

"갑자기 왜요?"

"모르겠습니다. 어제 갑자기 여주로 내려가라고 하시더 군요. 너무 갑작스러워서 연유를 물어봤는데 농막에 수습할 일이 있다면서 급히 떠나라고만 하셨습니다."

"그런데 절 찾아온 이유가 뭔가요?"

화연의 물음에 오종도가 눈물을 글썽거렸다.

"제가 그 집안을 위해서 얼마나 열심히 일했는지 모르실 겁니다."

"그 얘기를 하려고 찾아왔나요?"

"저는 몹시 가난한 집안에서 태어났습니다. 어릴 때부터 똑똑하다는 소리를 들었지만 할 수 있는 건 청지기 정도였죠. 그래서 더 열심히 했습니다. 그런데 10년 동안 쌓아온 것이 한순간에 물거품이 된 겁니다."

"안됐네요. 그러게 사람을 좀 더 따뜻하게 대하면서 공덕을 쌓지 그랬어요. 애석하지만 저로서도 별로 위로해주고 싶은 마음이 들지 않는군요."

"그 편지에 대해서 알고 있는 사람이 더 있습니까?"

오종도가 다짜고짜 질문을 던졌다.

"지난번이랑 다르게 관심이 많아지셨네요. 나는 아무한테도 말하지 않았어요."

"그렇다면 아무래도 누가 우리 얘기를 엿듣고 선죽당 마님에게 고한 것 같습니다. 그게 아니라면 분골쇄신해서 일한 저를 이리 시골로 내칠 이유가 없습니다."

"그와 관련해서는 드릴 말이 없네요."

짤막하게 대답한 뒤 화연이 돌아서자 오종도가 마치 넋두리처럼 중얼거렸다.

"뭔가 수상했어요."

그 말을 듣고 화연이 황급히 몸을 돌렸다.

"아씨 마님이 저에게 편지를 보내기 시작한 건 올 초였습니다. 처음에는 겁도 났고 무서웠는데 우습게도 시간이 지나면서 적응이 되었던 거죠."

"편지는 누가 전달했나요?"

"아씨 마님의 몸종인 삼월이에게 받았고, 답장도 삼월이 편에 보냈습니다. 삼월이는 바깥출입이 비교적 자유로워서 눈에 띄지 않았거든요."

"정말 아씨만의 일방적인 감정이었나요?"

화연의 물음에 오종도는 잠깐 먼 하늘을 바라봤다. 그러더니 서서히 그의 눈가가 촉촉해졌다.

"작년 겨울이었습니다. 별채의 굴뚝이 고장 났다고 해서 고치러 갔었죠. 뒤뜰에 있는 굴뚝을 고치고 있는데 별채의 창문이 살짝 열려 있는 게 보이더군요. 그래서 삼월이에게 아씨가 추우실 수 있으니 창문을 닫으라고 했죠. 그런데 잠시 후에 창문이 또 열린 겁니다. 이번에는 제가 직접 닫으러 갔죠. 그때 안에서 여자 목소리가 들려왔습니다."

"아씨 마님이었나요?"

"네. 그냥 열어두라고 하시더군요. 그래서 날씨가 춥다고 했더니 오랜만에 사람을 봐서 기쁘다고……. 작은 목소리로 얘기하시는데 가슴이 아팠습니다. 일을 끝냈더니 아씨가 수고했다며 삼월이 편에 곶감을 몇 개 보내주셨습니다. 그 이후부터 삼월이를 통해 소식을 전하다 직접 창문을 두고 애기를 나누게 되었습니다."

"그렇게 시작됐군요."

오종도는 고개를 끄덕거렸다. 그러자 눈가에 고여 있던 눈물이 흘러내렸다.

"이러면 안 된다고 속으로 수없이 되뇌었지만 정신을 차려보니 아씨의 편지를 애타게 기다리고 있었습니다."

"별채에 계신 아씨 마님과는 어찌 만나신 겁니까?"

"주로 새벽에 삼월이를 대동해 별채 뒷문에서 만났습니다. 양가 댁 규수로 자란 아씨는 시집을 오셔서 홀로되신 터라 바깥세상을 거의 모르셨습니다. 그래서 세상일에 관심이 많으셨죠."

"편지에서 마음껏 나는 새가 부럽다고 하셨습니다."

화연의 이야기를 들은 오종도가 한숨을 쉬었다.

"그럴 만도 하시지요. 한 번이라도 바깥을 보여드리고 싶었는데 제 처지가 처지인지라……."

화연이 말끝을 흐린 오종도에게 물었다.

"편지를 전달한 건 삼월이뿐이었나요?"

"네. 별채에서 바깥을 자유롭게 오갈 수 있는 사람은 삼월이뿐이었습니다. 삼월이는 이 집 노비가 아니라 아씨가 시집오실 때 본가에서 데리고 온 아이였거든요."

"삼월이는 지금 어디 있나요?"

"초상이 끝나고 선죽당 마님께서 본가로 보내셨습니다. 어차피 아씨도 없는데 데리고 있을 이유가 없다고 하시면서 말입니다."

"그런 상황에서 아씨는 왜 갑자기 목숨을 끊으셨을까요."

"그게 이상합니다."

고개를 똑바로 든 오종도에게 화연이 물었다.

"그간 집안에서 남편을 따라 자결하라고 무언의 압박을 준 것으로 알고 있는데요."

"맞습니다. 선죽당 마님께서 집안사람을 모아놓고 삼강오륜을 들려주신 적이 있습니다. 그러면서 우리 집안에도 이런 본보기가 하나쯤 있으면 좋겠다는 식으로 말씀하셔서 분위기가 어색해진 적도 있죠."

"자살하라고 등을 떠민 거나 마찬가지네요."

"그렇지만 최근에 아씨가 부쩍 바깥세상을 궁금해하셨습니다. 계속 밖으로 나가보고 싶다 하셨죠. 그런 분이 갑자기 남편을 따라 목숨을 끊으셨다고 해서 저도 소식을 듣고 꾕

장히 놀랐습니다."

화연은 선죽당 마님의 모습을 떠올렸다. 그녀는 화연 같은 외부인에게도 열녀문이 내려지는 것에 대한 기쁨을 감추지 않았다. 거기다 시신을 미리 염했다면서 보여주지 않은 점도 마음에 걸렸다.

"구체적으로 얘기해보실래요?"

화연이 미심쩍은 목소리로 말하자 오종도는 괴나리봇짐을 추스르면서 입을 열었다.

"아씨께서 내년에는 용기를 내서 선죽당 마님께 허락을 구한 뒤 단오가 되면 밖에 나가서 그네를 타보겠다고도 하셨죠."

"언제요?"

"지난달에요. 최근에 만났을 때도 남편이 그립다거나 죽고 싶다는 얘기를 하신 적이 없습니다. 그런 낌새조차 없었죠."

"스스로 목숨을 끊으실 분이 아니라는 말이군요."

오종도가 고개를 끄덕거리더니 주저하다가 입을 열었다.

"그리고 저와 멀리 도망치고 싶다고도 하셨어요."

"뭐라고요?"

놀란 화연의 반문에 오종도가 주변을 살펴보더니 소매에서 뭔가를 꺼냈다.

"약조의 증표라면서 이걸 저에게 주셨습니다."

그가 소매에서 꺼낸 것은 옥으로 된 노리개였다.

"삼작노리개군요."

"맞습니다. 아씨께서 시집올 때 가져오신 것이지요. 그중 하나를 끊어 저에게 주시면서 아끼는 것이니 귀히 여겨달라고 하셨습니다. 또 이런 말도 하셨죠."

"어떤 말이요?"

"이제는 하루를 살더라도 밖에서 자유롭게 지내고 싶다고요. 만약 함께 떠날 준비가 되면 삼월이를 통해서 이걸 돌려달라고 하셨습니다."

화연은 오종도가 건넨 노리개를 만져봤다. 죽은 아씨 마님의 온기가 느껴지는 것 같았다. 넋을 놓은 채 노리개를 바라보던 화연이 오종도에게 말했다.

"이 일을 하면서 갑자기 목숨을 끊는 사람을 여럿 봤어요. 희망이 생겼다가 이루지 못하게 되면 오히려 절망이 커지더라고요."

"사실은⋯⋯."

잠시 뜸을 들이던 오종도가 입을 열었다.

"돌아가시기 며칠 전에 아씨께서 저와 떠날 곳을 정해두었다고 하셨습니다."

"뭐라고요?"

"저도 놀라서 다시 여쭸더니 좋은 곳이라고 하시더군요. 제가 농담 삼아서 바다 건너 탐라 같은 곳이냐고 하니까 얼버무리셨지만요. 그러면서 헤어질 때 노리개를 잘 갖고 있는지 확인하셨습니다."

"그리고 며칠 안 돼 갑자기 목숨을 끊으셨다는 말이군요."

오종도는 마른침을 삼키며 대답했다.

"도무지 믿기지가 않아서 삼월이에게 물어봤더니 자기도 곁에 없을 때 일이 벌어졌다고 하더군요."

"몸종은 늘 주인 곁에 있어야 하는 거 아닌가요?"

화연이 묻자 오종도가 고개를 저었다.

"자기는 본 게 없다고만 했습니다. 그런 상황에서 갑자기 아씨의 편지를 가지고 오셔서 얼마나 놀랐는지 모릅니다."

그날의 불쾌한 기억이 떠오른 화연이 얼굴을 찡그리자 오종도가 난처한 표정을 지었다.

"순간적으로 혹시 선죽당 마님이 저를 떠보기 위해 아기씨를 이용한 게 아닌가 싶었거든요."

"제가 그분의 앞잡이 노릇이라도 할 것처럼 보였나 보군요."

"아기씨가 모르셔서 그럽니다. 선죽당 마님은 사방에 귀가 있고, 도처에 눈이 있습니다. 주인어른께서 공조참판까지 올라가는 데 선죽당 마님이 한몫하셨다는 건 아는 사람은 다 아는 사실이니까요."

"그 정도인가요?"

"아랫것들끼리는 선죽당 마님께서 남자로 태어났으면 한인물 했을 거라고 수군거리기도 한답니다. 저도 같은 생각이고요. 그래서 편지를 봤을 때 그렇게 반응할 수밖에 없었습니다. 지나고 보니 송구해서 사과드리고 싶네요."

"이제는 저를 믿으시는 건가요?"

"아기씨와 대화를 나누면서 깨달았습니다. 저를 떠보고 자시고 할 분이 아니라는 걸 말입니다. 잘 모르고 의심했던 점 사과드립니다."

얘기를 마친 오종도가 공손히 고개를 숙였다. 화연 역시 가볍게 고개를 숙였다. 그럼에도 여전히 의구심이 남았다.

"알겠어요. 그런데 왜 이런 얘기를 저한테 하시는 거죠?"

"솔직히 말씀드리면 흑막이 있는 것 같은데 도움을 청할 사람이 아기씨밖에 없었습니다."

"······자살이 아니라고 생각하는 거죠?"

화연이 말을 잇지 못하자 오종도는 대답 대신 고개를 끄덕거렸다.

"아씨의 삶을 지켜보면서 안타깝다는 생각이 들었습니다. 그래서 목숨을 걸고 만났던 것이지요. 그런 분이 그렇게 갑자기 스스로 목숨을 끊으셨다는 걸 도무지 납득할 수가 없습니다. 아기씨께서 진실을 밝혀주십시오."

"그렇다면 그건 당신이 할 몫 아닌가요?"

화연의 지적에 오종도가 쓴웃음을 지었다.

"저는 선죽당 마님의 손아귀에서 벗어날 수 없는 처지입니다. 일단 시골로 내려보낸 후에도 저를 계속 지켜보실 겁니다."

화연의 얼굴이 굳어지자 오종도가 조심스럽게 말했다.

"선죽당 마님은 무서운 분입니다. 그러니 확실한 물증이나 증인이 나올 때까지는 은밀하게 조사하시는 게 좋을 겁니다. 만약 그럴 자신이 없으시면 아씨의 편지를 태우고 잊어버리십시오."

"내가 어떻게 하는 게 좋겠어요?"

화연의 단도직입적인 물음에 오종도는 땅만 내려다봤다.

"결국은 사랑하는 이의 진실을 대신 밝혀내달라는 얘기잖아요."

"그래서 이렇게 부탁드립니다. 사실 저도 이것저것 알아봤지만 아무것도 없었습니다. 아랫것들도 선죽당 마님을 무서워해서 입을 열지 않더군요."

"남은 건 이 편지랑 당신의 증언뿐이로군요."

"어려운 부탁이라는 거 잘 압니다. 하지만 아씨의 한을 풀어줄 사람은 아기씨밖에 없습니다."

입을 굳게 다문 채 생각에 잠겼던 화연이 다시 입을 열었다.

"일단 삼월이를 만나볼게요."

"고맙습니다. 저는 여주에서 아씨의 명복을 빌겠습니다."

오종도는 깊은 한숨을 내쉰 뒤 노리개를 소매에 넣고는 대문 밖으로 사라졌다.

숭례문을 나온 오종도는 나루터에서 배를 타고 경강을 건
넜다. 멀어지던 한양은 점점 작아지다가 마침내 사라졌다.
선정릉을 지날 무렵부터 인적이 차츰 줄어들더니 여주로 가
는 고갯길에서 아예 끊겨버렸다. 고갯길 아래 주막집에서
국밥으로 배를 채운 오종도가 등이 굽은 식모에게 물었다.

"이 고갯길에는 왜 이렇게 인적이 뜸합니까?"

"말도 말아요. 대낮에도 호랑이가 나오고 도적 떼가 출몰
한다고 해서 발길이 뚝 끊겼지요. 손님도 혼자 가지 말고 좀
있다가 사람들 오면 같이 올라가세요."

"아니, 한양이 그리 먼 것도 아닌데 호랑이와 도적 떼가
출몰한다고요?"

오종도가 믿기지 않는다는 듯 묻자 항아리에서 바가지로
술을 퍼내던 주모가 휙 고개를 돌리고 웃으며 말했다.

"호랑이가 어디 장소를 가려가며 출몰한답니까? 그놈을
잡겠다며 착호갑사*가 몇 번이나 왔는데도 잡지를 못해서

---

* 捉虎甲士. 호랑이를 잡기 위해 특별히 뽑은 군사.

관아에서도 손을 놓고 있지요."

"도적도 나타난다면서요?"

"보부상들이 몇 번 털린 적이 있답니다. 그러니 손님도 다른 사람들이랑 무리 지어 가시구려."

"인적이 이렇게 없는데 누가 오긴 한답니까?"

"그럼 하룻밤 주무시구려."

잠시 고민하던 오종도는 자리에서 일어났다.

"늦으면 주인마님의 불호령이 떨어질 거외다."

주막을 나온 오종도는 산길을 걸어갔다. 제법 넓던 고갯길은 중턱을 넘기면서 좁아졌다. 길 양쪽으로는 울창한 숲과 절벽이 이어져서 대낮임에도 어둑어둑했다. 불안한 기운을 느낀 오종도는 숲속에서 들려오는 새소리에 맞춰 쫓기듯 발걸음을 빨리했다. 갈수록 구불구불해지는 고갯길을 올라가다가 매 모양의 큰 바위가 나타나자 그는 그곳에서 잠시 쉬기로 했다. 가까이 다가가자 바위에 기대 있던 누군가가 그의 앞을 가로막았다. 눈과 맞닿은 부분에 조그마한 구멍이 뚫린 커다란 삿갓을 쓴 낡은 도포 차림의 남자였다. 갑작스러운 남자의 등장에 놀란 오종도가 걸음을 멈추고 응시하자 그가 천천히 다가왔다. 그의 왼손에는 때가 묻은 대나

무 지팡이가 들려 있었는데 발걸음을 옮기면서 손잡이를 뽑
자 시퍼런 칼날이 나왔다. 오종도가 두려움에 잠긴 목소리
로 중얼거렸다.

"창포검……."

뒷걸음질하면서 주변을 살펴봤지만 도움을 청할 사람이
보이지 않았다. 차오르는 숨을 헐떡거리던 오종도는 성큼성
큼 다가오는 상대에게 물었다.

"선죽당 마님이 보낸 거요?"

남자는 대답 없이 가까이 다가오더니 창포검을 머리 위로
쳐들었다. 오종도는 번득이는 칼날을 올려다보며 비명을 질
렀다. 그 소리에 놀란 새들이 나뭇가지를 박차고 하늘로 날
아갔다.

第三章

짙어진 어둠 속의 달빛 》

박철곤은 요강을 들고 밖으로 나오다 개천 건너에 있는 경희궁을 바라보며 깊은 한숨을 쉬었다. 요강을 비우고 상점으로 들어온 그는 상석인 퇴청의 방석에 앉으면서 다시 한숨을 내쉬었다. 경희궁을 볼 때마다 울화통이 터져 못 견디겠는데 목구멍이 포도청이라 어쩔 수 없었다. 상점 위치를 옮기도록 할 수 있는 이는 도중*의 대행수뿐이었는데 속사정을 털어놓으면 소문이 날 게 뻔했다. 한숨을 푹 쉰 박철곤은 곰방대를 집었다. 그때 문이 삐걱거리는 소리가 들려왔다. 그는 얼른 곰방대를 내려놓으며 웃음을 지었다.

---

* 都中. 조선 후기 육의전들의 조합.

"어서 오십시오. 뭘 사러 오셨습니까?"

상대방이 아무 대답이 없자 박철곤은 속으로 기찰을 하러 온 포졸이 아닌지 의심했다. 작년의 그 일 이후 포도청에서 정황을 살펴본다며 수시로 드나들었기 때문이다. 그가 조심스럽게 고개를 들자 상대방이 입은 녹색 도포가 보였다. 큼지막한 통영갓을 쓴 채 접이식 부채로 얼굴을 가리고 있는 데다가 해를 등지고 있어서 얼굴은 잘 보이지 않았다. 의아해하는 그에게 상대가 굵직한 목소리로 말했다.

"자네를 사러 왔네."

분위기가 심상치 않다고 느낀 박철곤은 말을 돌렸다.

"여기는 물건을 파는 곳이지, 사람을 파는 곳이 아니올시다."

"정확하게는 당신의 원한을 사러 왔소이다."

"누구요?"

여차하면 후려칠 생각에 곰방대를 단단히 움켜쥔 채 묻자 녹색 도포는 말을 늘어놨다.

"작년에 자네의 막냇동생인 박병곤이 개천에 빠져 죽은 채 발견되었지. 목이 부러지고 몸에 피멍이 든 데다가 창포검에 베인 흔적까지 있었지만 포도청은 살인범을 잡는 데

별로 관심이 없었어. 오히려 자네와 가족들을 감시하고 핍박했지."

"네놈은 누구냐!"

그때의 분노가 떠오른 박철곤이 곰방대를 쥔 채 몸을 일으켰다. 그러자 녹색 도포가 혀를 찼다.

"박병곤의 죽음은 그가 궁중의 무예별감으로 있으면서 사도세자를 가둔 소주방의 뒤주를 옮겨 왔다는 것과 관련이 있지. 그래서 포도청 군관들이 나서지 않았던 거고 말이야."

흥분한 박철곤은 거세게 항변했다.

"병곤이는 억울하게 죽었어. 선인문*의 변이 일어났을 때 별감들이 머뭇거리자 임금이 칼로 한 명을 베어버렸다고 하더군. 별감들은 왕명을 받들었던 것뿐이야. 그런데 시키는 일을 했다는 이유로 별감에서 쫓겨난 것도 모자라서 비명횡사를 했는데도 다들 모른 척했지. 그 일만 생각하면 지금도 잠이 안 온다고."

"그래서 자네를 찾아온 거야. 억울하게 죽은 막냇동생의 원한을 갚을 기회를 주겠네."

---

* 宣仁門. 창경궁 남쪽으로 나 있는 문으로, 이곳에서 사도세자가 뒤주에 갇혀 죽었다.

녹색 도포의 얘기에 부들부들 떨던 박철곤이 물었다.

"어떻게?"

"때가 되면 알게 될 터. 나와 함께하겠나?"

상대의 물음에 박철곤은 저도 모르게 고개를 끄덕거렸다.

"동생의 복수만 해준다면 기꺼이 도우리다."

"좋소. 내 조만간 다시 찾아오겠소."

가볍게 고개를 숙인 뒤 녹색 도포가 부채를 접은 채 돌아섰다. 상점을 빠져나가는 그의 뒷모습을 지켜보다가 박철곤이 외쳤다.

"그런데 범인이 누군지도 모르는데 어찌 복수를 한단 말이요?"

그의 물음에 녹색 도포는 너털웃음을 지었다.

"범인이 누군지는 나도 알고 자네도 알고 세상이 다 아네, 안 그런가?"

"서, 설마……."

박철곤이 따라 나오자 녹색 도포는 접은 부채로 다리 건너편의 경희궁을 가리켰다. 박철곤은 전율을 느꼈다. 곧 부채를 내린 녹색 도포가 골목길 안쪽으로 빠르게 사라졌다.

*

"저기랍니다."

산길을 제법 오랫동안 걸어온 터라 화연은 다 왔다는 곱분의 말에 한숨을 쉬었다. 여름이 아직 끝나지 않은 시기라 걸을 때마다 더운 열기가 훅훅 끼쳤다. 양주의 외딴 산속까지 오게 된 화연은 곱분에게 재차 물었다.

"저곳이 맞아?"

"네. 친척에게 확인했으니 틀림없습니다."

좁고 구불구불한 길 끝에 기와 대신 나무를 얇게 쪼개서 쓴 너와집이 한 채 있었다. 싸리 대신 작은 나무들을 촘촘하게 엮은 담장 안으로 닭이 몇 마리 보였다. 화연보다 몇 걸음 앞서간 곱분이 너와집 쪽으로 다가가면서 외쳤다.

"아무도 없나요?"

잠시 뒤 널빤지로 만든 안채의 문이 삐걱거리면서 열렸다. 머리에 수건을 두른 젊은 여자가 고개를 내민 채 두 사람을 바라봤다.

"누구세요?"

"한양에서 왔어요. 공조참판 댁 며느리가 돌아가시고 유품을 수습한 사람인데 이상한 게 있어서 알아보려고요."

"그런데요?"

상대의 반문에 곱분이 한 걸음 다가가면서 물었다.

"그분을 모시던 몸종 삼월이라고 아세요? 공조참판 댁에서 나와 이곳으로 왔다고 들었는데요."

화연은 여자의 얼굴에 그늘이 지는 것을 봤다. 작게 한숨을 쉰 그녀가 말했다.

"여긴 그런 사람 없어요."

문이 닫히려는 순간, 곱분이 다가가서 손으로 막았다.

"왜 피하려고 하는지는 잘 알아요. 하지만 우리는 진실을 밝히기 위해 여기까지 왔어요."

"얘기하고 싶지 않다고요."

"면천된 노비라는 게 소문날까 봐 그러죠? 걱정하지 말아요, 입 다물 테니까. 어차피 우린 대답을 들을 때까지 가지 않을 거예요."

"대체 나한테 왜 이래요?"

문고리를 잡은 채 앙칼지게 묻는 그녀에게 화연이 대답했다.

"사람이 죽었고, 당신이 그 내막을 알고 있으니까요."

"난 아무것도 몰라요."

"당신은 죽은 아씨 마님이 청지기 오종도와 편지를 주고받았고, 바깥세상으로 나가기를 꿈꿨다는 걸 잘 알고 있잖아요."

화연의 얘기를 듣고 그녀의 얼굴이 파랗게 질렸다.

"말도 안 되는 소리 하지 마세요."

"오종도가 찾아와 다 얘기했어요."

"청지기 어르신이요? 그럴 리가 없는데……."

충격을 받은 그녀가 연신 중얼거리자 화연이 고개를 저었다.

"오종도는 선죽당 마님이 여주의 농막으로 가라고 해서 그곳으로 내려갔고요."

화연의 얘기를 들은 여자가 머리를 감싸 쥔 채 중얼거렸다.

"맙소사."

그 틈을 노려서 곱분이 문지방에 엉덩이를 걸쳤다.

"여러모로 이상한 점이 있어서 아씨 마님을 모시던 당신을 수소문했어요. 오종도는 당신이 본가로 돌아갔다고 했는데, 뜻밖에 면천이 되고 행방을 감춰서 수상했죠."

"그, 그건 선죽당 마님의 뜻이에요. 그분이 저를 돌려보내면서 면천을 시켜주라고 돈을 건네신 모양입니다. 주인마님도 저를 보면 돌아가신 아씨 생각이 난다면서 한양에서 멀리 떠나서 살라고 하셨고요. 그래서 먼 친척이 사는 이곳으로 오게 된 거예요."

삼월의 이야기를 듣고 화연이 애써 미소를 지었다.

"아씨 마님은 훨훨 나는 새가 되어서 바깥세상을 돌아보고 싶어 했어요. 오종도에게는 함께 멀리 떠나자고까지 했고요. 그런 사람이 갑자기 남편을 따라간다며 목숨을 끊은 게 도무지 이해가 가지 않아요. 거기다 내가 찾아갔을 때는 이미 염이 끝난 상태라서 시신조차 보지 못했고요."

화연의 말에 삼월은 고개를 숙인 채 침묵을 지켰다. 그 틈에 화연은 삼월의 손을 꼭 잡고 간곡하게 얘기했다.

"아씨 마님이 어떻게 죽었는지, 자살인지 타살인지조차 알 수가 없어요. 나는 그 비밀을 파헤쳐보고 싶어요. 자유로운 삶을 꿈꾸던 아씨가 그렇게 허망하게 가신 것도 한스러운데 거기에 우리가 모르는 음모까지 깃들어 있다면 죽은이가 너무 가엾잖아요. 그러니 얘기해주세요. 그러면 더 이상 찾아오지 않을게요."

"정말이요?"

고개를 든 삼월의 물음에 화연은 희미한 웃음으로 대답을 대신했다. 마른침만 삼키던 삼월이 마침내 입을 열었다.

"저도 이상하다 싶었어요."

"어떤 게요?"

"마침 그날 선죽당 마님이 저녁때 찾아와서는 저보고 바느질을 도와달라고 하셨거든요. 마님의 몸종이 고뿔에 걸려서 골골거린다면서 말이죠."

"원래 그런 적이 없었나요?"

"단 한 번도요. 저는 그 집 노비가 아니라 아씨 댁 노비였으니까요. 아씨가 시집을 오시면서 저도 함께 온 처지라 저에게 뭘 시키는 사람은 없었거든요."

삼월의 얘기를 들으면서 화연과 곱분은 서로 얼굴을 마주 봤다. 첫 번째 사건이 떠올랐고, 이런 일상의 변화가 어떤 결과로 이어졌는지 똑똑하게 기억났다. 두 사람의 눈치를 살핀 뒤 삼월이 말을 이어갔다.

"그런데 막상 가보니까 선죽당 마님은 딱히 바느질을 할 생각이 없어 보이셨어요. 저한테만 바느질을 시키시더니 작은방에서 잠시 눈을 붙이겠다고 하시더라고요. 그래서 물러가도 되느냐고 했더니 안 된다고 하셨어요."

"왜요?"

"잠자리가 사납다고요. 그러니 옆을 지키라고 하시더라고요. 전에는 한 번도 그런 적이 없어서 놀랐는데 시키는 대로 해야 할 것 같아서 날이 밝을 때까지 옆에 있었죠. 그리고 새벽 즈음에 피곤해서 깜빡 졸았어요. 닭이 우는 소리에 깼는데 갑자기 별당에서 아씨가 목을 맸다는 외침이 들려왔어요."

"깜짝 놀랐겠네요."

"신도 못 신고 버선발로 달려갔지요. 그런데 선죽당 마님이 부리는 아랫것들이 먼저 와서 사람들을 막고 있었어요."

"그 사람들이 먼저 와 있었다고요?"

"네. 제가 방 안으로 들어가려고 하니까 선죽당 마님이 아무도 들여보내지 말라고 했다면서 저를 막았어요."

"그런 다음에는요?"

"좀 있다가 선죽당 마님이 나와서 자기가 염을 마쳤다고 하시더라고요. 그때 들어가보게 된 거예요."

"그럼 시신을 직접 보지는 못했겠네요?"

"네. 얼굴이 꽁꽁 싸매여 있어서 못 봤어요. 들춰서라도 확인해보고 싶었는데 선죽당 마님이 우리 집안의 열녀에게 감히 손을 댄다고 뭐라 하시기에 그냥 나와야만 했죠."

화연은 마른침을 삼켰다. 청지기 오종도의 증언과 더불어서 타살을 의심할 만한 정황이었다. 두 사람의 표정이 무거워지자 삼월 역시 얼굴이 굳어졌다.

"그때부턴 집안에 열녀가 나왔다는 소식에 일가친척들이 모여들면서 정신이 하나도 없었어요. 그리고 선죽당 마님이 자꾸 저에게 일을 시키셔서 두 분이 유품을 정리할 때도 가보지 못했고요."

"새벽에 잠깐 졸았다고 했는데, 얼마나 잤는지 기억나요?"

화연의 질문을 받고 잠시 생각에 잠겼던 삼월이 고개를 저었다.

"그날 너무 피곤했던 터라 잘 모르겠어요. 닭이 울 때 깼으니까 새벽이었던 건 확실하고요. 더는 드릴 말씀이 없네요."

쓸쓸한 삼월의 목소리를 듣고 화연은 그녀가 모든 걸 털어놓았다는 걸 깨달았다. 옆에 앉은 곱분에게 이제 그만 가자고 눈짓하는 찰나, 곱분이 삼월에게 물었다.

"선죽당 마님과 댁이 모시던 아씨는 사이가 어땠나요?"

"그야 시어머니와 며느리 사이였죠."

"선죽당 마님이 아랫것들을 혹독하게 다룬다는 느낌을 받았어요."

"사실 서방님이 갑자기 돌아가셨을 때 선죽당 마님이 아씨를 많이 탓하셨어요. 원래부터 병약해서 잘 돌봐야 한다고 신신당부했는데 자기 말을 따르지 않았다고요. 아씨는 아무런 잘못도 없지만 내내 죄스러워하셨고, 이후에는 냉랭한 관계였어요. 같은 집에 있어도 형식적인 문안 인사를 제외하고는 거의 마주치지 않았죠."

"서로 꺼렸군요."

곱분의 물음에 삼월은 쓴웃음을 지었다.

"그게 아니라 선죽당 마님이 아씨를 미워한 거죠. 아씨는 겨우 숨만 쉬며 지냈고요. 그 집에 선죽당 마님에게 대적할 사람은 아무도 없어요."

화연은 싸늘하고 쌀쌀맞던 선죽당 마님의 모습을 떠올렸다. 화연은 마음을 가다듬은 뒤 삼월에게 말했다.

"혹시 오늘 얘기를 나중에 포도청 군관에게 다시 얘기해 줄 수 있나요?"

"노비는 주인을 고발할 수 없어요……."

"면천되었잖아요."

"사실 오히려 그게 더 무서워요. 아씨의 본가에 남아 있었다면 모르겠지만 이렇게 떨어져 지내면 무슨 일을 당할 줄 알고요."

화연은 그녀의 말뜻을 대번에 알아차렸다.

"선죽당 마님이 손을 쓸 수도 있단 말이죠?"

"그러고도 남을 분이죠. 그러니 아기씨도 조심하세요. 이렇게 들쑤시고 다니는 걸 알면 가만 안 계실 겁니다."

"그분이 두렵나요?"

화연의 물음에 삼월은 머리에 꽂고 있던 비녀를 뽑아서 보여줬다.

"아씨가 돌아가시기 직전에 저에게 주신 거예요. 애지중지하시던 것이라 왜 주시느냐고 했더니 자기는 새로운 걸 갖고 싶다고 하셨어요. 그때 어쩌면……."

잠시 말을 끊은 삼월이 비녀를 만지작거리면서 덧붙였다.

"새 출발을 꿈꾸지 않으셨나 싶어요. 청지기 오종도와 함께 말이죠."

"그런 상황이라면 더더욱 자살을 할 리가 없잖아요."

화연의 반문에 삼월이 만지작거리던 비녀를 도로 머리에

꽂으면서 대답했다.

"저는 일개 몸종이었다가 면천된 처지입니다. 워낙 간절하게 부탁하시기에 돌아가신 아씨를 생각해서 말씀드린 것뿐이지, 다른 사람에게 이 얘기를 반복할 생각은 없어요."

단서를 찾았지만 돌파구가 보이지 않았다. 화연은 막막함에 잠시 말을 잊었다. 그러자 삼월이 반쯤 열린 문을 바라보면서 말했다.

"저도 조만간 이곳을 떠날 거예요. 멀리 가버리려고요. 두 분도 위험한 일은 하지 마세요. 선죽당 마님이 분명 손을 쓰실 거예요."

"이 사실을 포도청에 알리고 조사를 요청할 생각이에요."

"소용없을걸요. 그 정도로는 그분을 막을 수 없어요."

"사람이 죽었는데 왜 그리 되었는지 밝혀지지 않았어요. 그리고 그 죽음을 이용하려는 누군가가 있고요. 선죽당 마님이 얼마나 힘이 센지는 모르겠지만 진실보다는 강하지 않을 거예요."

삼월은 더 이상 반응을 보이지 않았다. 화연은 곱분의 손을 잡은 채 밖으로 나왔다. 삐걱거리며 문이 닫히자 곱분이 화연에게 물었다.

"이제 어찌하실 겁니까?"

"계속 조사해봐야지. 의심스러운 게 한두 개가 아니잖아."

"들을 사람한텐 다 들어봤잖아요. 선죽당 마님이 나서서 털어놓을 리도 없고요."

곱분이 걱정스럽게 말하자 화연은 염려 말라는 듯 미소를 지었다.

"다른 방법을 찾아봐야지. 돌아가는 길에 포도청으로 가서 남 포교에게 이따 우리 집에 들러달라고 해줘."

"남 포교에게 얘기하시려고요?"

잠시 고민하던 화연은 고개를 끄덕거렸다.

"도움을 받아야겠어."

"남 포교님이라고 뾰족한 수가 있겠어요?"

"그래도 방법을 찾아봐야지."

"듣고 보니까 궁금하긴 합니다. 대체 어떤 뒷배를 가졌기에 포도청도 감당 못 한다고 할까요?"

"그러게. 어서 가자. 해 떨어지기 전에 돌아가야지."

화연이 걸음을 재촉하자 곱분이 냉큼 알겠다고 대답하고는 발걸음을 빨리했다. 돌아가는 두 사람의 등 뒤로 해그림자가 길어졌다.

*

집으로 들어서던 화연은 뜻밖의 방문객과 마주쳤다.

"어머니!"

대청에 앉아서 부채질을 하던 어머니는 화연을 보고는 눈살을 찌푸렸다.

"어디 갔다가 이제 왔느냐? 곧 해가 떨어지는데도 돌아올 생각을 안 해서 걱정했다."

"일이 있어서요. 그나저나 말도 없이 언제 올라오신 거예요?"

"네가 내려올 생각을 하지 않아서 직접 올라왔다."

어머니의 퉁명스러운 대꾸에 화연이 대답했다.

"아버지를 죽인 범인을 찾을 때까지 한양을 떠나지 않겠다고 했잖아요."

"그래도 그렇지, 한양 땅에서 다 큰 처녀 혼자 지낸다는 게 말이 된다고 생각하니? 고집은 누굴 닮았는지 몰라."

화연은 어머니의 핀잔 섞인 말을 흘려듣다 고개를 갸웃거렸다.

"그러고 보니 혼자 올라오셨네요?"

"오래 있을 생각은 없다. 볼일만 보고 갈 예정이야."

"무슨 일인데요?"

화연의 물음에 어머니가 바짝 다가와 그녀의 손을 잡았다.

"네 혼사."

"네?"

놀란 화연의 반문에 어머니가 활짝 웃음을 띠었다.

"며칠 전에 서찰이 왔더구나."

"어디서요?"

"남 대감 댁에서 말이야. 예전에 정한 혼사를 치르자고 해서 한걸음에 달려왔지."

"혼사라니요? 저는 처음 듣는 얘기인데요."

"그분이랑 네 아버지가 동문수학한 사이였거든. 그래서 집안끼리 혼사를 치르자고 했었지. 그러다가 우리 집안이 험한 일을 겪으면서 포기했는데 편지를 보내서 혼사를 맺자고 하더구나. 그런 집안과 사돈을 맺는 건 좋은 일이야. 특히 시어머니가 되실······."

화연은 한껏 들뜬 어머니에게 말했다.

"어머니, 저는 혼인할 생각이 없습니다."

"무슨 소리니? 이제 혼기가 꽉 차다 못해 넘어갈 땐데."

"아버지를 죽인 범인을 잡기 전까지는 혼인 같은 건 안 할 거예요."

"화연아."

"어머니는 억울하지도 않으세요?"

"억울하지. 네 아버지 일을 생각하면 잠이 안 온다. 하지만 산 사람은 살아야지. 아무튼⋯⋯."

그때 대문이 열리면서 곱분과 완희가 들어왔다. 화연의 어머니를 본 곱분이 깜짝 놀랐다.

"마님! 언제 오셨습니까?"

"방금 도착했다. 그런데 누구와 함께 온 거냐?"

어머니의 표정이 굳어지는 것을 본 화연은 마른침을 삼켰다. 자칫하다가는 혼자 살면서 남자를 끌어들인다는 오해를 살 수 있었다. 그때 완희가 정중히 고개를 숙여 인사했다.

"처음 뵙겠습니다. 우포도청에서 포교로 일하는 남완희라고 합니다."

"남완희? 혹시 필동 남 대감 댁 아드님이신가?"

어머니의 물음에 놀란 완희가 대답했다.

"네? 그렇습니다만⋯⋯."

"아니, 이런 우연이 다 있나 몰라."

버선발로 대청을 내려간 어머니가 완희의 두 손을 꼭 잡았다. 그 모습을 본 화연은 어리둥절했다. 그런 화연에게 어머니가 말했다.

"이분이 바로 너와 혼인할 남 대감 댁 아드님이다."

어머니의 웃음소리 너머로 화연과 완희는 난감한 표정으로 서로의 얼굴을 바라봤다.

내친김에 남 대감 댁으로 찾아뵙자는 어머니의 손에 이끌려 화연과 완희는 길을 나서야만 했다. 앞장서 걷는 어머니의 뒷모습을 보면서 화연이 작은 목소리로 완희에게 물었다.

"아버님이 안 계신다고 하지 않았나요?"

"없는 셈치고 살았습니다. 그나저나 나를 부른 이유가 뭡니까?"

"공조참판 댁 며느리 건 때문인데요."

"그분은 삼년상이 끝나고 남편을 따라 자결했다고 들었는데요."

완희의 말에 화연이 고개를 저었다.

"주변 사람들을 만나봤는데 의심스러운 구석이 많아요."

화연은 앞서 걷는 어머니의 눈치를 살피며 완희에게 그동안 조사했던 것들을 얘기했다.

"그게 사실이라면 수상쩍군요."

"분명 선죽당 마님이 열녀문을 노리고 어떤 수작을 부린 게 분명해요. 포도청에서 조사를 해주셔야 해요."

"그건 쉽지 않을 겁니다."

"어째서요?"

화연의 반문에 완희가 겸연쩍은 표정을 지었다.

"선죽당 마님의 뒤에 혜경궁 마마가 있다는 소문 때문이죠."

"뭐라고요?"

"그래서 그분이 수시로 궁궐에 들어갈 수 있다고 하더군요. 그런 사람을 명확한 증거 없이 조사할 수는 없습니다."

"물증이 없다 뿐이지, 정황은 명백해요."

"그래도 너무 위험합니다."

두 사람이 속닥거리며 이야기를 주고받는 사이, 일행은 목적지에 도달했다. 어머니는 큼지막한 집들이 많은 필동에서도 눈에 띄게 큰 솟을대문 앞에 섰다. 어서 오라는 손짓에 따라 대문 안으로 들어간 화연은 엄청난 규모의 사랑채를 보고는 입을 다물지 못했다.

"맙소사."

일행은 사랑채 옆문을 통해 안채로 들어갔다. 안채 끝에 누각처럼 꾸며진 곳이 있었다. 한 여인이 거기 앉아서 거문고를 연주하고 있었다. 붉은 치마에 금실로 수놓은 옥색 저고리 차림의 여인은 화연의 어머니와 동년배 정도로 보였다. 긴 옥비녀를 꽂고 곱게 화장을 한 얼굴이 단아하면서도 어딘가 모르게 날이 선 느낌을 주었다. 화연은 옆에 선 완희에게 물었다.

"그쪽은 어머니랑 안 닮았네요?"

그러자 완희가 작고 낮은 목소리로 대꾸했다.

"친어머니가 아닙니다."

"네?"

"아버지가 들여온 소실입니다."

딱 잘라 얘기한 완희는 허공을 바라보며 아무도 모르게 한숨을 내쉬었다. 그사이, 잠시 여인과 이야기를 나눈 어머니가 올라오라고 손짓했다. 화연은 꼼짝 않고 서 있는 완희 때문에 덩달아 움직이지 못했다. 그러자 거문고를 연주하던 여인이 누각의 기둥을 잡고 일어났다.

"완희, 너는 오랜만에 어머니를 보고 인사도 하지 않는 게

냐?"

그녀의 말에 주저하던 완희가 입을 열었다.

"그간 강녕하셨습니까."

완희의 딱딱한 말투에도 그녀는 온화한 미소로 응대했다.

화연은 금화를 보고 어색해하는 완희와 함께 대청보다 조금 높게 지어진 누각에 올랐다. 방석에 앉은 여인이 만면에 미소를 지으며 말했다.

"초면에 무례한 모습을 보여서 미안해요. 금화라고 합니다."

"화연입니다. 말씀 낮추십시오."

"아무리 어리다고 해도 처음 본 사이인데 어찌 그럴 수 있겠습니까? 가까워지면 차차 그리하지요."

화연을 뚫어지게 바라보던 금화가 옆자리에 앉은 어머니에게로 시선을 돌렸다.

"아이가 참하고 심지가 있어 보이네요. 부인께서 잘 키우셨나 봅니다."

"고집이 좀 세긴 하지만 똑똑하고 현명한 아이입니다."

두 사람은 죽이 잘 맞는 친구처럼 이야기를 주고받았다. 하지만 화연은 마음이 더없이 복잡했다. 더구나 상대가 늘

티격태격하던 완희라는 사실이 충격이었다. 완희 역시 비슷한 기분인지 입을 꾹 다물었다. 두 사람이 침묵을 지키는 사이, 어머니와 금화가 얘기를 주고받았다.

"날짜는 언제로 잡을까요?"

"빠르면 빠를수록 좋지요. 올해가 가기 전도 좋고요."

직감적으로 혼인 날짜를 정하고 있다는 사실을 눈치챈 화연이 고개를 들었다.

"외람되오나 저는 아직 할 일이 있어서 당분간은 혼인을 하지 못합니다."

"무슨 일 때문인가요?"

화연은 펄쩍 뛰는 어머니를 뒤로하고는 입을 열었다.

"아버지의 억울한 죽음을 밝혀내야 합니다. 그 때문에 죽은 여인들의 유품을 정리하는 일도 하고 있고요."

"집안 사정에 대해서는 들었어요. 혼인과는 상관없는 문제 아닌가요."

"네?"

"본인이 원한다면 그 일은 혼인 후에 계속해도 상관없어요."

"저도 싫습니다."

나란히 앉아 있던 완희가 불쑥 끼어들었다. 금화가 바라보자 완희가 시선을 피하며 덧붙였다.

"우포도청 일이 너무 바쁘기도 하고 아직 혼인할 생각 없거든요."

"네가 갑작스러워 놀란 모양인가보구나."

"이건 너무 일방적인 통보입니다. 어…… 어머니."

완희의 말끝에 살짝 떨림이 묻어났다. 그런 완희를 바라보던 금화가 옆자리에 앉은 화연의 어머니에게 말했다.

"아이들에게 먼저 얘기해줄 걸 그랬어요. 제 생각이 조금 짧았네요. 둘 다 갑자기 얘기가 나와서 당황한 모양입니다. 일단 혼인은 결정했으니 날은 차차 잡기로 하지요."

"그게 좋겠습니다."

무슨 말이라도 맞장구칠 준비가 되어 있다는 듯 어머니가 흔쾌히 대답했다. 저녁을 먹고 가라는 금화의 제안에 어머니가 또 한 번 못 이기는 척 승낙하려 하자 가만있던 화연이 조심스럽게 말했다.

"저는 이만 집으로 돌아가보겠습니다."

"집에 아무것도 없던데 먹고 가지 그러니?"

어머니의 말에 화연은 고개를 저었다.

"해야 할 일이 있어서요."

그녀가 일어날 기미를 보이자 완희도 냉큼 따라 나섰다.

"제가 바래다주고 오겠습니다."

"그래, 그게 좋겠구나."

화연과 완희는 그들을 흐뭇하게 바라보는 두 여인의 눈빛을 뒤로한 채 집을 나섰다.

"집안 사정이 좀 복잡한 모양이에요?"

"복잡할 건 없어요. 어머니가 일찍 돌아가시고 아버지가 기생을 첩으로 들이면서 조금 꼬인 것뿐입니다."

"왜 꼬였는지 물어봐도 되나요? 아까 보니까 사이가 많이 어색한 것 같아서요."

"모르겠어요. 그분은 항상 제게 잘해줬는데 전 한 걸음 더 다가가기가 어렵네요."

"왜 그런 건데요?"

완희가 걸음을 멈추고 화연을 바라보면서 대답했다.

"우습게 들릴지는 모르겠지만, 어머니에 대한 기억을 잃어버릴까 봐서요. 그리고……."

"그리고요?"

"사람들이 숙덕거리는 말 때문에요. 평양에서 알아주는 기생이었다는데 그곳에 감사로 갔던 아버지가 홀딱 빠져서 막대한 재물을 들여 기적에서 빼낸 뒤 데리고 오신 겁니다. 그렇다 보니 온갖 말이 많았죠. 전 그 말들로부터 자유롭지 못했어요. 그래서 처음부터 선입견에 사로잡혀서 그분을 대했습니다. 그러다 보니……. 나 참 바보 같네요."

워낙 조심스러운 부분이라 화연은 말을 아꼈다. 금화를 어색하게 대하던 완희의 마음을 알게 되자, 안쓰럽기도 하고 신분으로 사람을 판단하는 세상에 화가 나기도 했다. 화연이 계속해서 말이 없자 완희가 화제를 돌렸다.

"공조참판 댁 며느리 건은 공식적인 조사가 불가능합니다. 하지만 풍문거핵*으로 은밀히 조사하는 것까지 보고할 필요는 없겠지요."

"그럼 도와주시겠다는 말씀인가요?"

화연이 반색을 하면서 묻자 완희가 고개를 끄덕거렸다.

"듣고 보니 이상한 점이 있어서 말입니다. 대신 한 가지 조건이 있습니다."

---

* 風聞擧劾. 소문을 토대로 사건을 조사하는 것.

화연이 어서 말하라고 눈짓하자 완희가 조심스럽게 입을 열었다.

"부디 몸조심하십시오. 상대가 만만치 않습니다."

"어머, 지금 제 걱정을 다 해주시는 거예요?"

화연이 장난스럽게 묻자 완희가 요란하게 헛기침하며 딴 청을 피웠다.

"그만큼 위험하다는 얘기죠. 그나저나 어찌 조사할 생각 입니까?"

"죽은 별당 아씨의 몸종 얘기로는 며느리와 시어머니의 사이가 좋지 않았다고 해요. 그 집 하인들을 통해서 구체적 으로 알아보게요."

"아랫것들이 상전에 대해서 얘기를 하겠습니까?"

"지금 밑에 있다면 모르지만 예전에 다른 곳으로 팔려간 자들이라면 입을 열지도 모릅니다. 곱분이에게 알아보라고 했으니 조만간 만날 수 있을 겁니다."

"뭔가 조사를 할 만한 구석이 나오면 바로 알려줘요."

이런저런 이야기를 나누는 사이 집에 도착했다. 완희는 잘 들어가라는 말을 남기고 돌아섰다. 그런 완희의 뒷모습 을 지켜보다가 화연이 갑자기 물었다.

"왜 세상에는 억울한 사람들이 많을까요?"

완희가 잠깐 생각에 잠겼다가 대답했다.

"인간의 욕심과 권력 때문이죠."

"그런 억울함을 풀다 보면 그 끝에는 제 아버지의 죽음을 풀 수 있는 해답이 있겠죠?"

대답하기 어려운 질문에 완희가 머뭇거리다가 입을 열었다.

"그렇게 되기를 바랍니다."

*

"비켜!"

사내의 외침에 사람들이 슬금슬금 뒤로 물러났다. 개털로 만든 조끼에 피와 털이 잔뜩 묻은 쇠도리깨를 어깨에 걸친 그는 구석에 몰린 개를 노려봤다. 송아지만 한 개는 날카로운 이빨을 드러낸 채 낮게 으르렁거렸다. 목줄이 풀려 마주치는 사람은 아무나 물어뜯는 바람에 부상자가 속출하는 상황이었다. 전병갑은 어깨에 걸친 쇠도리깨를 두 손으로 움켜잡은 채 개를 노려봤다.

"네놈이 아무리 그래봤자 이거에는 안 돼."

개는 마치 말을 알아들은 것처럼 살짝 꼬리를 내렸다. 그 모습을 지켜보던 일꾼들이 감탄하는 가운데 전병갑이 개에게 한 발자국 다가갔다.

"곱게 가자. 한 방에 보내줄게."

전병갑이 계속 다가오자 개는 뒷걸음치면서 다시 이빨을 드러냈다. 그러다가 울타리에 막혀서 더는 갈 곳이 없게 되자 귀를 곤추세우고 맹렬히 짖어댔다. 당장이라도 덤벼들 것 같은 모습에 지켜보던 일꾼들이 질겁하며 뒤로 물러났다. 하지만 전병갑은 누런 이를 드러내며 웃었다.

"그래, 사람이든 개든 살려면 발버둥을 쳐야지."

개는 잔뜩 움츠렸다가 한순간에 덤벼들었다. 목을 노리고 훌쩍 뛰어오른 개를 향해 전병갑이 쇠도리깨를 휘둘렀다. 뼈가 부서지는 소리와 함께 깨갱거리는 비명 소리가 울려 퍼졌다. 전병갑은 머리가 뭉개진 채 바닥을 기어 다니는 개에게 다가가 쇠도리깨로 숨통을 끊어놨다. 그러곤 피와 뇌수가 묻은 쇠도리깨를 어깨에 걸친 채 돌아섰다. 그제야 멀찌감치 물러났던 일꾼들이 다가왔다. 한 사람이 친근한 말투로 물었다.

"어이, 병갑이. 겁 안 나던가?"

"어차피 한 번 죽는 거 쫄 게 뭐가 있어."

"배짱하고는. 아무튼 자네 덕분에 살았네."

"고마우면 나중에 탁주나 사."

"좋지. 개장국에 한잔하세나."

전병갑이 얘기를 마치고 발걸음을 떼려는 찰나, 상대방이 그를 불러 세웠다.

"참, 누가 자네를 찾아왔네."

"누구?"

"몰라. 저쪽 매 바위에서 기다리겠다던데?"

"알겠수."

전병갑은 피가 묻은 쇠도리깨를 빙빙 돌리며 매 바위로 향했다. 마을로 내려가는 길 옆 오솔길을 따라가자 작은 연못 옆으로 산 중턱에 툭 튀어나와 있는 매 바위가 보였다. 그 바위에 오르면 한양이 내려다보였다. 바위 끝에 녹색 도포에 통영갓을 쓴 양반이 서 있었다. 뒷모습만으로도 분위기가 심상치 않았다. 전병갑이 조심스럽게 물었다.

"저를 찾았다고 들었습니다만."

"자네가 한양 제일의 개백정 전병갑인가?"

굵직한 목소리에 놀란 전병갑이 대답했다.

"그렇습니다만."

그는 돌아선 상대가 부채로 얼굴을 가린 것을 보고는 살짝 눈살을 찌푸렸다. 매 바위에서 내려온 녹색 도포가 그에게 다가왔다. 어느덧 앞에 선 그가 입을 열었다.

"누님이 궁궐에서 일했지?"

전병갑은 꺼내고 싶지 않은 기억이 떠오르자 울컥했다.

"누구냐!"

그가 쇠도리깨를 두 손으로 움켜쥐자 녹색 도포는 낮게 웃었다.

"누님은 소주방의 나인으로 일했고, 그 나인은 선인문의 변이 터졌을 때 사도세자를 죽게 만드는 데 일조했다고 알려졌지. 그 때문에 사도세자의 아들이 왕위에 오르자 궁궐에서 쫓겨났고, 올 초에 애오개에서 시신으로 발견되었지. 온몸이 칼로 난자당하고 불에 탄 채 말이야."

끔찍한 기억이 되살아난 전병갑은 괴성을 지르면서 녹색 도포에게 덤벼들었다. 묵직한 쇠도리깨가 머리를 내리치려는 순간 녹색 도포가 훌쩍 몸을 날려서 피했다. 씩씩거리며 땅에 반쯤 박힌 쇠도리깨를 뽑아낸 전병갑을 향해 녹색 도포가 여유롭게 말했다.

"역시 듣던 대로 힘이 천하장사로군."

"네놈의 머리통을 부숴버리고 말겠어."

"그런 힘을 복수에 쓸 생각은 않는 건가?"

"복수? 살인자가 누구인지 알기만 하면 당장 숨통을 끊어놓겠어. 누님이 한양 코앞에서 죽었는데도 포도청은 손을 놔버렸다고."

전병갑의 포효에 녹색 도포가 혀를 찼다.

"포도청에서는 애초부터 자네 누님의 죽음을 파헤칠 생각이 없었어. 왜냐하면 거대한 흑막이 있기 때문이야."

"대체 그게 무슨 소리냐!"

"지금의 주상 전하께서 얼마나 효심이 지극하신지는 무지렁이 백성도 알 정도야. 그러니 아버지인 사도세자를 죽이는 데 관여한 자들이 어찌 목숨을 부지할 수 있겠어."

비아냥거리는 듯한 상대의 말에 전병갑은 울분을 터트렸다.

"누님은 시키는 대로 했을 뿐이야!"

"그런데 억울하게 궁궐에서 쫓겨난 것도 모자라서 그렇게 죽어버렸으니 얼마나 원한이 크겠나."

"물론이지. 어떤 놈인지 잡히기만 하면 내가 산 채로 배를 갈라서 간을 씹어 먹고 말겠어."

거칠고 탁한 전병갑의 분노에 녹색 도포가 말했다.

"혼자서는 어려울 거야. 내가 도와주지."

"어떻게?"

"네 누님을 살해한 범인에게 데려다주지."

"그자가 누군데? 알려만 줘. 굳이 안내해줄 필요도 없어."

"아쉽지만 쉬이 만날 수 있는 상대가 아니야."

녹색 도포의 말을 듣고 잠시 고민하던 전병갑이 고개를 끄덕거렸다.

"알겠어. 데려다주면 내가 머리통을 박살 내주지."

"승낙해줘서 고맙네. 조만간 때가 되면 찾아오지."

이야기를 마친 녹색 도포가 그의 곁을 지나서 산길을 내려갔다. 그 뒷모습을 지켜보던 전병갑이 외쳤다.

"그런데 왜 나에게 복수할 기회를 주는 거지?"

부채를 펴고 돌아선 자가 그의 눈을 바라보면서 대답했다.

"그것이 곧 나의 복수이기도 하니까."

*

끊임없이 사람들이 오가는 광통교에서 곱분은 화연을 발견하곤 다가왔다.

"만나봤니?"

화연의 물음에 고개를 끄덕거린 곱분이 작게 한숨을 내쉬었다.

"그 사람도 마찬가지입니다."

"기가 막히네. 우리 예상이랑 완전히 반대잖아."

화연이 어처구니없다는 표정으로 중얼거렸다. 며칠 동안 공조참판 댁에서 일하다가 다른 곳으로 팔려간 노비들을 찾아다녔다. 하지만 그들이 들려준 얘기는 예상과는 달랐다.

"둘 사이가 좋았다고?"

화연의 반문에 곱분이 고개를 끄덕거렸다.

"마치 부모 자식 같았답니다. 시어머니랑 며느리가 아니라요. 아기씨가 만난 쪽은 어때요?"

"내가 만난 노비들도 마찬가지야. 적어도 그 사람들이 팔려가기 전까지는 사이가 좋았다는 얘기잖아."

"그러다가 어떤 일을 계기로 사이가 확 나빠졌을 수도 있잖아요."

곱분의 말에 화연이 고개를 저었다.

"오종도랑 삼월이 한 얘기와는 정반대잖아. 그 둘은 마님과 아씨를 가장 오랫동안 곁에서 모셨던 사람들이라고."

"그러게요. 이거야말로 귀신이 곡할 노릇이네요."

"양쪽 중에 하나는 거짓말을 하고 있다는 얘긴데……."

장옷을 손에 쥔 채 생각에 잠겨 있던 화연이 곱분에게 말했다.

"한 명 남았지?"

"네, 애오개에 사는 황 진사댁으로 팔려간 노비입니다."

"거긴 같이 가보자."

"곧 해가 질 것 같은데요."

"서두르면 성문이 닫히기 전에 돌아올 수 있을 거야."

화연이 앞장서 걷자 곱분은 작게 한숨을 쉬면서 뒤따랐다.

성안 사람들이 '새문'이라고도 부르는 돈의문을 지나자 경기 감영이 보였다. 서둘러 발걸음을 옮긴 두 사람은 해가 질 무렵 애오개에 도달했다. 도성 인근이긴 하지만 아이가 죽으면 묻는다는 얘기가 있을 정도로 인적이 드물고 을씨년스러운 곳이었다. 산으로 이어지는 야트막한 언덕길을 걷던 두 사람은 인기척을 느꼈다. 어느새 텁수룩한 수염에 지저분한 옷차림의 무뢰배가 히죽 웃으며 두 사람의 앞을 가로막았다. 놀란 곱분이 화연의 팔을 잡았다.

"아기씨!"

두 사람이 돌아서자 뒤쪽에서 부하로 보이는 무뢰배 둘이 길을 막았다. 곱분이 화연의 앞을 지키고 섰다. 콧수염쟁이 무뢰배가 화연을 바라보며 고개를 까닥거렸다.

"거, 참하게 생겼군."

그 말을 듣고 곱분이 목소리를 높였다.

"무엄하다. 이분이 뉘신지 알고……."

곱분은 일부러 목소리를 높여서 주변을 오가는 사람들의 눈길을 끌려고 했다. 하지만 멀리서 다가오던 선비는 무뢰배들이 허공에 주먹을 휘두르자 뒤도 돌아보지 않고 왔던 길로 돌아갔다. 바닥에 누런 가래침을 뱉은 콧수염쟁이가 팔자걸음으로 다가와서는 앞을 가로막던 곱분을 옆으로 밀쳐버렸다. 쓰러진 곱분이 일어나려고 했지만 다른 무뢰배들이 달려와서 누르는 바람에 꼼짝도 하지 못했다.

"아기씨! 도망치세요!"

무뢰배 중 한 명이 곱분의 턱을 퍽 하고 치자 곱분의 외침은 끊기고 말았다. 화연은 의식을 잃은 곱분에게 다가가려다가 콧수염쟁이에게 팔을 붙잡혔다. 화연이 그를 노려봤다.

"원하는 게 뭐예요?"

"왜, 말하면 들어주게?"

그가 군침을 삼키는 흉내를 내자 다른 무뢰배들이 연달아 웃었다. 점점 다가오는 콧수염쟁이를 피해 뒷걸음치던 화연은 나무에 걸리고 말았다. 그가 화연의 귓가에 입을 갖다 대곤 씨근덕거리는 숨소리를 냈다. 그때, 정신을 차린 곱분이 희미한 정신을 겨우 붙잡고 날카롭게 외쳤다.

"이, 이놈들! 이분이 뉘신지 아느냐! 우포도청 남 포교님과 정혼한 분이다!"

그러자 콧수염쟁이의 표정이 일그러졌다.

"뭐라고?"

"손가락 하나라도 건드리면 뼈도 못 추릴 것이야."

곱분이 고래고래 소리를 지르자 콧수염쟁이가 화연의 팔을 놓으면서 중얼거렸다.

"이거 듣던 거랑 다르잖아. 에잇, 재수없어."

콧수염쟁이가 부하들에게 물러나라는 손짓을 했다. 그때

화연이 말했다.

"누가 시켰는지는 모르겠지만 가서 전해. 곧 만나게 될 거라고 말이야."

콧수염쟁이는 아무 대꾸 없이 자리를 떴다. 화연은 가슴을 부여잡았다. 그리고 숨을 몰아쉰 뒤 쓰러진 곱분에게 다가갔다.

"곱분아, 괜찮아?"

"아기씨는요?"

"난 괜찮아. 걸을 수 있겠니? 나한테 기대."

곱분은 화연의 부축을 받으며 일어나 그녀의 팔을 잡았다.

"아기씨, 얼른 도성으로 돌아가요."

"그러자꾸나."

그제야 긴장이 풀렸는지 곱분의 두 눈에 눈물이 그렁했다. 화연은 그런 곱분을 보며 다 자기 때문이라는 미안한 마음에 어쩔 줄을 몰랐다. 그런 화연의 마음을 읽기라도 했는지 화연의 부축을 받으며 걸어가던 곱분은 이내 눈물을 삼키고 화연의 손을 꼭 쥐었다.

*

"무슨 일입니까?"

화연의 집 앞을 서성이던 완희는 심상치 않은 화연과 곱분을 보고는 단숨에 달려왔다.

"도성 밖 애오개에서 무뢰배들을 만났습니다."

놀란 완희에게 곱분이 설명했다.

"그자들이 누군가의 사주를 받고 아기씨를 해치려고 했습니다."

"천천히 말해보거라. 몇 놈이었느냐?"

"세 놈이었고, 우두머리는 수염이 텁수룩했습니다."

완희가 화연을 바라봤다.

"최근 조사하고 있는 사건 때문은 아닙니까?"

"아직 모릅니다."

"앞으로 수돌이를 붙여줄 테니 항상 데리고 다니십시오."

"그럴게요."

화연은 애써 담담하게 대답했다.

"그런데 무슨 일로 오신 건가요?"

"여주로 가는 고갯길에서 등에 칼자국이 있는 시신이 발견되었습니다. 최초 신고자인 보부상의 말로는 길가에 버려져 있었다고 하고요."

"여주라면 혹시……."

화연의 조심스러운 물음에 완희가 굳은 표정으로 대답했다.

"들짐승에게 뜯긴 부분이 많긴 하지만 옷과 괴나리봇짐은 공조참판 댁 청지기 오종도의 것이 맞았습니다."

"산적의 소행입니까?"

화연의 물음에 완희가 고개를 저었다.

"괴나리봇짐 안의 돈과 소매 속 옥 노리개는 모두 그대로 있었습니다. 거기다 창포검을 사용했는데 산적들이 잘 쓰지 않는 무기죠."

"창포검이요?"

"그렇습니다."

완희의 얘기를 들은 화연이 이를 악물었다.

"누구 짓인지 알겠어요."

"섣불리 단정 짓지 마십시오."

"하지만 다 보이잖아요."

화연은 완희에게 날 선 말투로 쏘아붙인 뒤 집 안으로 들어갔다. 곱분이 난처해하며 꾸벅 인사하고는 화연을 뒤따라 갔다. 완희는 그 광경을 하염없이 바라봤다. 구름마저 달빛을 가린 밤은 한없이 깊어지고만 있었다.

*

완희는 집으로 향하던 걸음을 멈췄다. 그러고는 뭔가를 결심한 듯 발걸음을 돌려 필동으로 향했다. 솟을대문 앞에 선 완희는 착잡한 눈으로 문을 바라봤다. 그를 알아본 노복이 알은체를 했다.

"도련님 아니십니까?"

"부인 계신가?"

"부인이라면……. 아, 안채에 계십니다."

뒤늦게 완희의 말을 알아챈 노복이 등을 새우처럼 구부리면서 옆으로 물러났다. 완희는 곧장 안채로 향했다. 금화는 누각에 등불을 걸어놓은 채 시를 쓰고 있었다. 완희가 누각 아래로 다가가자 금화는 붓을 놓고 몸을 일으켰다.

"어쩐 일이시오?"

"부탁드릴 게 있어서 왔습니다."

"말해보세요."

주저하던 완희는 입을 열었다.

"화연 낭자와의 정혼을 서둘러주십시오."

완희의 얘기를 들은 금화가 뜻밖이라는 표정을 지었다.

"지난번에는 별로 내켜 하지 않더니 그사이 마음이 바뀐 건가요?"

"사정이 생겼습니다."

금화는 한동안 완희를 내려다보다가 고개를 끄덕거렸다.

"올해를 넘기지 않도록 하지요. 그럼 됐나요?"

"감사합니다."

완희는 고개를 숙여 인사한 뒤 미련 없이 돌아섰다. 그 모습을 물끄러미 바라보던 금화는 다시 붓을 들었다.

집에서 나온 완희는 곧장 우포도청으로 향했다. 심상치 않은 그의 모습을 보고 문졸들이 잡담을 멈추더니 자세를 바로잡았다. 안으로 들어간 완희가 곧장 포졸들을 집합시켰다. 퇴청할 준비를 하던 포졸들이 하나둘 모여들자 완희가 외쳤다.

"지금 당장 흩어져서 내가 얘기하는 무뢰배들을 찾는다.

오늘 애오개에서 양반 처자를 희롱하고 협박한 자들이다. 무리는 셋이고 우두머리는 턱수염이 많은 자다."

"갑자기 그자들을 왜 잡으라는 겁니까?"

포졸 하나가 묻자 완희가 그를 쏘아봤다. 이글거리는 눈빛과 마주한 포졸이 고개를 숙였다.

"내 정혼자를 괴롭힌 놈들이다. 어서 나가서 찾아!"

포졸들이 우르르 빠져나가는 걸 보며 완희는 갑작스러운 피로감을 느꼈다. 왜 이렇게 화가 나고 걱정이 되는지 스스로도 이해가 가지 않았다. 완희는 무거워진 몸을 이끌고 문서고로 향했다. 다른 때처럼 문서들을 분류하고 정리하던 문 노인은 지친 완희의 모습을 보고 하던 일을 멈췄다.

"무슨 일 있으십니까?"

"화연 낭자가 무뢰배들에게 공격을 받았습니다."

"저런. 어쩌다가요?"

"확인해봐야겠지만 최근 조사하고 있는 사건 때문에 협박받은 것 같습니다."

문 노인이 걱정스러운 표정으로 말했다.

"다음에는 협박으로 끝나지 않을 겁니다."

"저도 그게 걱정입니다."

한숨과 함께 얘기를 마친 완희는 저물어가는 핏빛 석양을 물끄러미 바라봤다.

*

"아기씨, 너무 위험합니다."

외출 준비를 하는 화연 뒤에서 곱분이 발을 동동 굴렀다. 화연은 개의치 않고 장옷을 챙겼다.

"이제 남은 건 정면 돌파뿐이야. 가서 직접 부닥쳐봐야지."

"그러다가 진짜로 위험해질 수 있어요. 아기씨는 주인어른의 죽음을 파헤치기 위해서 이 일을 하신 거잖아요. 그때까지 몸조심하셔야죠."

"분명 이번 사건과 연관이 있어."

"네?"

곱분의 반문에 화연이 차분하게 설명했다.

"아버지를 죽인 자는 창포검을 사용했고, 여주로 가던 청지기 오종도를 죽인 흉기도 창포검이야. 재물을 노린 게 아니라 죽이는 게 목적이었던 것도 똑같고."

"하지만 창포검을 쓴다는 이유만으로 연관이 있으리라고 추측하는 건 무리예요."

"알아. 더 결정적인 건 죽음 그 자체야. 생각해봐. 아버지가 그렇게 되고 어머니가 했던 말 기억나? 아버지가 사도세자의 죽음에 연루돼 죽임을 당했다는……. 저잣거리에 나도는 그 소문말이야. 그리고 이번 오종도 사건의 배후에는 아마 공조참판의 부인 선죽당이 있겠지. 다른 듯 보이는 두 사건이 가리키는 한 사람이 있어."

곱분은 선죽당 마님이 대비마마와 가깝다는 소문을 금세 떠올렸다.

"혹시…… 대비마마?"

"맞아. 돌아가신 사도세자의 부인이잖아. 아들이 왕위에 오르고 나서 은밀히 복수를 하고 있는 게 분명해. 그 중간에 창포검을 쓰는 자객을 부리는 선죽당이 있을 거고."

화연의 설명을 들은 곱분이 입을 벌린 채 아무 말도 하지 못했다.

"잘못하면 가문이 멸문당할 수도 있습니다."

"그러니 명확한 물증을 잡아야지."

"선죽당 마님과 직접 담판을 지으신다면서요. 오히려 위험할 수 있어요, 아기씨."

"다른 방법이 없잖아. 직접 부딪쳐보고 상대방이 어떻게 나오는지 살펴보면 단서를 찾을 수 있을 거야."

화연은 장옷을 뒤집어쓰고 방을 나섰다. 대청에 앉아서 부채질을 하고 있던 어머니가 그녀에게 물었다.

"어디 가니?"

"보련암에요."

"거긴 왜?"

"불사가 있나 봐요. 곱분이랑 갔다 올게요."

"곧 혼삿날 잡을 거니까 너무 늦게 다니지 말고."

"올해는 안 한다니까요?"

신을 신던 화연의 반문에 어머니가 활짝 웃으면서 말했다.

"남 대감 댁 아들이 서두르자고 했다지 뭐냐."

"뭐라고요?"

화연은 어머니의 말에 고개를 젓고는 곱분에게 말했다.

"가자."

"네, 아기씨."

보련암은 북악산의 산줄기인 보현봉에 있는 작은 암자였

다. 암자는 없어진 지 오래였지만 터는 그대로 남아서 종종 불사가 열렸다. 여성과 평민, 그리고 천민들이 모여들었는데 화연은 거기에 선죽당 마님이 참여한다는 소식을 전해 듣고 는 직접 부딪쳐보기로 결심했다. 이내 보현봉에 다다른 화연은 엄청난 인파에 놀라고 말았다. 뒤따라오던 곱분도 입을 다물지 못했다.

"한양 사람들이 죄다 몰려왔나 봅니다."

"그러게. 선죽당 마님은 어디 있을까?"

"위쪽부터 찾아봐요, 아기씨."

암자가 있던 넓은 터 주변을 살펴보다가 화연은 사방이 트인 천막 안에서 선죽당 마님을 발견했다. 그녀는 비구니들이 추는 승무를 구경하기 위해서 고개를 앞으로 쭉 내밀고 있었다. 화연은 사람들을 비집고 들어가 그 옆으로 다가 갔다. 인기척을 느낀 선죽당 마님이 화연을 알아보고는 희미하게 웃었다.

"일을 하러 오신 건가?"

"그런 셈이네요. 오늘은 경고하러 왔어요."

선죽당 마님이 날카롭게 화연을 바라봤다.

"어떤 경고?"

"제가 가지고 있어요, 그 편지."

"무슨 편지를 얘기하는지 모르겠는데?"

"죽은 며느리분이 사랑하는 사람에게 쓴 연서요."

"이런. 유품을 수습해달라고 했더니 도둑질을 했군."

비아냥거리는 말투에 화연이 대꾸했다.

"화가 나시면 저를 고발하세요. 그럼 그 편지를 들고 포도청에 찾아가서 진상을 밝히겠어요."

"어떤 진상? 며느리는 죽은 남편을 그리워하다가 삼년상을 치르고 나서 뒤를 따라간 열녀야."

"스스로 선택한 건지, 아니면 누군가의 음모로 죽임을 당한 건지는 두고 봐야죠. 사랑하는 사람과 새로운 출발을 꿈꾸던 사람이 며칠 만에 갑자기 죽은 남편을 따라 목숨을 끊었다는 게 참으로 이상하지 않나요?"

"아직 어려서 잘 모르는 모양인데, 세상은 복잡하고 설명하기 힘든 일이 더 많이 벌어지는 곳이야. 그걸 일일이 분석하고 설득하려고 하는 건 대단히 어리석은 짓이지. 당장 자네만 해도 양반가 처자로서는 상상하기 힘든 일을 하고 있지 않나?"

"그런 식으로 빠져나가려고 하지 마세요. 편지도 확인했고, 증언도 들었으니까요."

"며느리는 혼자서 지내느라 힘들어했어. 그래서 상상으로 누군가를 좋아하고 편지를 보내곤 했지. 작년에도 문객한 명이 그런 일에 휩싸여서 결국 집을 나가야만 했네. 이번에는 아마 청지기였겠지? 진즉 눈치채긴 했지만 안쓰러워서 그냥 놔뒀지. 까딱하면 그 사람에게까지 피해가 가니까 말이야."

"장례가 끝나자마자 여주로 내려가던 청지기가 누군가의 손에 죽고 말았어요. 창포검을 쓰는 자한테요."

"나도 그 소식은 들었어. 며느리가 죽고 청지기가 많이 힘들어했지. 그래서 시골에 내려가서 좀 쉬라고 했는데 그런 변을 당하고 말았어. 설마 내가 청지기를 어떻게 한 것이라고 생각하는 건 아니겠지?"

"그렇게 생각하지 않을 수가 없으니까요."

"그런 식의 추측으로는 포도청을 설득하기 어려울 거야. 설사 포교의 정혼자라고 해도 말이지."

"조각난 채 숨겨진 진실을 찾아서 맞추는 중이에요. 반드시 밝혀내고 말 겁니다."

"진실은 참으로 위대한 단어지. 힘과 용기를 내게 해주고

내가 옳은 일을 하고 있다는 정당성도 더해주니까. 하지만 명심할 게 있어."

화연을 향해 몸을 기울인 선죽당 마님이 귓가에 대고 속삭였다.

"진실은 일장춘몽이기도 해."

"억지 부리지 마세요."

화연이 찡그리며 대꾸하자 선죽당 마님이 환하게 웃었다.

"규방에서만 지내다 보니까 잘 모르는 모양인데, 세상에는 불합리한 것들이 한두 가지가 아니야. 왜 여기에 여자들과 천한 자들이 모여들었는지 알아?"

화연이 대답을 하지 못하자 선죽당 마님이 횃불을 들고 모여 앉아서 승무를 구경하는 여인들을 물끄러미 바라보며 말했다.

"여자는 부처를 믿으면 안 된다는 남자들의 믿음 때문이야. 그래서 여인들끼리 치성을 드리러 사찰에 가면 조정이 난리가 나곤 해. 사찰의 스님과 은밀히 몸을 섞을지도 모른다는 두려움 때문이지."

"말도 안 돼요."

선죽당 마님은 고개를 돌려서 인왕산 쪽을 바라봤다.

"저기 위쪽에 봉우리가 보이지. 연화봉이라고 부르는 곳이야. 거기에 연화사라는 절이 있었는데 하루아침에 없애져 버렸지. 왜 그런지 알아?"

선죽당 마님이 차갑게 웃으며 말했다.

"연산군이 그 절이 궁궐을 내려다본다면서 없애라고 지시했지. 주로 비구니들이 머물던 곳인데 하루아침에 모두 쫓겨났다고 하더군. 수백 년의 전통을 자랑하던 곳이 그렇게 사라져버렸어. 그뿐만이 아니야. 여자로 태어났다는 이유만으로 우리는 많은 희생과 고통을 강요받지. 왜 그래야만 하는지 그 누구도 설명해주지 않아. 당사자들은 체념해서 받아들일 뿐이고. 우린 그런 세상에 살고 있어, 아기씨."

마지막으로 '아기씨'라는 말에 힘을 준 선죽당 마님이 빙그르르 돌면서 춤을 추는 비구니들을 바라봤다.

"새로운 출발을 꿈꾸던 며느리가 갑자기 자살을 해서 이상하다고? 시골로 내려간 청지기가 칼에 맞아서 죽은 것이 의심스럽고? 그 일의 배후에 내가 있다고 생각하겠지? 오직 추측과 출처가 의심스러운 편지 한 장을 가지고 말이야. 누가 믿어줄까? 아니, 들으려고나 할까?"

"그런 식으로 진실을 감추려고 하지 마세요."

"난 감춘 적 없어. 감출 게 없거든. 며느리는 남편을 따라 자살을 한 거고, 청지기는 그냥 괴한의 손에 죽은 것뿐이야. 그 밖에는 어떤 것도 진실일 수 없어. 그러니 공연히 서툰 짓 하지 말고 얌전하게 지내다가 가만히 시집이나 가시게."

"이런 일을 놔두고 얌전하게 살 생각도, 편하게 살 생각도 없어요."

화연의 반박에 선죽당 마님이 저고리에 달라붙은 나뭇잎을 떼어서 허공에 날렸다.

"쓸데없는 짓을 하면 대가를 치러야 하는 게 세상의 이치라는 것도 잊지 마시게."

"저를 해칠 생각인가요?"

"해치다니, 곱게 자란 아기씨가 못 하는 소리가 없군. 정으로 모난 돌을 칠 때는 먼저 주변을 쳐서 잘 다듬어야 하지."

선죽당 마님은 내내 차분한 어조를 유지했다.

"그런 말로 날 겁먹게 할 수 있다고 믿어요?"

"아니."

선죽당 마님이 고개를 돌려 화연을 똑바로 바라보며 말했다.

"다음에는 이렇게 친절하게 말로 하지 않을 거라고 알려주는 거야. 세상은 책 밖에 있다는 걸 명심하라고, 아기씨."

이야기를 마친 선죽당 마님이 자리에서 일어났다. 장옷을 챙긴 그녀가 인파 속으로 사라지는 것을 보면서 화연은 꼼짝도 할 수 없었다. 상대방을 자극해 허점을 찾겠다는 생각으로 부딪쳐봤지만 선죽당 마님은 생각보다 견고하고 단단했다. 마음이 무거워진 화연은 승무가 끝난 틈을 타서 자리에서 일어났다.

*

술을 파는 술도가들은 지붕 위에 술을 거르는 용수를 올려놓기 때문에 쉽게 눈에 띄었다. 양화진의 술도가 역시 마찬가지였다. 포구의 시끄러움이 그대로 전해질 법한 거리였지만 주인 노인은 곰방대를 입에 문 채 꾸벅꾸벅 졸고 있었다. 그 앞에 선 완희가 헛기침을 했다. 머리를 떨면서 눈을 뜬 노인이 전립에 철릭을 입은 완희의 모습을 보고 입을 딱 벌렸다.

"군관 나리?"

"수염을 잔뜩 기른 무뢰배를 찾고 있다. 여기 양화진에 출몰한다는 얘기를 들었는데 말이야."

"쇤네는 아무것도 모릅니다요."

노인이 잡아떼자 완희는 데리고 온 포졸들에게 눈짓을 했다. 술도가로 몰려들어간 포졸들이 육모방망이로 술이 든 항아리를 깨버리고 쌓아놓은 누룩을 넘어뜨렸다. 놀란 노인이 황급히 완희의 팔을 잡았다.

"아니, 소인이 무슨 잘못을 했다고 이러십니까?"

"전직 무뢰배로 양화진에서 모르는 사람이 없다는 놈이 거짓말을 하는 것 같아서 말이야."

"아무리 그래도 이렇게 나오시면 어찌합니까?"

"아는 걸 죄다 털어놓지 않으면 당분간 술장사는 못 할지도 몰라."

완희가 냉담하게 대꾸하자 노인은 마침내 손사래를 쳤다.

"알겠습니다. 아는 대로 털어놓을 테니까 제발 멈추십시오."

완희가 손짓을 하자 항아리를 부수던 포졸들이 멈췄다. 완희가 다시 노인을 내려다보면서 말했다.

"이상한 소리 하면 두 번 멈추게 하지는 않을 거야."

"아이고, 말씀드린다니까요. 수염이 텁수룩한 무뢰배라면 황득표일 겁니다."

"황득표?"

"그렇습니다요. 안 그래도 며칠간 안 보여서 무슨 사고를 쳤나 했습지요."

"지금 어디 있는데?"

"저기 뒷산에 가면 향도계에서 쓰는 사당이 있습지요. 거기에 있을 겁니다."

노인의 얘기를 들은 포졸 한 명이 중얼거렸다.

"향도계라…… 골치 아프겠군."

향도계는 마을 단위의 계 조직으로 장례를 치르기 위해 만들어졌다. 그러다가 무뢰배들이 하나둘 꼬여들면서 점차 범죄 조직으로 변했다. 완희가 속한 우포도청에서도 이런 향도계들을 주시했지만 마을의 장례를 치를 때 필요하기 때문에 섣불리 손을 대지 못했다.

사당은 장례에 필요한 관과 제수 용품을 보관하는 곳이라 그런지 한낮임에도 으스스했다. 사당 앞의 넓은 공터에 들어선 완희가 중얼거렸다.

"음침하군."

주변을 두리번거렸지만 인기척은 느껴지지 않았다. 완희가 큰 소리로 외쳤다.

"어이, 황득표!"

우렁찬 목소리에 나뭇가지에 앉아 있던 새들이 날아가버렸다. 잠시 뒤, 사당 뒤편에서 뭔가를 손에 든 자들이 나타났다. 분위기가 심상치 않게 돌아가자 완희가 외쳤다.

"우포도청 군관 남완희다. 조사할 게 있어서 왔으니 향도계 계주는 앞으로 나와라!"

그러자 향도계의 무뢰배들을 헤치고 복면을 쓴 사내가 나타났다. 복면 아래로 뻗은 수염을 보고 완희는 그가 자신이 찾던 자임을 짐작했다.

"자네가 계주인가? 황득표라는 자를 찾아왔다."

하지만 사내는 완희의 신분을 의심했는지 딴소리를 했다.

"네놈이 포도청 군관이면 난 포도대장이다."

"어허! 감히 포도청 군관을 능멸하느냐!"

"한두 번은 몰라도 또 속여먹으려고?"

복면을 쓴 사내가 부하들에게 외쳤다.

"뭣들 해! 본때를 보여주지 않고."

두목의 말이 끝나기가 무섭게 무뢰배들이 다가오더니 덥

벼들었다. 육모방망이를 꺼내 든 포졸들이 악다구니를 쓰면서 맞서 싸웠다.

"젠장!"

일이 꼬인다고 생각하면서 완희는 허리춤에 꽂아둔 쇠도리깨를 꺼내 들었다. 주변으로 무뢰배들이 점점 거리를 좁혀왔다. 오른쪽에 서 있던 놈이 제일 먼저 덤벼들었다. 잽싸게 피한 완희는 쇠도리깨로 상대방의 발등을 내리쳤다. 비명을 지른 녀석이 발등을 움켜쥔 채 데굴데굴 굴렀다. 기선을 제압한 완희는 다른 놈들의 발등을 노렸다. 졸지에 토끼뜀을 하게 된 바람에 무뢰배들의 포위망이 느슨해졌다. 그틈을 타서 포위망을 빠져나온 완희는 사당을 등진 채 쇠도리깨를 휘둘렀다. 한 명이 다가오다가 턱을 얻어맞고 뻗어버렸다. 그사이 포졸들이 무뢰배들을 거의 제압했다. 육모방망이로 얻어맞은 무뢰배 몇이 머리를 감싼 채 바닥을 뒹굴었다. 상황이 유리하게 돌아가자 완희가 외쳤다.

"어서 무릎을 꿇어!"

무뢰배들이 손에 든 몽둥이를 버리고 하나둘 무릎을 꿇었다. 복면을 쓴 두목은 도망치려고 했으나 완희가 한발 앞서서 그 앞을 가로막았다.

"어딜 가시려고?"

"비켜!"

두목이 품에서 꺼낸 단검을 휘두르면서 빠져나가려고 했다. 하지만 옆으로 물러난 완희가 그의 뒷덜미를 잡고 발을 건 다음에 내동댕이쳤다. 두목은 바닥을 구르다 나무뿌리에 머리를 부딪치고는 축 늘어졌다. 한숨을 돌린 완희가 그에게 다가가 복면을 벗겼다. 그리고 텁수룩한 수염을 툭툭 쳐서 깨웠다. 완희는 포도청 군관들이 가지고 다니는 붉은색 포승줄을 그의 얼굴에 내밀었다.

"네가 황득표지? 이제 믿을래?"

"죄송합니다. 포도청 군관이라고 사칭한 놈들에게 몇 번 돈을 뜯긴 적이 있어서 그랬습니다."

"남의 돈 뜯어먹고 사는 놈이 딴 놈한테 뜯긴 게 뭐가 억울하다고 그래?"

"몰라뵈어서 죄송합니다. 정말로 죄송합니다."

"죄송하면 내가 묻는 말에 곱게 대답해. 안 그러면 포도청으로 끌고 갈 거니까. 그런데 말이야……."

잠깐 뜸을 들인 완희가 포졸들을 가리키면서 덧붙였다.

"저기 네 부하들에게 맞은 자들이 한둘이 아닌데 곱게 갈 수 있을지 모르겠어."

상처를 입은 포졸들의 사나운 눈길과 마주한 황득표가 찔끔했다.

"뭐든 사실대로 다 아뢰겠습니다."

"며칠 전에 애오개에서 양반 처자 한 명을 희롱한 적 있지?"

"그렇지만 몸종이 그 아기씨가 포도청 군관과 정혼한 사이라고 해서 바로 물러났습지요. 혹 나리가 바로 그 군관……."

완희가 고개를 끄덕거리자 황득표의 얼굴이 파랗게 질렸다.

"손가락 하나 건드리지 않았습니다. 정말입니다."

"알아. 내가 궁금한 건 누가 시켰는지야."

"그게 말입니다."

황득표가 주저하는 기미를 보이자 완희는 다시 포졸들을 바라봤다. 황득표가 얼른 대답했다.

"말씀드리겠습니다. 제발 살려주십시오."

*

화연은 한밤중에 문을 두드리는 소리에 깼다. 방문을 열고 나가자 덥다고 대청에서 잠을 자던 곱분이 하품을 하면서 일어났다.

"누구지?"

화연의 물음에 곱분이 대답했다.

"남 포교님 목소리 같은데요?"

"그 사람이 이 시간에 왜?"

"그러게요."

두 사람이 말을 주고받는 사이, 안방에서 잠을 자고 있던 어머니가 나왔다.

"무슨 일이냐?"

화연이 걱정스러운 표정을 짓는 어머니를 안심시켰다.

"남 포교래요. 제가 나가볼게요."

곱분이 가져다준 장옷을 어깨에 걸친 화연이 대문으로 걸어갔다.

"이 밤중에 무슨 일이에요?"

"큰일 났어요. 어서 문을 열어보세요."

완희의 다급한 목소리에 화연은 곱분과 함께 빗장을 열었다. 그러자 완희가 숨을 헐떡거리면서 서 있었다. 그 옆으로 포승줄에 꽁꽁 묶인 턱수염쟁이가 보였다. 화연이 흠칫 놀라자 완희가 재빨리 물었다.

"이자가 중요한 자백을 했습니다."

"배후 말인가요?"

지친 표정의 완희가 고개를 끄덕거리자 화연은 대문에 기댄 채 한숨을 쉬었다.

"선죽당 마님의 소행이죠?"

화연의 말에 완희가 난감한 표정을 지었다.

"아닙니다."

뜻밖의 대답을 들은 화연이 고개를 갸웃거렸다.

"그 사람밖에는 없는데."

완희가 포승줄에 묶인 황득표를 툭 쳤다. 그러자 황득표가 입을 열었다.

"그러니까 키가 작고 코가 좀 길쭉했습니다. 왼쪽 눈 밑에 점이 있고, 이마에 내 천 자로 주름살이 있었습니다. 나이는 대략 마흔쯤 되었을 겁니다. 그 마님이 시켰습니다."

"뭐라고 시켰는데요?"

화연이 떨리는 목소리로 묻자 황득표가 대답했다.

"그러니까 지금 하는 일에서 손을 떼라고 협박을 하라고
했습니다. 대신 절대로 몸에 손을 대지는 말라고 했고요."

화연은 충격에 몸을 제대로 가누지 못했다. 옆에 있던 곱
분이 다급히 부축을 해줬다.

"아기씨, 괜찮으세요?"

뒤쪽에서 인기척을 느낀 화연이 겨우 고개를 돌렸다. 그
러고는 물었다.

"혹…… 어머니가 시키신 건가요?"

질문을 받은 어머니가 아무 대답도 하지 않자 화연은 울
먹이며 되물었다.

"진짜 어머니가 시키신 거예요?"

그래도 답이 없자 완희가 황득표를 툭 쳤다. 황득표가 고
개를 끄덕거렸다.

"저분이 맞습니다."

한숨을 쉰 완희는 황득표의 포승줄을 풀어주면서 신신당
부했다.

"오늘 일은 아무에게도 발설하면 안 된다. 쥐 죽은 듯이
엎드려서 지내."

"알겠습니다요, 나리."

포승줄에서 벗어난 황득표는 곧 어둠 속으로 사라졌다. 이제 남은 건 완희와 화연, 곱분과 어머니뿐이었다. 곱분의 부축을 받은 화연이 어머니를 바라봤다.

"뭐라고 말 좀 해보세요? 저를 괴롭힌 무뢰배를 사주한 게 정녕 어머니이신가요?"

화연의 쏟아지는 질문에 어머니가 한 발자국 물러나더니 입을 열었다.

"너를 위해서였단다."

"말도 안 되는 소리 하지 마세요!"

"다 널 생각해서 그런 거야."

화연이 어머니를 노려봤다.

"그게 무슨 뜻인가요?"

"잘 들어라."

숨을 고른 어머니가 시 한 수를 읊었다.

창가의 빛이 달아나고   窓下光亡

달의 모습과 자태가 향기롭다   月樣僭芬

가을바람을 바라보는 왕이 있도다   秋風見王

호수에 부는 바람은 커다란 연꽃이다	湖風巨蓮
빛나던 세상은 슬픈 가을이다	華世秋零
맑은 향기의 끝은 사찰이다	清香終寺
끝에서 시작에 이르다	末之初

뜻밖의 행동에 화연은 어안이 벙벙했다. 시를 읊은 어머니가 담담한 얼굴로 말했다.

"〈창하광〉이라는 시다. 잘 들었지. 이 안에 답이 있다."

"어머니!"

"지금은 해줄 말이 없구나. 답을 찾으면 다시 얘기하자."

말을 마친 어머니가 돌아서서 안방으로 들어갔다. 화연은 지끈거리는 머리를 감싸 쥐었다. 완희는 그런 화연을 걱정스러운 눈으로 바라보다가 말을 건넸다.

"괜찮아요?"

"네. 고생하셨습니다."

겨우 말을 마친 화연이 고개를 숙여 인사하고는 돌아섰다. 그리고 서러움과 두려움에 연신 눈물을 흘리면서 방으로 돌아갔다. 대문 앞에 서서 착잡한 심정으로 바라보던 완희도 몸을 돌렸다.

　　　　　　　　　　　　*

　모두 사라졌다. 새벽이 되자 어머니가 과천으로 내려간다
는 편지만 남기고 집을 떠났다. 아침이 되자 필동에서 보낸
사람이 와서 금화가 한양을 비우고 여행을 떠나서 당분간
혼례 준비는 어렵겠다는 소식을 전했다. 이상한 기분이 든
화연은 곱분을 공조참판 댁으로 보냈다. 돌아온 곱분이 숨
을 헐떡거리면서 말했다.

　"선죽당 마님도 사라졌습니다."

　"어디로?"

　"그 집 몸종 얘기로는 여주에 있는 농막으로 내려갔다고
하던데요."

　화연은 속이 텅 비어버릴 만큼 깊은 한숨을 쉬었다.

　"모두 약속이나 한 듯 사라져버렸군."

　"대체 무슨 일이 벌어지고 있는 걸까요?"

　곱분의 물음에 화연은 대답하지 못했다. 그사이 먹구름이
낀 하늘에서 빗방울이 떨어지기 시작했다. 서둘러 대청으로
자리를 옮긴 화연은 먹먹한 눈길로 떨어지는 빗방울을 올려
다봤다. 그때 도롱이를 뒤집어쓴 완희가 대문을 열고 들어

섰다. 화연이 빗물이 뚝뚝 떨어지는 전립을 벗고 있던 완희에게 물었다.

"어쩐 일이십니까?"

"우리 집 소식 들었어요?"

화연이 고개를 끄덕거리자 완희가 머뭇거리다가 입을 열었다.

"갑자기 여행을 떠난다고 해서 가봤더니 이미 사라진 다음이었습니다."

"어디로 가신다는 말 같은 건 없던가요?"

"달을 보러 간다고 했답니다."

"선죽당 마님도 여주의 농막으로 내려갔답니다. 어머니는 과천으로 가셨고요. 다들 한양에서 종적을 감춰버렸네요."

지친 그녀의 목소리를 듣고 완희가 한 걸음 다가왔다.

"상의할 일이 있습니다."

곱분이 가져온 차를 앞에 두고 화연과 완희가 마주 앉았다. 차를 한 모금 마신 뒤 완희가 화연에게 말을 건넸다.

"지쳐 보입니다."

"괜찮아요. 아직 할 일이 많습니다."

"좀 쉬어요."

"그럴 수는 없어요. 사건을 마저 파헤칠 겁니다."

"무슨 수로요? 어차피 단서가 없고, 증언을 하거나 조사할 사람들도 종적을 감췄습니다."

완희의 말이 정곡을 찔렀기에 화연은 딱히 반박하지 못했다. 어젯밤 어머니 일로 충격을 받고 나서는 의욕이 사그라든 것도 사실이었다. 화연이 아무 말도 하지 않자 완희가 찻잔을 내려놓으며 말했다.

"사실은 우리 혼사를 서둘러달라고 했습니다."

"어머니에게 얘기를 들었습니다. 딱히 반기지 않는 눈치시더니 어째서 그러셨습니까?"

"낭자가 너무 위험해 보여서요. 포도청 군관의 아내가 되면 누구도 쉽게 대하지 못할 것이라고 생각했습니다."

"마음 씀씀이는 고맙지만 그런 연유라면 괜찮습니다."

"아마 이번 일로 아버지의 죽음을 파헤칠 수 있으리라고 생각하시는 것 같습니다만……."

완희의 물음에 화연이 말없이 고개를 끄덕거렸다.

"직접 겪어봐서 알겠지만 배후의 세력이 탄탄하고 굳건합니다. 왕실과도 연결되어 있는 듯해서 자칫하면 큰 화를 입을 수 있습니다."

"저도 그렇게 생각하고 있고, 이미 마음을 다잡았습니다. 아버님이 그런 자들 손에 목숨을 잃으셨습니다. 두렵다고 그냥 넘어간다면 또 다른 희생자들이 생겨날 겁니다."

"그러니 확실한 물증을 잡아서 단숨에 뿌리를 뽑아야 합니다. 안 그러면 오히려 당할 수도 있다는 걸 이번에 명백하게 깨닫지 않았습니까? 무턱대고 매달리기만 해서 될 일이 아닙니다."

"다른 방도라도 있으십니까?"

"일단 숨을 돌리면서 넓게 보자는 말이죠. 지금까지 너무 급하게 달려왔습니다."

화연이 고개를 끄덕거리자 완희가 간곡하게 말했다.

"제가 힘닿는 대로 돕겠습니다."

"사실은 저도 지칩니다. 진실과 정의만 세우면 모든 게 좋아질 거라고 믿었는데 세상에는 또 다른 법칙이 있더군요."

화연은 선죽당 마님을 떠올렸다. 협박을 늘어놓으면서도 확신에 찬 어조로 내내 당당하게 말하던 그녀의 모습에서 화연은 끝없는 패배감을 느꼈다. 그녀는 아무것도 자신을 옭아매지 못하리라는 듯 너무나 자신만만했고, 그걸 깨보려는 화연의 시도를 아주 간단하게 무산시켜버렸다. 세상은 책 밖에 있다는 그녀의 말이 새삼 아프게 다가왔다. 잘 해나가고 있다는 믿음이 한순간에 깨져버린 후에는 허탈함이 밀려왔다. 양갓집 규수로 태어나 온갖 제약과 금기에 둘러싸여 살다가 영문도 모른 채 아버지를 잃었다. 그 진실을 덮은 자들을 밝혀내기 위해 열심히 일하면서 불의한 일과 맞서 싸우고 있다고 믿었지만 결과는 참담했다. 혈육인 어머니조차 진실의 한 조각을 들고 모습을 감춘 마당에 그 전제를 맞춘다는 건 도저히 불가능한 일 같았다. 화연은 떨리는 손으로 찻잔을 집어 들었다. 그러곤 깊은 한숨을 쉬면서 비가 내리는 뜰을 바라봤다.

완희가 돌아가고 화연은 복잡해진 얼굴로 곱분을 불러 말했다.

"이제 유품 정리하는 일은 그만두겠어."

"네?"

아쉬운 듯한 곱분을 보고 화연이 엷게 웃었다.

"서운해?"

"아기씨께서 좋아하시던 일인데 갑자기 그만둔다고 하시

니까요."

"아버지의 죽음을 조사하기 위해서 시작한 일이잖아. 이
제 조사를 당분간 멈추게 되었으니 굳이 그 일을 할 필요가
있나 싶어서 말이야."

화연의 얘기를 듣고 곱분이 고개를 끄덕거렸다.

"하긴, 이제 혼인할 분도 계시니 조심하셔야죠."

"그동안 나 때문에 고생 많았어."

"저야 바늘 가는 데 실 간 격이죠."

두 사람은 한동안 서로를 바라봤다. 그러다가 화연이 씩
웃으면서 말했다.

"비도 오는데 전이나 부쳐 먹을까?"

"좋지요. 어제 사 온 미나리가 제법 싱싱해요."

두 사람은 나란히 부엌으로 향했다. 곱분을 뒤따르던 화
연은 문득 어머니가 들려줬던 정체불명의 시구를 떠올렸다.
어머니가 무언가 단서를 쥐고 있다는 생각이 들었지만, 그
깊이를 가늠할 수 없다는 게 두려웠다. 생각에 잠겨 있던 화
연은 자신을 부르는 곱분의 목소리에 정신을 차렸다.

*

　그날부터 곱분은 유품 정리 일을 맡기러 온 사람들을 돌려보냈다.

　"아기씨는 이제 혼인을 앞두고 계세요. 더 이상 일을 하지 않으니 이만 돌아가십시오."

　그렇게 몇 번이나 돌려보냈지만 결국 한 사람을 화연에게 데려왔다. 맨발에 꾀죄죄한 차림의 여자아이였다. 아이는 짚으로 묶은 계란 한 알을 들고 서 있었다. 대청에서 책을 읽던 화연이 그 모습을 보고 물었다.

　"얘는 누구야?"

　"일을 맡기러 온 아이예요."

　곱분이 난감한 표정으로 대답하자마자 아이는 훌쩍거리기 시작했다.

　"제발 우리 어머니 시신과 유품을 정리해주세요! 여기 달걀 가져온 거 드릴게요."

　"어머니가 돌아가셨니?"

　화연의 물음에 여자아이는 엉엉 울면서 고개를 끄덕거렸다. 착잡해진 화연이 다시 물었다.

"어떻게 돌아가셨는데?"

"아버지가 술을 마시고 들어와서 어머니가 뭐라고 했더니 주먹으로 때렸어요."

"뭐라고? 그럼 아버지가 어머니를 죽인 거야?"

화연의 반문에 여자아이는 고개를 끄덕거렸다.

"아버지는?"

"자고 있어요."

화연이 날카롭게 말했다.

"포도청에 먼저 알려야지!"

"그랬는데 아버지가 떠밀었더니 뒤로 넘어지면서 죽었다고 하니까 알겠다고 하고 가던데요."

화연은 아랫입술을 깨물었다. 그녀가 울고 있는 여자아이의 머리를 쓰다듬어준 뒤 말했다.

"같이 가서 어머니를 보내드리자."

"정말이요?"

"그럼."

고개를 끄덕거린 화연이 일어나서 곱분에게 말했다.

"이 아이, 밥 좀 챙겨줘. 나는 짐을 챙길게."

"가시게요?"

곱분의 물음에 화연이 고개를 끄덕거렸다.

"그럴 수밖에 없잖아."

"얼른 먹일 테니까 같이 가요."

곱분이 여자아이를 데리고 부엌으로 들어가자 화연은 방으로 가서 보따리를 챙기기 시작했다.

*

여자아이를 따라간 곳은 한양의 남산 중턱이었다. 비만 오면 진흙 수렁이 되는 데다가 햇빛도 잘 안 드는 터라 가난한 선비와 시골에서 돈 한 푼 없이 올라온 촌뜨기들이 모여 사는 곳이었다. 여자아이는 다 쓰러져가는 초가집 사이를 지나 진흙 범벅인 골목길로 들어섰다. 세 칸짜리 집은 다른 초가집들보다 더 작고 허름했다. 초상집이라는 사실을 알리는 노란 등조차 걸려 있지 않았다. 집 안에 들어선 화연이 아이에게 물었다.

"어머니는 어디 계시니?"

"저 방에요. 이웃 어른들에게 도와달라고 했는데 부정 탄다며 싫다고 해서 그대로 두었어요."

"이제 우리가 돌봐드릴 테니까 걱정 말고 밖에 있어. 너무 멀리 가진 말고."

"네."

씩씩하게 대답하는 아이의 머리를 쓰다듬어준 뒤 화연과 곱분은 수건으로 입을 가리고 안방으로 들어갔다. 좁은 방에 누운 시신을 보자 화연은 마음이 무거워졌다. 코와 입가에 피가 덕지덕지 말라붙어 있었고, 쓰러질 때 충격 때문인지 머리도 잔뜩 헝클어져 있었다. 머리맡에 앉은 화연이 보따리에서 꺼낸 빗으로 머리를 빗겨줬다. 방이 좁아 수의를 입히면서도 계속 자리를 옮겨야 했다. 그때마다 두 사람은 벽과 농 같은 것에 부딪혔다. 마지막으로 버선을 갈아 신기던 화연이 벽에 부딪히며 방 안이 울렸다. 그때 천장 쪽에서 뭔가가 떨어졌다. 곱분이 바닥에 떨어진 노란 종이를 집었다.

"대들보에서 떨어진 것 같아요."

곱분이 대들보를 만져보는 사이, 화연이 종이를 펼쳤다. 별다를 게 없다는 걸 확인한 곱분이 고개를 돌리자 화연이 종이를 든 채 굳어 있었다.

"왜요?"

심상치 않은 표정의 화연에게 종이를 넘겨받은 곱분이 거기에 적힌 언문을 읽고는 화들짝 놀랐다.

"이거······."

곱분이 채 말을 잇지 못하는 사이 화연이 입을 열었다.

"어머니가 들려주신 시야."

"이런 곳에서 나오다니 이상한 일이네요."

"손에 닿지도 않는 저런 곳에 꼭 숨겨둔 것처럼······."

화연이 종이를 바라보며 중얼거리자 곱분이 조심스럽게 덧붙였다.

"무슨 뜻일까요?"

화연의 머릿속이 복잡해졌다. 하염없이 생각에 잠겨 있다 곱분의 헛기침 소리에 정신을 차린 화연이 대답했다.

"일단 일부터 끝내자."

수의를 입히고 나자 유품 정리는 금방 끝났다. 살림이 워낙 간소했다. 일을 마친 화연은 마당에서 서성거리던 아이를 불러서 종이를 보여줬다.

"이거 본 적 있니?"

"엄마가 자주 들여다보는 거예요. 일하다 잠깐 짬이 나면 항상 그 종이를 들여다봤어요."

"다른 말은 없었고?"

"그냥 웃기만 하던데……."

"시신이랑 유품은 다 수습했는데 아버지는 어디 계시니?"

"몰라요."

"가까운 친척은?"

"저 아래 못골에 외삼촌이 살아요."

아이의 대답을 들은 화연이 뒷정리를 하고 나온 곱분을 돌아봤다.

"장례를 치를 수 있도록 친척 집에 알리고 올게. 그동안 여기 좀 지켜줘."

"알겠어요, 아기씨."

고인의 친족을 만나 부고를 알린 화연은 귀후서*로 가서 나무로 짠 관을 사 왔다. 소식을 듣고 달려온 완희에게 화연이 서글픈 얼굴로 말했다.

"남편이 부인을 때려죽였는데도 아무런 처벌이 없네요."

"국법에 따르면 고의가 입증되지 않는 이상 죄를 물을 수

---

* 歸厚署. 관과 장례에 필요한 물품을 만들어 팔던 관청.

는 없습니다."

"그럼 반대로 아내가 남편을 죽이면요?"

"강상의 법도를 어지럽혔으니 엄하게 처벌받겠지요."

"너무나 불합리합니다. 시신을 수습할 때 보니 코와 입에 피가 맺혔고, 뺨은 부었고, 뒤통수에도 큰 상처가 있었어요. 명백히 구타를 당한 흔적이지요. 주먹으로 쳐서 넘어진 거지, 그냥 떠밀린 게 아니라고요."

"저도 압니다. 하지만 목격자가 없잖아요. 거기다 저 아이를 봐요."

완희는 구석에서 쭈뼛거리고 있는 여자아이를 바라봤다.

"만약 아비를 처벌하게 되면 저 아이는 오갈 데가 없어집니다."

화연은 그 얘기를 들으면서 선죽당 마님이 한 말을 떠올렸다.

"진짜 세상은 책 밖에 있네요. 그런 아비라면 없는 게 낫습니다. 게다가 저 아이는 제 아비가 어머니를 살해하는 걸 똑똑히 목격했다고요. 그런 자와 어찌 같이 살란 말입니까."

절망 어린 화연의 모습을 보고 완희가 위로의 말을 던졌다.

"주변에 저 아이를 잘 거두어줄 만한 친지가 있는지 수소문해보겠습니다."

화연은 완희에게 고개를 숙여 보인 뒤 자리에서 일어났다. 곱분과 함께 집으로 돌아가는 길에 화연은 소매에 넣어 온 종이를 펼쳤다.

"운율도 안 맞고 뜻도 이어지지 않아."

화연의 얘기를 들은 곱분이 물었다.

"잘 못 써서 그런 건가요?"

"못 썼다기보다는 숨겨진 의도가 있는 것 같아. 왜 이 시를 숨겨두고 읽었던 걸까."

화연이 의아해하자 옆에서 곱분이 중얼거렸다.

"어디 물어볼 데라도 있으면 좋겠어요."

문득 화연이 걸음을 멈췄다.

"그렇지. 물어볼 사람이 있어."

"누구요?"

"따라와."

종이를 접어서 소매 속에 넣은 화연이 먼저 발걸음을 뗐다.

*

"이게 뭡니까?"

화연이 내민 종이를 보고 문 노인이 물었다.

"일을 하다가 발견했는데 어떤 여인이 숨겨뒀던 거예요. 딸 얘기로는 이걸 틈나는 대로 봤대요."

시구를 읽은 문 노인이 고개를 갸웃거렸다.

"엉망인 시군요."

"혹시 아실까 해서 물어보러 왔어요."

"저는 우포도청의 공노비일 뿐입니다."

"그래도 저 많은 문서들이 있는 서고를 관리하시잖아요. 혹시 어떤 시인지 알 수 있을까요?"

"누가 쓴 시인지 알아봐달라는 말씀이시군요."

"네. 사연이 있는 것 같아서요."

"잠시만 기다려주십시오. 찾을 수 있을 것도 같네요."

문 노인은 햇빛이 들지 않는 깊숙한 곳으로 들어갔다. 그리고 잠시 뒤 낡은 책 한 권을 들고 돌아왔다. 책 표지를 본 화연이 놀라서 중얼거렸다.

"《난설헌집》?"

"아시는군요. 광해군 때 처형당한 역적 허균의 누이인데 스물일곱이라는 젊은 나이에 요절했다고 합니다. 어릴 때부터 시를 잘 지었다고 전해지지요. 원래는 죽으면서 동생인 허균에게 시를 모두 태워버리라고 했지만 차마 그러지 못해서 책으로 만들어진 게 바로 이《난설헌집》입니다."

"이 시가《난설헌집》에 있다고요?"

화연의 물음에 문 노인이 고개를 끄덕거렸다.

"〈창하광〉이라는 시예요. 워낙 특이한 작품이어서 유독 기억에 남았거든요."

"이런 시가 실렸다는 얘기는 처음 들어봐요."

"아기씨께서 말씀하시는 건 아마 나중에 허씨 집안에서 따로 정리한 판본일 겁니다. 이 책은 허균이 직접 엮은 겁니다."

"그런 시가 어째서 죽은 여인의 손에 있었던 거죠?"

"그건 저도 모르겠군요."

문 노인과 몇 마디 더 나눠봤지만 단서가 될 만한 건 없었다. 화연이 인사를 하고 돌아서려는데 문 노인이 말했다.

"혹시 다른 방식으로 읽어야 할지도 모릅니다."

"다른 방식이라면?"

"파자*일 수도 있습니다."

"……잘 살펴볼게요."

집으로 돌아온 화연은 방에 들어가서 종이를 펼쳤다. 그리고 그것을 들여다보면서 생각에 잠겼다. 설거지를 마친 곱분이 쟁반에 참외를 담아서 들어왔다. 쟁반을 내려놓으며 곱분이 말했다.

"종이 뚫어지겠어요."

"이 시에 뭔가 비밀이 숨겨져 있는 것 같아."

"수상쩍긴 하네요. 주인마님도 이 시를 읊어주신 뒤 떠나셨고, 죽은 여인도 애지중지했다잖아요."

두 사람은 머리를 맞댄 채 고민에 빠졌다. 먼저 입을 연 것은 화연이었다.

"제목이 끝에서 시작에 이른다는 뜻이잖아. 혹시 이 시의 끝과 시작을 일컫는 게 아닐까?"

"끝은 사찰이고, 앞은 창인데요."

곱분의 말에 화연이 고개를 저었다.

"그럼 시 전체 말고, 한 줄씩 보자."

---

* 破字. 한문의 자획을 나눠서 적는 방식. 주로 암호로 이용했다.

"종이에 적어보면 어떨까요?"

"그럴까?"

곱분이 벼루에 물을 붓고 먹을 갈았다. 준비가 끝나자 화연은 서안 위에 종이를 펼쳐놓고 붓을 들었다.

"첫 번째 줄의 마지막은 망亡, 두 번째 줄의 처음은 월月, 세 번째 줄의 마지막은 왕王, 네 번째 줄의 마지막은 연蓮, 다섯 번째 줄의 처음은 화華, 여섯 번째 줄의 마지막은 사寺야."

"이게 무슨 뜻일까요?"

곱분의 물음에 붓을 놓은 화연이 대답했다.

"한문의 자획을 나눠서 적는 방식으로 뜻을 감추기도 해. 망 자와 월 자, 그리고 왕 자를 합치면 망望이 되네."

"무슨 뜻입니까?"

"보름달을 뜻해. 매달 중순에 뜨는 달."

화연의 얘기를 들은 곱분이 곰곰이 생각하다가 대답했다.

"시간을 말하는 걸까요?"

"아래는 파자가 아니라 글자 자체로 읽어야 할 것 같아. 연화사?"

"절 이름 같은데요?"

고개를 갸웃거리던 화연은 문득 선죽당 마님과 나눴던 이야기를 떠올렸다.

"인왕산의 연화봉에 연화사라는 절이 있었다고 들었어."

"거긴 절터만 남아 있는 걸로 아는데요?"

"어쨌든 실존하는 곳이잖아."

화연이 종이를 다시 들여다보며 중얼거렸다.

"보름달, 연화사."

"보름달이 뜨면 연화사로 오라는 얘기 아닐까요? 그런데 이걸 왜 이렇게 복잡하게 적었을까요?"

"남들에게 숨기기 위해서가 아닐까?"

화연의 얘기를 들은 곱분이 벌떡 일어나서 문을 열었다. 그리고 어둑해지는 하늘을 가리키면서 말했다.

"오늘이 보름이에요."

*

화연과 곱분은 급히 장옷을 챙겨 인왕산으로 향했다. 좁은 산길을 올라 연화봉에 도착하자 화연은 깜짝 놀랐다. 곳곳에 횃불이 타오르고 있었다.

"맙소사. 바깥쪽에서는 안 보였는데?"

곱분도 놀라기는 마찬가지였다.

"봉우리가 안쪽으로 들어가 있어서 안 보였나 봅니다."

횃불을 들고 있는 건 여인들이었다. 적지 않은 숫자의 여인들이 가면을 쓴 채 일렬로 늘어선 모습을 보고 화연과 곱분은 입을 다물지 못했다. 두 사람이 모습을 드러내자 여인들은 기다리기라도 한 것처럼 좌우로 물러나서 길을 내줬다. 물이 되어 흘러가듯 그들 사이를 지나친 화연과 곱분은 절터로 향했다. 사찰은 사라진 지 오래였지만 계단과 초석은 남아 있었다. 그곳에는 횃불을 든 여인이 서 있었다. 역시 가면을 썼지만 누구인지 알아볼 수 있었다. 화연과 곱분을 향해 가볍게 고개를 숙여 보인 뒤 여인이 이야기를 시작했다.

"몇 년 전, 임피 현령으로 부임하게 된 임아직이라는 사람이 있었습니다. 그 사람에게는 복이라는 이름의 부인이 있었는데 임신 중이었죠. 그런데 그 여인이 임피로 향하던 길에 갑자기 종적을 감췄습니다. 홀몸이 아닌 그녀는 어찌해서 남편을 따라가지 않고 사라져버렸을까요?"

좌중을 둘러보며 잠시 숨을 고른 여인이 말을 이어갔다.

"거기에는 참으로 어처구니없고 슬픈 사연이 숨겨져 있었습니다. 복이는 일찍이 아버지를 여의고 계모인 소월과 함께 살았습니다. 친부모도 없이 아비의 첩에게 얹혀살았으니 그 삶이 얼마나 고단했겠습니까? 그것도 모자라서 소월의 자식이자 이복 오라버니인 옥근이라는 자가 추근거렸다고 합니다."

그 말을 들은 여인들의 입에서 탄식이 터져 나왔다. 좌중을 진정시킨 여인이 다시 입을 열었다.

"겁에 질린 복이는 숙부인 박철생을 찾아가 하소연을 합니다. 하지만 박철생은 집안 문제라면서 무시했습니다. 그러다가 복이는 옥근에게 겁탈을 당하고 말았습니다. 박철생은 그 소식을 듣고도 복이를 돕기는커녕 서둘러 임아직과 혼례를 치르게 하죠. 겁탈을 당한 복이는 임신을 한 상태라서 혼례를 거부했지만 무시당하고 맙니다. 그렇게 억지로 혼례를 치른 뒤 남편이 현령으로 부임하게 됩니다. 배가 계속 불러오자 복이는 병을 핑계로 한양에 남아서 아이를 낳고자 하나 어쩔 수 없이 그 험로에 따라나서게 되죠. 꼼짝없이 남편의 임지로 향하다가 아이를 낳게 될 상황에 처한 복이는 결국 밤중에 도망을 쳐야만 했습니다. 이 사건에서 복이는 명백한 피해자입니다. 하지만 조정의 대신들은 복이가 정조를 잃고 남편을 속였다면서 엄벌에 처해야 한다고 주장했습니다. 과연 이것이 옳은 일입니까!"

여인의 절규에 다들 아니라는 외침으로 응답했다.

"세상의 절반이 여인입니다. 이런 남자들을 낳고 기른 것도 여인들입니다. 그런데 왜 우리는 늘 핍박을 받고 살아야 합니까? 복이는 죄가 없습니다. 우리도 죄가 없습니다. 하지만 복이는 죄인이 되었고, 우리 역시 마찬가지입니다. 우리 아이들을 복이처럼 살게 하지 않으려면 하나로 뭉쳐서 힘을 모아야만 합니다."

여인의 말은 어둠 속으로 퍼져나가면서 지켜보던 이들의 마음에 불을 질렀다. 화연도 이곳에 온 목적을 잊어버리고 그녀의 말에 귀를 기울였다. 몇 가지 사례를 더 얘기한 여인이 어느덧 바로 아래까지 다가온 화연을 내려다봤다. 여인이 계단을 내려왔다. 다른 여인 셋이 다가와서는 화연과 곱분을 둘러쌌다. 놀란 곱분이 화연의 팔을 잡아당겼다.

"아기씨!"

"괜찮아."

화연이 곱분을 다독거리는 사이, 여인들이 한 명씩 가면을 벗었다. 계단 위에서 얘기하던 여인은 선죽당 마님이었다. 다가온 여인들은 금화와 어머니였고, 다른 한 명은 화연 또래의 젊은 여인이었다.

곱분의 눈이 휘둥그레졌다.

"주인마님이 어찌 여기에……."

"나는 오랫동안 이 모임에 참여했단다. 금화와 선죽당 마님도 마찬가지고 말이야."

"그럼 서로 아는 사이셨습니까?"

곱분의 물음에 금화가 대답을 대신했다.

"오랫동안 억압당해온 여인들의 피눈물이 우리를 뭉치게 했지."

화연이 금화에게 물었다.

"이렇게 밤중에 모여서 뭘 하시는 거죠?"

"우리는 회합을 통해 정보를 주고받고, 서로 힘을 합쳐서 죄 없는 여성들을 구해주는 일을 하고 있단다."

"공조참판 댁 며느리처럼 말입니까?"

"눈치챘군요."

화연이 옆에 서 있던 또래의 여인을 바라봤다. 수줍게 웃은 그녀가 말을 건넸다.

"송구하지만 어머니의 도움으로 새로운 삶을 살기 위해서 죽은 척할 수밖에 없었죠."

"선죽당 마님이 시신을 보여주지 않고 감추는 게 많아서 열녀문을 받으려고 며느리를 죽인 줄 알았어요."

"제가 《난설헌집》에 넣어둔 편지 때문에 그렇게 생각하신 거죠? 급하게 몸을 피하느라 미처 챙기지 못했는데 뜻하지 않게 문제를 일으켰네요."

씁쓸하게 웃은 그녀가 옆에 선 선죽당 마님의 손을 잡았다.

"어머니는 홀로되어 외로워하던 저를 친딸처럼 돌봐주셨습니다. 그리고 제가 새 출발을 할 수 있도록 도와주셨어요."

화연은 며느리와 손을 꼭 잡은 선죽당 마님을 바라봤다.

"남들에게 지독한 시어머니로 보이려 하신 것도 이 일을 위해서였죠? 저를 협박하신 것도 이 일을 숨기기 위해서였고요."

고개를 끄덕거린 선죽당 마님이 대답했다.

"며느리가 청지기를 연모하는 것 같아서 물어봤더니 사실대로 털어놓더군. 두 사람을 맺어주고 싶었지만 쉽지 않았지. 그래서 남편을 따라 죽은 것처럼 꾸민 뒤 함께 멀리 보낼 생각이었어. 그런데 뜻하지 않게 자네가 편지를 가지고 찾아오는 바람에 일이 꼬였다네."

화연이 허탈한 듯 웃자 선죽당 마님이 따라서 미소 지었다.

"결국 일이 커질까 봐 자네 어머니가 나서게 되었네."

"다른 사람에게 알리면 가만두지 않겠다고 협박하신 것도 며느리를 보호하기 위해서였군요."

"나야 나쁜 사람이 되면 그만이지만 며늘아기는 생사가 걸린 문제니까 말이야."

"오종도가 저를 찾아와서 아씨 마님의 죽음이 의심스럽다고 한 것도 모두 마님이 꾸미신 일이었군요."

"원래는 적당한 시기에 쫓아내는 척하려고 했다네. 하지만 자네가 나를 의심하는 걸 알고는 그걸 이용하기로 했지. 어쨌든 둘 다 죽었다고 여겨지면 더 이상 뒤를 쫓지는 않을 거고 종적을 감추는 데 도움이 될 테니까 말이야."

"본인을 희생하면서까지 며느리를 도우시다니, 정말 대단하십니다."

화연의 말에 선죽당 마님이 고개를 저었다.

"그저 안타까운 사연을 가진 여인에게 자기 삶을 돌려주는 셈이지."

어느 틈에 나타났는지 청지기 오종도가 다가와 말했다.

"속여서 죄송합니다. 선죽당 마님께서 일이 잘되려면 이 방법밖에는 없다고 하셔서요."

선죽당 마님이 입을 열었다.

"시중에 창포검을 쓰는 살주계의 자객에 관한 소문이 돌기에 그걸 이용하기로 했지."

"참으로 대단하십니다."

화연은 별당 아씨와 오종도가 나란히 선 모습을 바라봤다. 수줍게 웃는 두 사람을 지켜보며 선죽당 마님이 입을 열었다.

"이제 두 사람은 멀리 떠나서 새로운 삶을 살게 될 거야. 앞으로 다시는 볼 수 없겠지만 부디 오래오래 행복하게 살기를 바라네."

"고맙습니다, 어머님."

"이 은혜는 절대로 잊지 않겠습니다, 마님."

차례로 선죽당 마님과 포옹한 뒤 두 사람은 손을 잡고 어둠 속으로 사라졌다. 그 광경을 물끄러미 지켜보던 어머니가 말했다.

"너에게 너무 일찍 세상을 보여주는 게 아닌가 걱정했단다. 하지만 지금 보니 다 기우였구나. 이 어미는 안심하고 과천으로 내려가마."

어머니 옆에 있던 금화도 끼어들었다.

"일이 들통날까 봐 혼사 얘기를 꺼내긴 했지만 자네가 집 안사람으로도 탐이 나는 건 사실이야."

"누군가의 안사람으로 묶기기엔 저는 아직 할 일이 많아요."

"그럴 것 같았어. 우리 도움이 필요하면 언제든 얘기하고."

"알겠어요."

대화를 지켜보던 선죽당 마님이 끼어들었다.

"곧 날이 밝을 거야."

화연이 고개를 돌리자 험준한 산봉우리 사이로 새 아침이 밝아오고 있었다.

第四章

푸른 비밀 》

밤새 움직이느라 늦잠을 잔 곱분이 기지개를 켜면서 안방 문을 열었다. 화연은 어느새 일어나서 서안 앞에 앉아 있었다.

"일찍 일어나셨네요?"

"이제 본격적으로 파헤쳐봐야 하니까."

"뭘요?"

"아버지의 죽음."

곱분이 말을 잇지 못하자 화연이 희미하게 웃었다.

"어젯밤에는 차마 말을 꺼내지 못했지만 원점으로 돌아간 셈이니까. 일련의 사건들이 아버지의 죽음과 연관이 있을 거라고 생각했는데 모두 물거품이 되었어."

"그러게요. 힘이 쫙 풀리네요."

"다시 시작해야지. 처음부터 말이야."

"단서가 있을까요?"

곱분의 물음에 화연이 대답했다.

"아버지와 비슷하게 죽은 사람들이 있잖아."

"창포검에 당한 사람들 말입니까?"

"그래. 주변인들을 만나서 단서를 찾아봐야겠어. 혹시 목격자가 있을지도 모르잖아."

얘기를 마친 화연이 일어나자 곱분이 얼른 장옷을 꺼냈다.

*

녹색 도포를 입은 사내가 잠시 머뭇거리더니 대문을 열고 안으로 들어갔다. 대청에 앉아 있던 화연의 어머니는 문을 열고 들어선 사내를 물끄러미 바라봤다.

"무슨 연유로 이곳까지 오셨습니까?"

"긴히 부탁할 게 있어서 찾아왔습니다."

성큼성큼 대청으로 올라선 사내가 메고 있던 괴나리봇짐을 옆에 내려놨다. 화연의 어머니는 사내가 들고 있던 나무

지팡이를 유심히 살펴봤다.

"바깥양반과 아는 사이셨다고요?"

"병조에서 같이 일한 적이 있습니다. 엊그제 같은데 벌써 15년이나 지났습니다그려."

사내가 가볍게 웃자 화연의 어머니는 말없이 그를 살폈다. 그 시선을 느낀 사내가 은근한 목소리로 물었다.

"부군을 죽인 범인이 아직 잡히지 않았다고 들었습니다만."

"다 지난 일이지요."

"시중에 이상한 소문이 돌고 있습니다."

"어떤 소문이요?"

"전하께서 자신의 아비인 사도세자를 죽이는 일에 관여한 자들을 하나씩 없앤다는 소문입니다."

"들은 적이 있긴 합니다."

"영조 대왕께서 승하하시기 전에 사도세자를 추숭하거나 복권하지 말라고 하셔서 물밑으로 은밀히 복수를 하고 계시답니다. 창포검을 쓰는 살주계의 자객을 이용해서 말입니다."

화연의 어머니가 미심쩍은 눈빛을 거두지 않자 사내가 마른침을 삼켰다.

"원한이 깊으면 성인군자도 칼을 들어서 복수를 하는 법입니다. 전하께서는 세손 시절부터 죄인의 자식이라는 이유로 엄청난 핍박을 받으셨고, 그 원한이 가슴속 깊이 쌓이셨을 겁니다. 그때 옆에서 누군가 속삭였겠죠. 복수할 방도가 있다고 말입니다. 전하께서는 승낙할 필요도 없이 모른 척만 해주셔도 된다고 해도 과연 아니라고 하셨겠습니까?"

"제 남편이 그 때문에 희생되었다는 말씀이십니까?"

"그렇고말고요. 돌아가신 부군은 승지로서 임오화변 당시 현장에서 영조 대왕을 보필하셨습니다. 그자들이 보기에는 사도세자를 죽인 패거리라고 생각할 수도 있겠지요. 그래서 역모 혐의를 뒤집어씌워서 팔다리를 묶어놓고 자객으로 하여금 암수를 쓰게 한 것입니다. 그 때문에 도성 한복판에서 전직 관리가 참살당했음에도 포도청이 나서지 않았던 겁니다."

사내는 화연의 어머니가 별다른 반응을 보이지 않자 앞으로 다가오면서 말을 이어갔다.

"지금 한양에서는 따님이 아버지의 죽음에 얽힌 배후를 밝혀내기 위해 동분서주하고 있습니다. 그런 따님에게 진실을 알게 해줘야 하지 않겠습니까?"

화연의 어머니는 작게 한숨을 쉬었다. 그녀가 반응을 보이자 사내가 나지막한 목소리로 말했다.

"남편의 원수를 갚을 수 있는 기회를 드리겠습니다."

"말씀대로라면 바깥양반의 원수는 주상 전하일 텐데 어떻게 복수를 한단 말입니까?"

"저에게 방법이 있으니 조금만 도와주시면 됩니다."

"어떻게요?"

"제게 부군께서 쓰시던 관복과 출입패를 넘겨주십시오."

화연의 어머니가 굳은 표정으로 물었다.

"그걸 어디다 쓰시게요?"

"복수를 해드리는 데 쓰겠습니다."

"누군지도 모르는 이에게 관복과 출입패를 넘기는 이가 있겠습니까? 그리고 관복은 그렇다 쳐도 출입패를 넘겨달라는 얘기는 밤중에 궁궐로 침입하겠다는 말 아닌가요?"

움찔한 사내를 보고 화연의 어머니가 중얼거렸다.

"이제 진실이 뭔지 알겠군. 역시 남편을 죽인 자는 따로 있었어."

그러자 사내가 차갑게 웃었다.

"아, 정말이라니까!"

장씨가 두 사람의 거듭되는 질문에 짜증을 냈다. 분위기가 험악해지자 곱분이 배시시 웃으면서 장씨의 팔을 살짝 잡았다.

"믿기지가 않아서 그래요. 한 번만 더 얘기해주세요."

"그러니까 저기 매 바위에서 만났다고. 녹색 도포를 입은 사람 말이야."

"그리고 며칠 후에 전병갑이라는 사람이 사라졌고요."

"그렇다니까. 일도 많은데 말도 없이 관둬서 정말 힘들었다고."

"그 사람이 대체 누군데 몇 년을 일한 사람이 말도 없이 사라져버린 거예요?"

"낸들 알아? 꾸밈새로 봐서는 개백정을 필요로 하는 사람 같지도 않았는데 말이야."

"어떻게 생겼는지 보셨어요?"

"아니. 큼지막한 통영갓을 푹 눌러쓴 데다가 부채로 얼굴을 가려서 보이지도 않았어."

장씨가 바쁘다며 떠난 이후에도 두 사람은 매 바위 주변을 떠나지 못했다.

"세 번째야."

화연의 말에 곱분이 고개를 끄덕거렸다.

"이거야말로 귀신이 곡할 노릇 아닙니까?"

"창포검에 희생당한 사람들의 가족 일부가 종적을 감췄어. 주변에 얘기도 없이 말이야."

"이 사람도 녹색 도포를 입은 사람과 만났다고 하네요."

"뭔가 일이 벌어지고 있는 게 분명해."

화연이 아랫입술을 깨물자 곱분이 어두운 표정으로 일어나려다가 아래쪽을 가리켰다.

"저기, 남 군관 나리 아닌가요?"

화연이 아래를 내려다봤다. 구군복 차림의 완희가 좁은 산길을 헐레벌떡 달려왔다.

"어쩐 일이십니까?"

화연의 물음에 숨을 헐떡거리던 완희가 안쓰러운 표정을 지었다.

"과천에서 소식이 왔습니다."

"무슨 소식이요?"

"낭자의 집에 불이 났답니다."

*

불타버린 집을 보면서 화연은 그 자리에 털썩 주저앉고 말았다. 쓰러진 화연을 부축하던 곱분도 눈물을 쏟아냈다. 완희는 바람에 흩날리는 연기 너머로 폐허가 된 집을 바라봤다. 한양에서 과천으로 내려오는 내내 화연은 그럴 리 없다는 말만 반복했다. 이미 보고를 받은 완희는 위로조차 건네지 못했다. 그는 하염없이 눈물을 흘리는 화연을 지켜보다가 데리고 온 포졸들에게 지시를 내렸다.

"마을을 뒤져서 불이 난 정황을 알아보고, 수상한 자가 보였는지 탐문해라. 관아에 가서 오작인을 불러오고, 이 마을 촌장도 데리고 오너라."

일사불란하게 대답한 포졸들이 흩어지자 완희는 화연에게 다가갔다.

"어찌해서 불이 났는지 곧 알게 될 겁니다."

"내가 곁에 있었어야 하는데……."

화연이 차마 말을 잇지 못하자 완희는 더 이상 말을 건네지 못했다. 그가 잿더미가 된 대문을 지나 안으로 들어가자 바람에 흩날린 연기가 주위를 감쌌다. 화연의 어머니는 부엌 앞뜰에 눕혀져 있었다. 거적으로 덮어놓았으나 피 묻은 머리카락이 삐져나와 있었다. 안채는 물론 창고와 부엌까지 새까맣게 불탔다. 타다 남은 기둥이 앙상한 나무처럼 서 있었고, 지붕이 무너지면서 부서져 내린 기와 조각들이 뜰 여기저기에 흩어져 있었다. 잠시 뒤 포졸들이 노인 한 명을 부축해서 끌고 왔다.

"이자가 촌장이랍니다."

등이 구부정하고 머리가 하얗게 센 촌장은 벌벌 떨면서 대답했다.

"쇤네는 아무 죄도 없습니다."

"자네가 본 것만 말하거라."

"불이 나서 사람들을 데리고 왔더니 시신이 있기에 관아에 고한 것이 전부입니다요."

"시신은 어디에 있었느냐?"

"저기 주저앉은 대청에 반듯하게 누워 있었습지요. 처음에는 사람인 줄도 몰랐는데 우물가에 사는 편동이가 불을 끄러 올라갔다가 사람이 죽어 있다고 해서 알았습니다요."

"그래서 시신을 저쪽으로 옮겨놓은 것이냐?"

"예. 불에 탈 것 같아서 옮겨났습지요. 그 외에는 일절 손대지 않았습니다."

"불이 나기 전에 이 집에 온 사람은 없었느냐?"

"옆집 문경댁 얘기로는 녹색 도포를 입은 양반이 들어가는 걸 봤답니다."

"생김새는?"

"갓을 푹 눌러쓰고 잰걸음으로 들어가서 제대로 보질 못했다고 합니다. 이 집은 담장이 높아서 밖에서는 안이 잘 보이지 않거든요."

"그자는 언제 종적을 감췄느냐?"

"잘 모르겠습니다. 불이 나고 제가 발견했을 때는 이미 마을에서 사라진 뒤였으니까요. 일찌감치 여길 떴겠지요."

"알겠다. 물러가도 좋다."

연거푸 절을 한 촌장이 자리를 뜨자 완희는 울고 있는 화연에게 다가갔다. 완희는 화연의 어깨를 토닥이며 촌장의 말을 전했다.

"지금 녹색 도포라고 하셨습니까?"

갑자기 화연이 고개를 들어 반문하자 완희가 의아한 듯

고개를 끄덕거렸다.

"얼굴은 확인하지 못했지만 녹색 도포를 입은 건 확실하답니다. 왜 그러시오?"

말을 잇지 못하는 화연 대신 곱분이 나섰다.

"최근 한양에서 창포검에 의해 죽은 사람들의 가족을 탐문했는데 그중 몇의 행방이 묘연했습니다."

"사라졌다고?"

"네, 이유는 모르겠습니다. 다만 사라지기 직전에 녹색 도포를 입고 부채로 얼굴을 가린 사람이 다녀갔답니다. 그래서 아기씨가 놀라신 거고요."

"그자가 여길 왔었단 말이지."

"동일인 같습니다. 그자도 창포검으로 살해당한 피살자들의 가족을 만나고 다녔거든요. 그리고⋯⋯."

곱분이 주저하자 완희가 계속하라고 눈짓했다.

"피살자들은 모두 주인어른처럼 사도세자의 죽음과 관련이 있는 사람들이었습니다. 그래서인지는 모르겠지만 포도청에서 제대로 조사도 이루어지지 않았고요."

완희도 이미 알고 있는 사실이었다. 우포도대장이 윗선의 명령이라면서 피살자의 가족을 감시하라고 했고, 완희에게는 따로 화연을 지켜보라고 밀명을 내렸다. 그런데 그 정체 불명의 사내가 어떻게 포도청의 감시망을 뚫고 피살자 가족과 접촉해 종적을 감추게 한 것인지 의문이었다. 그사이 정신을 차린 화연이 어머니의 시신 쪽으로 다가갔다. 완희는 재빨리 그녀의 팔을 잡았다.

"지금 오작인이 오고 있습니다. 일단 검시를 한 후에 수습하세요."

"어머니를 저렇게 놔둘 수는 없어요."

"지금 손대면 중요한 증거들이 사라질 수 있습니다."

"비키세요. 어머니를 모실 겁니다."

"안 됩니다!"

"비켜요!"

"안 된다고요!"

화연과 옥신각신하던 완희가 눈짓을 하자 곱분이 다가와서 그녀를 다독거렸다.

"아기씨, 진정하세요."

"어머니가 저렇게 되셨는데 내가 어떻게 진정할 수 있겠어!"

화연이 다시 오열하자 완희는 착잡한 마음을 가눌 수 없

었다. 그때 오작인이 도착했다. 그는 급하게 왔는지 숨을 헐
떡거리며 완희에게 다가와서 고개를 숙였다.

"김거찬이라고 합니다, 포교 나리."

"급하게 검시해야 할 시신이 있어서 불렀네. 바로 살펴봐
주게."

김거찬이 완희의 어깨 너머를 바라보면서 물었다.

"저깁니까?"

"맞네. 이 집 여주인일세."

"뭘 알아봐드리면 되겠습니까?"

"불에 타서 죽은 것인지, 아니면 그 전에 죽은 것인지 살
펴봐주게. 만약 불에 타 죽은 게 아니라면 어떻게 죽었는지
밝혀야 해."

"불탄 시신은 살갗이 녹아내려서 사인을 알아내기가 어려
울 수 있습니다. 하지만 불에 타 죽은 건지 아닌지는 금방 알
수 있지요."

시신 옆으로 간 김거찬이 덮여 있던 거적을 걷어냈다.

"얼굴과 목은 멀쩡한데 그 아래는 심하게 탔습니다. 아마
불붙은 대들보가 떨어진 모양입니다. 먼저 불에 타서 죽은
것인지 아닌지부터 확인하지요."

김거찬이 보따리에서 꺼낸 것은 솜이었다. 그는 자그마한 쇠막대기 끝에 솜을 씌운 다음 시신의 콧구멍으로 밀어 넣었다. 양쪽 콧구멍을 번갈아 쑤신 뒤 김거찬이 말했다.

"불이 나기 전에 이미 죽었습니다."

"확실한가?"

완희의 물음에 김거찬이 코를 쑤셨던 솜을 보여줬다.

"보십시오, 깨끗하지 않습니까? 만약 불이 나고도 살아 있었다면 숨을 쉬었을 것이고, 콧속으로 검댕이 밀려들었을 겁니다."

"이미 죽은 탓에 숨을 쉬지 못해서 검댕이 묻지 않았다는 얘기군."

"그렇습니다. 이쪽으로 와보시겠습니까?"

완희가 가까이 다가가자 김거찬이 시신의 몸통을 보여줬다.

"시신이 심하게 타서 사인을 알아낼 수는 없을 것 같습니다."

"단서가 될 만한 게 전혀 없나?"

"보통은 사람을 죽일 때 목을 조르거나 흉기로 찌릅니다. 그런데 목에 밧줄 자국이나 손으로 눌러서 생긴 멍 자국이 안 보입니다. 그러니 흉기를 썼을 겁니다. 이 상태에서는 그 흔적을 찾을 수 없습니다."

"젠장."

그때 완희의 눈에 뭔가 부자연스러운 점이 포착됐다. 시신의 오른팔이 몸통 아래에 깔려 있었다. 완희는 김거찬과 함께 시신을 살짝 들어서 팔을 빼냈다. 오른팔은 불에 타지 않아서 멀쩡했다.

"손에 뭔가를 쥐고 있는데?"

"그러게 말입니다."

보따리에서 큰 붓을 꺼낸 김거찬이 손에 묻은 검댕을 털어냈다.

"은장도 같습니다, 나리."

"은장도? 빼낼 수 있겠나?"

"해보겠습니다."

보따리에서 쇠젓가락을 꺼낸 김거찬이 시신의 손을 벌리고 은장도를 빼냈다. 완희가 검댕을 털어낸 뒤 은장도를 챙겨 화연에게 다가갔다.

"어머니 손에 있던 은장도입니다. 어머니 것이 맞습니까?"

눈물을 털어낸 화연이 검게 탄 은장도를 바라보더니 고개를 끄덕거렸다.

"그렇습니다. 이걸 어머니가 손에 쥐고 계셨나요?"

"괴한이 해치려고 하니까 본능적으로 뽑아 드신 모양입니다."

그러자 화연이 벌떡 일어났다.

"은장도의 날을 확인해봅시다."

"뭘 확인하란 말이오?"

"피가 묻어 있는지 말입니다. 오작인이 방법을 알 겁니다."

고개를 갸우뚱한 완희가 김거찬에게 다가가서 물었다.

"이 은장도에 피가 묻어 있는지 확인해볼 수 있겠나?"

"뜨겁게 데운 식초와 명주 천이 필요합니다."

완희가 포졸들에게 지시하자 필요한 것들이 금세 모였다. 옆집의 문경댁이 부엌에서 데운 식초를 건네주자 김거찬이 명주 천에 조심스럽게 부었다. 그리고 검게 탄 은장도를 천천히 닦아냈다. 검은 얼룩이 씻기면서 칼날이 깨끗해졌다. 몇 번이고 닦아내던 김거찬이 은장도의 날을 바라보면서 말했다.

"핏자국입니다."

"어디?"

완희의 물음에 김거찬은 은장도 끝의 희미한 녹색 얼룩을 가리켰다.

"동물인 것인지, 사람의 것인지는 모르겠지만 이 은장도로 뭔가를 찔러서 피를 낸 건 확실합니다."

"범인의 피일 거예요."

화연의 말에 완희는 비로소 은장도를 살펴보라는 말의 뜻을 이해했다. 화연이 의연한 표정으로 덧붙였다.

"옷이야 언제든지 바꿔 입을 수 있지만 상처는 감추기가 어려워요."

"하지만 상처가 어디에 났는지 알 수 없지 않습니까?"

"아마 목이나 얼굴일 겁니다. 이 자그마한 은장도로는 옷위를 찔러봤자 상처가 나지 않으니까요. 어머니는 오른손잡이셨으니 은장도를 오른손에 쥐었을 거예요. 아마 위로 치켜들었다가 비스듬하게 내리찍듯이 휘둘렀을 겁니다. 그럼 상대방의 왼쪽 얼굴이나 목덜미, 혹은 어깨에 상처가 날 테지요."

"녹색 도포를 입고 왼쪽 얼굴이나 목에 상처가 난 자가 범인이란 말이군요."

"터무니없지만 그래도 범인을 쫓을 단서가 나온 겁니다."

"당장 한양으로 갑시다. 포도대장에게 아뢰어서 정식으로 조사해보면 잡을 수 있을 겁니다."

"먼저 올라가세요. 저는 여기서 어머니의 시신과 유품을 수습하고 올라가겠습니다."

화연의 말에 완희는 다시금 그녀가 처한 현실을 깨달았다. 그는 먼저 올라가겠다는 말을 남긴 뒤 서둘러 발걸음을 뗐다.

*

"자네 제정신인가?"

우포도대장 신숙철이 호통을 쳤지만 완희도 지지 않고 목소리를 높였다.

"그게 문제가 아닙니다."

"문제가 아니긴, 지금 과천 현령이 펄펄 뛰고 있다는데. 말도 없이 불쑥 자기 고을에 나타나서는 들쑤시고 다니는 것도 모자라서 오작인을 불러 검시까지 했다고 말이야."

"상황이 급해서 그랬습니다."

"상황이 급하면 다 괜찮을 줄 아나? 도읍을 지켜야 하는 포도청 군관이 상급자의 허락도 없이 함부로 과천까지 갔다는 것도 문제야, 문제!"

"제 말 좀 들어보십시오. 창포검으로 살인을 저지르는 자에 대한 단서를 잡았습니다."

"그 얘기는 입 밖에도 꺼내지 말게!"

"한두 명이 아닙니다. 이번에는 화연 낭자의 어머니까지 죽이고 집에 불을 질렀단 말입니다."

"물증이 없지 않나! 창포검을 쓰는 건 무뢰배부터 살주계, 향도계, 검계까지 수두룩해!"

"조사를 하면 단서가 나올 겁니다. 그러니 제게 맡겨주십시오."

"자네는 당분간 근신하게."

싸늘한 신숙철의 말에 완희는 격하게 반박했다.

"말도 안 됩니다!"

"지금 포도대장의 명을 거역하려는 건가? 명령도 없이 임지를 이탈하고 다른 고을 수령의 허락도 받지 않은 채 사건을 조사한답시고 오작인까지 멋대로 부려먹은 죄가 가벼운 줄 아나!"

"포도청 군관이라면 범인을 잡아야 하지 않습니까!"

"자네 아버지를 믿고 너무 오만방자한 게 아닌가?"

"대체 왜 이 사건을 맡지 않으려고 하시는 겁니까?"

"신중하자는 걸세. 배후가 누군지 명확하지 않은 상태에서 섣불리 조사했다가는 자네나 나나 무슨 꼴을 당할지 몰라."

"설마 전하께서 아버지인 사도세자의 복수를 하고 계시다고 믿으시는 겁니까?"

완희의 말에 신숙철은 바깥 동정을 잠시 살펴보고는 낮은 목소리로 말했다.

"나도 그런 터무니없는 생각은 하지 않아. 하지만 대비 마마가 개입했을 수도 있지 않나. 그분은 왕실의 어른일세. 그런 분을 상대하려면 빼도 박도 못하는 명확한 물증이 있어야 하네. 고작 창포검으로 사람을 죽인다는 걸로는 안 된다, 이 말일세."

완희는 그것 말고도 다른 단서가 있다고 말하려다가 입을 다물었다. 신숙철의 왼쪽 뺨에서 무언가를 봤기 때문이었다. 잘못 본 것이 아닌가 싶어서 다시 들여다봤지만 분명히 상처였다. 완희는 충격을 받았지만 애써 표정을 감췄다. 그 작은 생채기가 뭘 뜻하는지를 생각하자 온몸에 소름이 돋았다. 완희는 신숙철이 자신의 반응을 눈치채지 못하도록 낙담한 척 고개를 숙였다.

"사람이 죽었는데 또 이렇게 넘어가는 겁니까?"

"넘어가는 게 아니라 후일을 기약하는 걸세. 집에서 며칠 쉬고 오면 그 사건을 조사할 수 있도록 해주지."

뜻밖의 얘기에 완희가 고개를 번쩍 들었다.

"정말이십니까?"

"단 은밀하게 조사해야 하네. 보고도 나에게만 따로 하고. 자네가 쉬는 동안 준비를 마쳐놓겠네."

"감사합니다."

"가서 쉬게."

당상 대청을 빠져나온 완희는 참았던 숨을 내쉬었다. 그리고 곧장 문서고로 향했다. 문 노인이 빠른 걸음으로 다가오는 그를 보고는 하던 일을 멈췄다.

"무슨 일이십니까?"

"찾아줘야 할 게 있어서."

"뭔데요?"

문 노인의 반문에 완희가 결연하게 말했다.

"포도대장이 어느 날짜에 자리를 비웠는지 알고 싶어."

*

해가 떨어질 무렵, 한양에 도착한 화연은 대문 밖에서 서성거리던 완희를 발견했다.

"무슨 일인데 장례도 미뤄두고 올라오라고 한 거예요?"

"들어가서 얘기해요."

완희와 화연은 나란히 대청에 앉았다. 곱분이 가져온 등잔불이 두 사람 사이를 밝혔다. 그 불을 잠시 응시하던 화연이 물었다.

"무슨 일이에요?"

"아무래도 범인을 찾은 것 같아요."

돌연 정적이 흘렀다. 치맛자락을 움켜쥔 화연이 떨리는 목소리로 물었다.

"어떤 자입니까?"

"우포도대장 신숙철입니다."

뜻밖의 대답에 화연이 어리둥절한 표정을 지었다.

"그자가 왜요?"

"이유는 모르겠습니다. 하지만 왼쪽 턱수염 사이에서 칼날에 스친 듯한 상처를 봤습니다."

"그것만으로 살인자라고 단정하기는 어렵지 않겠어요?"

"물론이죠. 그래서 등청 기록을 살펴봤더니 낭자의 어머니가 돌아가시던 날 집안일이 있다면서 등청을 하지 않았습니다. 창포검에 의한 살인이 일어났던 다른 날들도 마찬가지였고요. 우연의 일치라고 보기에는 정확히 맞아떨어집니다."

"그자가 왜 그런 짓을 저지른 걸까요? 사도세자의 복수를 하기 위해서였을까요?"

화연의 물음에 완희는 고개를 저었다.

"아닙니다. 우포도대장은 홍인한과 가까운 사이였습니다."

"홍인한이요?"

"사도세자의 장인인 홍봉한의 동생입니다. 형 홍봉한을 비롯한 일가친척이 시파에 가담해서 사도세자를 보호하려고 했던 반면, 이자는 벽파에 가담해서 사도세자의 즉위를 막으려고 했습니다. 그래서 전하께서 즉위하신 뒤 고금도로 유배를 갔다가 사약을 먹고 죽었습니다."

"그렇다면 사도세자의 복수를 할 만한 자가 아니군요."

"오히려 반대입니다. 그래서 더 이해가 안 갑니다."

"지켜보면서 단서를 찾아야겠네요."

화연의 말에 완희는 고개를 저었다.

"그자가 저에게 며칠 근신하고 오면 비공식적으로 사건을 조사할 수 있도록 조치를 취해놓겠다고 했습니다."

"제 발등을 찍은 셈이네요."

"그럴 리가요. 그보다는 저를 며칠간 묶어놓기 위해 거짓말을 한 것 같습니다."

"어쩌면, 그사이에 뭔가 일이 벌어질 수 있겠군요."

"맞아요."

고개를 끄덕거린 완희가 눈살을 찌푸린 채 덧붙였다.

"무슨 일이 일어날 것 같습니다."

"그럼 어떻게 해야 하죠?"

"일단 그자를 미행해서 무슨 짓을 하는지 알아내려고요."

"현장을 덮치자는 말이군요."

"그러면 반박할 수 없는 물증을 잡을 수 있을지도 모릅니다."

"언제 결행하실 겁니까?"

화연의 물음에 완희가 짤막하게 대답했다.

"그자가 오늘 숙직을 합니다. 분명 밤에 은밀히 움직일 겁니다."

완희의 얘기를 들은 화연이 굳은 표정으로 말했다.

"그럼 서둘러야겠네요."

*

밤이 깊어지자 당상 대청에 있던 신숙철은 의자에서 일어나 밖으로 나왔다. 귀뚜라미 울음소리 사이로 고요한 밤의 적막이 흘렀다. 그는 대청 아래 숨겨둔 지팡이를 챙긴 뒤 조용히 뒷문으로 나왔다. 수십 척 높이의 황토현을 넘자 경희궁 앞의 언덕인 야주개가 보였다. 그는 숨을 고른 뒤 개천을 따라 걸었다. 야경꾼의 발소리가 들리면 골목길에 잠시 숨었다가 다시 움직였다. 그가 당도한 곳은 박철곤의 상점 앞이었다. 그는 들고 있던 지팡이로 굳게 닫힌 문을 몇 번 두드렸다. 잠시 정적이 흐르고, 삐걱거리는 소리와 함께 문이 열렸다. 고개를 내밀고 주변을 살핀 상점 주인이 얼른 들어오라고 손짓했다. 그가 안으로 들어가자 박철곤이 문을 닫고 구석에 있던 등잔불을 탁자 위에 올려놨다.

"어서 오십시오."

"준비는?"

"다 끝났습니다."

박철곤이 내민 보따리를 펼치자 궁궐을 지키는 금군들이 입는 붉은색 전포가 나왔다. 구군복을 벗은 신숙철이 전포로 갈아입고 꿩 깃을 꽂은 전립을 쓰는 사이, 박철곤이 바닥을 들어 올렸다. 그러자 공간이 나타났고, 안에 숨어 있던 전병갑이 고개를 들었다.

"준비는 되었는가?"

신숙철의 물음에 전병갑이 철퇴를 어깨에 걸치면서 대답했다.

"진즉 끝났습니다."

전병갑은 눈에 띄지 않게 회색으로 칠한 바지와 저고리에 발목에는 빨리 움직일 수 있도록 행전까지 찼다. 그걸 본 신숙철이 보따리에 있던 미투리를 건넸다.

"이걸 신도록 하게."

"신던 짚신이 편합니다만."

"그냥 미투리가 아니라 쇠털을 대서 소리가 안 나도록 한 걸세."

"알겠습니다."

전병갑이 미투리로 갈아 신는 동안 문을 살짝 열고 바깥

동정을 살피던 박철곤이 말했다.

"야경꾼이 지나갔습니다. 이제 한 시각 정도는 주변에 아무도 없을 겁니다."

"나가는 길은?"

"아래쪽에 만들어놨습니다. 거적으로 가려놨으니까 치우고 나가시면 됩니다."

환도를 챙긴 신숙철이 바닥에 난 구멍을 통해 아래로 내려갔다. 하천 옆에 지어진 상점 아래에는 쌓아 올린 돌과 흙더미, 기둥 사이로 사람이 움직일 만한 공간이 있었다. 박철곤이 얘기한 거적을 치우자 하천으로 나가는 통로가 보였다. 박철곤이 신숙철의 얘기를 듣고 며칠 동안 파서 만든 것이었다. 잠시 바깥 동정을 살피던 신숙철이 위에서 내려다보고 있던 박철곤에게 말했다.

"우리가 돌아올 때까지 문 꼭 닫고 있게."

"염려 마시고 제 동생의 복수를 부탁드립니다."

고개를 끄덕거린 신숙철이 밖으로 나갔다. 그리고 뒤따라 나온 전병갑에게 말했다.

"조용히 날 따라오게."

"예."

신숙철은 하천을 따라 빠르게 경희궁으로 접근했다. 한창 어두울 때였지만 하늘에 떠 있는 초승달 덕분에 그럭저럭 길을 찾아갈 수 있었다.

*

신숙철과 전병갑이 구멍을 통해 빠져나가고, 박철곤은 불을 끈 채 조용히 숨어 있었다. 숨을 죽이고 있던 그는 밖에서 자그마한 신음 소리가 들려오자 귀를 쫑긋 세웠다.

"이게 무슨 소리야?"

벽에 귀를 갖다 대자 야릇한 소리가 들려왔다. 얼굴이 뜨거워진 박철곤은 눈을 껌뻑거렸다. 간혹 술에 취한 남녀가 으슥한 골목길에서 일을 저지르는 경우가 왕왕 있었다.

"어떤 미친 연놈들이야?"

호기심에 이끌린 박철곤은 여자가 흐느끼면서 벽을 긁어대자 더 이상 참지 못하고 빗장을 풀었다. 한바탕 호통을 치며 구경을 할 생각이었지만 문을 열자마자 곤봉이 날아들었다.

"어이쿠!"

머리를 감싸 쥔 박철곤이 그 자리에 주저앉은 사이, 안으로 들어선 완희가 재빨리 오랏줄로 묶어버렸다. 박철곤이 발버둥을 쳤다.

"누구냐!"

"포도청에서 나왔다. 아까 여기로 들어온 자는 어디 있느냐?"

완희의 물음에 박철곤은 고개를 저었다.

"무슨 말을 하시는지 모르겠습니다. 쭉 저 혼자 있었습니다."

"그자가 이리로 들어가는 걸 우리 눈으로 똑똑히 봤어. 허튼 수작 부리지 말고 어서 말해."

두 사람이 옥신각신하는 사이, 문에 빗장을 채운 곱분과 화연이 상점 안을 살폈다. 그러다 곱분이 바닥에 뚫린 구멍을 발견했다.

"여기 아래로 통하는 데가 있어요."

박철곤을 꽁꽁 묶어놓은 뒤 완희는 곱분이 발견한 구멍으로 들어갔다. 그리고 잠시 뒤 짚신 한 짝을 들고 올라왔다.

"누군가 신을 갈아 신고 나간 모양이네요."

화연의 얘기를 들은 완희가 고개를 끄덕거렸다.

"신숙철은 가죽신을 신고 있었으니까 다른 자가 신던 게 분명합니다."

"그럼 최소 두 명이라는 얘기네요. 어디로 사라진 거죠?"

"바닥 한쪽에 하천으로 통하는 구멍이 뚫려 있습니다. 다른 흔적은 없었어요."

"탁자 아래 구군복이 있었습니다."

"저자가 혹시 알지 모르겠습니다."

화연의 얘기를 들은 완희는 바닥에 꿇어앉힌 박철곤에게 다가갔다.

"그자는 어디로 갔어?"

"나는 모릅니다. 생사람 잡지 마십시오."

눈살을 찌푸린 완희가 그의 옷깃에서 뭔가를 발견했다. 손을 뻗어서 조심스럽게 집어낸 완희는 대번에 무엇인지 알아차렸다. 파랗게 질려버린 그가 화연을 돌아봤다.

"그자가 어디로 갔는지 알 것 같아요."

"어디요?"

"궁궐입니다. 이건 금군이 쓰는 전립에 달린 꿩 깃이에요."

"포도대장이 밤중에 금군으로 변복을 하고 궁궐에 들어갔다는 얘기잖아요."

완희는 떨리는 목소리로 말했다.

"전하를 시해하려는 게 분명해요."

"맙소사."

화연이 치맛자락을 움켜쥔 채 물었다.

"이제 어떡하죠?"

"내가 궁문으로 가서 이 사실을 알리도록 하겠습니다. 여기 잠시 계십시오."

돌다리 아래까지 접근한 신숙철이 멈추라고 손짓하고는 잠시 주변을 살폈다. 그리고 다리 위로 올라갔다. 뒤따라 올라온 전병갑이 돌다리 건너편의 높은 담장을 보고는 그에게 물었다.

"여기가 경희궁입니까?"

"그래. 따라오게."

담장을 따라 북쪽으로 올라가자 작은 흥원문이 나왔다. 문가에 선 신숙철이 들고 온 지팡이로 문을 살짝 쳤다. 잠시 뒤 문 옆 담장에서 밧줄이 넘어왔다. 전병갑이 어리둥절해하며 물었다.

"이게 뭡니까?"

"담장을 넘을 밧줄."

밧줄을 잡은 채 담장을 오른 신숙철이 훌쩍 내려섰고, 끙끙대며 올라온 전병갑도 뒤따라 내렸다. 그러자 담장에 바짝 붙어 있던 뚱뚱한 내관이 모습을 드러냈다. 그가 신숙철과 전병갑에게 조족등을 들이밀며 나지막하게 말했다.

"기다리고 있었습니다."

"임금은 어디에 있는가?"

"편전인 홍정당에 있다가 지금은 존현각으로 갔소이다."

"이 밤중에 거긴 왜 간 거요?"

"종종 그곳에서 밤 늦게까지 책을 보곤 하십니다."

"젠장. 존현각은 가본 적이 없는데."

신숙철은 어둠에 잠긴 궁궐을 응시하면서 중얼거렸다. 그의 눈에 경희궁은 고요할 뿐 아니라 미로처럼 복잡했다. 수많은 전각들이 서로 꼬리를 문 것처럼 바짝 붙어 있고, 중간중간 담장들이 가로막았다. 거기다 숙직을 하는 금군들이 순찰을 돌고 있기 때문에 자칫하다가는 발각될 수도 있었다. 신숙철이 난감한 표정을 짓자 내관이 속삭였다.

"내 조카가 대비전 나인으로 있는데 종종 대비마마의 서찰을 들고 존현각으로 심부름을 간다고 하더이다."

"정말이오?"

"내가 그 아이를 데려올 것이니 일단 저쪽 별감방에 숨어 있으시구려."

"오늘 밤 안으로 거사를 끝내야 하오."

신숙철이 걱정스럽게 말하자 내관이 씩 웃었다. 내관이 등불을 들고 어둠 속으로 사라지자 두 사람은 궁궐의 담장에 붙은 별감방으로 들어갔다. 문을 닫고 들어선 전병갑이 신숙철에게 물었다.

"저 사람도 임금에게 원한이 있습니까?"

"절친한 동료가 그 일에 휘말려서 귀양을 갔네. 하마터면 자기도 같이 쫓겨날 뻔했지. 평생 궁궐에서 일한 내관들은 밖으로 내쳐지면 할 수 있는 게 없으니 말일세."

"그런 사연이 있었군요. 이제 제가 뭘 하면 되는지 알려주십시오."

"임금이 있는 전각에 도착하면 지붕 위로 올라가게."

"안으로 들어가는 게 아니라 위로요?"

"임금 곁에는 무술을 익힌 내관이 몇 명씩 지키고 있네."

"제깟 불알 없는 놈들이 무술을 익혀봤자 제 철퇴 앞에서는 추풍낙엽일 겁니다."

"그사이에 임금이 도망치면? 한밤중에 임금이 종적을 감추면 찾을 수 있겠어?"

신숙철의 날카로운 질문에 전병갑은 우물쭈물 대답을 하지 못했다.

"죄송합니다."

"지붕 위에 올라가서 이리저리 뛰고 모래와 자갈을 뿌리게."

"그럼 제가 있다는 게 들통나지 않겠습니까?"

"맞아. 그럼 임금이 금군을 부르고 내관을 호출하느라 시끄러울 거야. 그때 거사를 감행할 걸세."

신숙철의 얘기를 들은 전병갑이 알겠다는 표정을 지었다.

"금군 복장을 하신 게 그 때문이었군요."

"맞아. 혼란한 와중이라면 임금에게 접근할 수 있을 테고, 손을 쓸 수 있는 틈이 생길 거야. 거사가 벌어지면 지붕에서 내려와서 재주껏 궁을 빠져나가게. 우린 그때부터 암살자가 아니라 공신이 되는 거야."

"좋습니다. 까짓거 복수도 하고 공신도 되어보죠."

어둠 속에서 전병갑이 누런 이를 드러내며 웃었다. 그사이 밤이 깊어갔다.

*

"어찌 되었습니까?"

화연이 어둠 속에서 헐레벌떡 뛰어온 완희를 보며 물었다. 문을 닫고 들어온 완희는 숨을 몰아쉬면서 고개를 저었다.

"도통 들어먹지를 않습니다."

"왜요?"

얼굴을 찡그린 채 완희가 대답했다.

"아무리 얘기해도 믿지 않고 미친놈 취급입니다. 환장하겠네."

완희가 답답한 듯 발을 동동 굴렀다. 마른침을 삼킨 화연이 물었다.

"궁궐 안에 변고가 있다는 걸 알릴 다른 방법이 없겠습니까?"

"어차피 궁문이 닫혀 있어서 문틈으로 얘기를 하거나 쪽지를 전해야 합니다. 그런데 자객이 이미 침입을 한 상태라고 해도 믿지를 않더군요."

"밖에서 소리를 쳐보면 어떨까요?"

"궁궐이 워낙 크고 넓어서 전하 귀에 들어가지 않을 겁니다. 수백 명이 소리를 친다면 모르지만요."

"수백이요?"

"네. 그것도 궁궐이 잘 보이는 곳에서 해야 보이든 말든 할 테고요."

낙담한 표정의 완희가 얘기를 마치자 화연이 갑자기 장옷을 챙기며 나갈 채비를 했다.

"어디 가시게요?"

"사람들을 모아보려고요."

"이 밤중에 어디서 사람을 모은단 말입니까?"

"방법이 떠올랐어요. 저만 믿으세요."

화연이 빗장을 연 곱분과 함께 나가는 모습을 지켜보다가 완희가 그들을 불러 세웠다.

"잠깐만요."

완희는 멈춰 선 화연에게 자신의 패를 건넸다.

"순찰패입니다. 혹시 순라군을 만나거든 이걸 보여주세요. 저도 다른 방법이 있는지 찾아보겠습니다."

"고마워요."

순찰패를 챙긴 화연이 살짝 웃어 보이고는 곱분과 함께 밖으로 나갔다.

*

한동안 별감방에 숨어 있던 신숙철은 인기척을 느끼자 문을 바라봤다. 옆에서 전병갑도 마른침을 삼킨 채 문을 응시했다. 문이 열리고 등불과 함께 뚱뚱한 내관이 모습을 드러냈다. 옆에는 작은 체구의 나인이 서 있었다. 내관이 나인에게 등불을 건네주면서 말했다.

"이 아이가 존현각까지 이어지는 월랑*으로 안내해줄 겁니다."

"고맙소."

신숙철의 말에 내관은 가볍게 고개를 끄덕거리고는 옆으로 비켜섰다. 등불을 받은 나인이 앞서 걸었고, 두 사람이 뒤를 따랐다. 그 모습을 지켜보던 내관은 별감방의 문을 닫고 종종걸음으로 사라졌다.

---

* 月廊. 궁궐의 좌우에 줄지어 있는 건물. 행랑이라고도 한다.

좁고 어두운 전각 사이를 걸어가던 나인이 걸음을 멈췄다. 그리고 눈앞으로 담장처럼 높이 선 월랑을 올려다봤다.

"올라가서 오른쪽으로 쭉 가면 왼편에 단청이 칠해지지 않은 긴 전각이 나올 겁니다. 거기가 바로 존현각이에요."

"알겠다."

등불을 든 나인이 사라지자 신숙철이 전병갑에게 말했다.

"옷에 모래를 좀 담게."

"예."

전병갑이 모래를 긁어모아서 소매에 넣자 신숙철이 담장 앞에 서서 무릎을 굽히라고 손짓했다. 그리고 전병갑의 어깨를 밟고 월랑으로 올라갔다. 그가 내민 손을 잡고 전병갑도 월랑에 올라서자 신숙철이 앞으로 가자는 손짓을 했다. 두 사람이 기와를 밟으며 나아가는 사이, 담장 아래로 횃불을 든 금군이 모습을 드러냈다. 하지만 지붕 위에 사람이 있다는 것은 까맣게 모른 채 멀어져갔다. 기와를 밟으며 나아가던 신숙철이 왼편에서 전각을 발견하고는 뒤따르던 전병갑에게 말했다.

"저기가 존현각인 것 같네."

"이제 어찌합니까?"

"나는 저쪽, 금군 숙직소 근처에 몸을 숨기고 있겠네. 자네는 존현각의 지붕에 올라가서 발로 기와를 밟고 모래를 뿌리게."

"네, 임금을 깜짝 놀라게 하겠습니다."

"그래. 그럼 임금이 금군을 부를 것이고, 내가 그 틈에 끼어 있다가 다가가서 손을 쓰겠네."

"확실하게 없애주십시오. 억울하게 죽은 제 동생을 위해서 말입니다."

"염려 말게."

월랑에서 훌쩍 뛰어내린 신숙철이 존현각 맞은편에 있는 금군의 숙직소 근처로 가서 어둠 속에 몸을 숨겼다. 잠시 숨을 고르던 전병갑은 월랑에서 존현각으로 풀쩍 뛰었다. 충격 때문에 기와가 깨지면서 아래로 주르륵 흘러내렸다. 그는 소매에 넣어 온 모래를 사방으로 뿌리면서 발을 쿵쿵 굴렀다. 이제 임금이 놀라서 뛰쳐나오거나 금군을 부르기만 하면 되었다. 사실 그는 임금이 보이면 다른 계획이고 뭐고 곧장 철퇴로 내리칠 작정이었다.

"어라?"

소매에 넣어 온 모래를 다 뿌렸지만 존현각 안은 잠잠했다. 전병갑이 다시 발을 구르려는 찰나, 멀리서 함성이 들려왔다.

"뭐, 뭐야?"

고개를 돌린 전병갑의 눈에 환한 불빛이 비쳤다. 인왕산의 한 봉우리에 불이 밝혀져 있었다. 불빛과 함께 함성이 들려오자 잠든 것처럼 고요하던 궁궐 여기저기가 소란스러워졌다. 사방에서 횃불과 함께 금군이 몰려오는 걸 본 전병갑은 어쩔 줄 몰라 했다. 몰려든 금군 사이에 신숙철의 모습이 보이지 않았다. 그때 금군 하나가 지붕을 가리키며 외쳤다.

"저기다! 지붕에 자객이 있다."

"젠장!"

전병갑은 욕설을 퍼부으며 다시 존현각에서 월랑으로 몸을 날렸다. 그러고는 아까 왔던 방향으로 뛰었지만, 금군이 쏜 화살이 그의 오른쪽 허벅지에 박히고 말았다. 균형을 잃은 전병갑은 비명을 지르면서 월랑 아래로 떨어졌다. 바닥에 쓰러진 전병갑의 주변으로 금군이 몰려들어 창과 칼을 겨눴다.

"더 크게 소리쳐주세요! 궁궐까지 들려야 해요!"

화연의 절박한 외침에 금화를 필두로 한 여인들이 횃불을 높이 치켜든 채 함성을 질렀다. 한밤중에 들이닥친 화연에 게 자초지종을 들은 금화는 머뭇거리지 않았다. 즉시 사람 을 보내서 연화사 터에 여인들을 모이게 한 뒤, 궁궐에서 잘 보이는 바위 위에 올라가서 횃불을 들게 했다. 수백 명의 여 인들이 흔들어대는 횃불과 내지르는 함성은 어둠 속으로 너 울거리며 퍼져갔다. 정신없이 소리를 지르던 곱분이 화연에 게 말했다.

"아기씨! 궁궐에서 횃불이 켜집니다."

"어디?"

"저기요, 저기!"

곱분의 말대로 궁궐 여기저기에서 횃불이 켜지고 있었다. 그 모습을 본 금화가 화연에게 말했다.

"됐어! 이제 된 것 같아."

"저렇게 불이 켜지고 사람들이 움직이면 암살 같은 건 불 가능하겠죠?"

"아무렴."

금화의 말에 긴장이 풀린 화연은 그 자리에 풀썩 주저앉
았다.

*

신숙철은 궁궐 안팎이 발칵 뒤집힌 틈을 타서 흥안문 근
처 담장을 넘어 경희궁 밖으로 나왔다. 먼발치에서 전병갑
이 화살에 맞고 떨어지는 걸 본 뒤 바로 자리를 떴다. 전병갑
이 죽었다면 일을 숨길 수 있을 것이고, 그러면 다음 기회를
노릴 수 있었다. 계획대로 일이 진행되는 중에 인왕산의 봉
우리에서 횃불이 밝혀지고 함성이 들려왔다. 신숙철이 오랫
동안 품어온 암살 시도는 실패로 돌아갔다.

"대체 누구의 소행이지?"

일단 박철곤의 상점으로 가서 옷을 갈아입고 모른 척 궁
궐로 달려가기로 마음먹은 뒤 신숙철은 발걸음을 빨리했다.
그는 하천으로 연결된 구멍을 통해 위로 올라갔다. 하지만
위에서 자신을 기다리고 있던 것은 박철곤이 아니었다. 어
둠 속에 서서 자신을 응시하는 낯선 그림자를 보고 신숙철

이 외쳤다.

"누구냐?"

"우포도청 포교 남완희입니다. 여기서 뭘 하십니까? 그것도 금군 복장을 하고 말입니다."

"알 거 없네. 전하가 하명하신 일을 수행하는 중이었어."

"언제까지 전하를 팔아 역모를 감추려고 하는 겁니까?"

"역모라니!"

"집안 제사와 병을 핑계로 쉴 때마다 창포검을 들고 사람들을 죽인 게 바로 당신 아닙니까? 그것도 임오화변에 연루된 사람들을 죽여서 마치 전하나 대비마마가 복수를 하는 것처럼 꾸몄지요. 또한 죽은 사람들의 가족에게 접근해서 원한을 갚아주겠다며 감언이설로 속인 다음에 전하를 시해하려고 한 사실을 다 알고 있습니다!"

신숙철은 완희의 말이 채 끝나기도 전에 들고 있던 환도를 뽑아서 내리쳤다. 하지만 완희가 뒤로 물러나자 휘두른 환도에 탁자 모서리만 상하고 말았다. 완희 역시 환도를 뽑아 들자 신숙철이 비웃었다.

"네가 감히 내 계획을 망쳐?"

"당신 혼자서 할 수 있는 일은 아닐 테고, 홍인한의 잔당

들과 손을 잡은 겁니까?"

"잔당이라니, 말조심하게. 모두 나라를 위해서 분골쇄신한 충신들이야."

"세상 어느 충신이 임금에게 칼을 겨눈답니까?"

두 사람은 탁자를 가운데 두고 빙빙 돌았다. 신숙철의 반박이 이어졌다.

"궁궐에 있는 저자는 임금이 아니라 죄인인 사도세자의 아들일 뿐이야! 죄인의 아들이 임금의 자리에 오르다니, 말도 안 되는 일이지."

"그래서 애꿎은 사람들까지 끌어들여서 죽이기로 한 겁니까? 그 사람들은 자기 가족을 죽인 자에게 복수를 한다고 믿고 있을 거 아닙니까?"

"전부 멍청이들이었어. 내가 몇 마디 하니까 별다른 의심 없이 임금을 죽도록 미워하더군. 딱 한 명, 화연인가 하는 그 계집의 어미 빼고는 말이야."

"그 왼쪽 턱수염에 난 상처가 그때 생긴 것이죠?"

완희의 말을 듣고 신숙철이 왼쪽 턱을 만지작거렸다.

"그년이 갑자기 은장도를 뽑아서 덤벼드는 통에 깜짝 놀랐지. 어차피 거절한 순간 죽이기로 마음먹었지만 말이야."

옆으로 돌던 완희가 갑자기 멈추자 신숙철은 환도를 고쳐 잡았다. 상대방이 공격을 해오면 받아친 다음에 급소를 노릴 생각이었다. 하지만 완희는 칼을 내리고 뒤에 있던 문을 열었다. 도망치려는 줄 알고 앞으로 나아가려던 신숙철은 문밖에 서 있던 박철곤을 보고는 멈칫했다.

"이놈!"

완희는 여유롭게 뒤로 물러나면서 박철곤을 바라봤다.

"자네 동생을 죽인 건 바로 저자야."

"이, 이봐, 저놈 말을 믿는 건 아니겠지?"

"이 죽일 놈!"

박철곤이 씨근덕거리면서 욕설을 퍼부은 뒤 문을 닫아버렸다. 당황한 신숙철이 다가갔지만 뭔가로 막았는지 문은 꿈쩍도 하지 않았다. 독 안에 든 쥐 신세가 되었다고 느낀 신숙철은 얼른 바닥 아래로 내려가서 구멍으로 빠져나가려고 했다. 하지만 그곳에는 이미 환도를 뽑아 든 완희가 기다리고 있었다. 그런 상황에서 구멍으로 빠져나가는 건 불가능했다. 신숙철은 쓴웃음을 지으면서 환도를 내동댕이쳤다.

"하, 모든 게 끝났구나……."

終章

《 연꽃 위에 앉은 나비 》

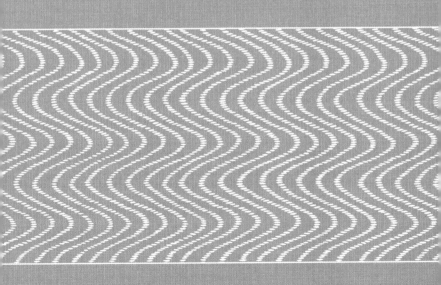

"역모의 후폭풍이 어마어마하네요."

화연의 말에 완희가 고개를 끄덕거렸다.

"그럴 만도 하지요. 현직 우포도대장은 물론이고 궁궐의 내관과 나인까지 가담해서 전하를 시해하려고 했으니까요. 그런 자들이 전하의 거처인 존현각 지붕까지 당도했으니 질책을 피할 수 없는 자들이 많을 겁니다."

"여기도 분위기가 안 좋겠네요."

화연이 문서고 주변을 돌아보면서 묻자 완희가 씩 웃었다.

"꼭 그렇지만은 않습니다. 어쨌든 우포도대장 신숙철의 음모를 밝혀낸 게 바로 저니까요."

"자랑하시려고 절 부른 건가요?"

"아니요. 알려줄 게 있어서요."

완희가 손짓을 하자 문 노인이 잘 접힌 문서를 내밀었다. 완희가 그걸 화연에게 건넸다.

"신숙철의 심문 기록입니다. 그자가 화연 낭자의 아버님을 곤경에 빠트리려고 익명의 투서를 보낸 것이 자신이고, 사랑방으로 침입해서 죽인 것도 자신이라고 자백했습니다."

"정말이요?"

"그뿐만이 아니라 임오화변에 연루된 자들을 죽이고 그 가족들에게 접근해 전하가 사적인 복수를 한 것이라는 감언이설로 속인 것, 그들의 도움을 받아서 암살을 시도한 것을 모두 밝혀냈습니다."

"상점 주인과 다른 가담자들은 안타깝네요."

"그래서 전하께서는 흉기를 들고 범궐한 전병갑을 제외하고 나머지는 가볍게 처벌하라고 지시를 내리셨습니다. 또한 창포검을 쓴다는 살주계의 자객은 신숙철이 자신의 범행을 감추기 위해 만들어낸 가공의 인물이라는 것도 밝혀졌고요."

"그럼 우리 아버지는 이제 누명을 벗는 건가요?"

"조만간 전하께서 교서를 내려 신원을 회복시켜주실 겁니다."

완희의 말을 들은 화연이 눈물을 글썽거렸다.

"드디어 끝났군요."

"참으로 고생이 많았습니다. 사실 낭자를 감시하기 위해 유품을 정리하는 일을 맡긴 것도 있었습니다. 진심으로 사과드립니다."

완희가 고개를 숙이자 화연도 따라서 고개를 숙였다.

"남 군관님이 아니었으면 아버지와 어머니의 억울한 죽음을 파헤치지 못했을 겁니다. 참으로 감사드립니다."

"그리고 그날 밤 인왕산에 올라서 횃불을 들고 함성을 지른 자들이 누구인지 알아보라는 지시가 내려왔습니다. 하지만 따로 조사할 생각은 없습니다. 어차피 그것 말고도 조사할 게 많으니까요."

"믿기지가 않아요."

종이를 받아 든 화연의 손이 떨리자 완희가 자신의 손으로 지그시 감싸줬다. 그걸 지켜보던 문 노인이 헛기침을 하면서 딴 곳을 바라보자 두 사람은 쑥스럽게 웃고 말았다. 조심스럽게 손을 뺀 화연이 말을 꺼냈다.

"혼사는 일단 어머니의 삼년상이 끝나고 다시 얘기해요. 금화 아주머니도 기다려주신다고 했어요."

"그러시지요. 그나저나 이제 뭘 하실 겁니까? 자살한 여인들의 유품을 정리하는 일을 계속하실 겁니까?"

"아뇨. 그건 곱분이에게 물려주려고요. 저는 연화사를 다시 세우는 일을 할 생각입니다."

"연화사라면?"

"인왕산에 있는 작은 사찰입니다. 의지할 곳 없는 여인들이 기댈 수 있는 곳이기도 하지요."

"종종 가보겠습니다."

"그런데 부탁이 하나 있습니다."

"뭡니까?"

화연은 대답 대신 뜰을 쓸고 있던 수돌을 바라봤다.

우포도청 밖에서 기다리고 있던 곱분은 화연이 나오자 한걸음에 달려갔다.

"어찌 되었습니까?"

"범인이 자백을 해서 아버지의 누명이 벗겨졌어."

"정말이요? 감축드립니다, 아기씨."

곱분이 기뻐하는 모습을 보고 화연이 뚝뚝하게 말했다.

"그리고 더 이상 난 네 아기씨가 아니야."

"네?"

"넌 이제 몸종이 아니니까."

"그게 무슨 말씀이세요? 설마 저를 다른 사람에게 팔아버리시는 건 아니죠?"

눈을 커다랗게 뜬 곱분이 안절부절못하자 화연이 손으로 입을 가린 채 웃었다.

"면천시킬 거야. 넌 이제 노비가 아니야."

"아기씨……."

"그동안 힘든 내색 한번 없이 날 도와줘서 고마워. 어머니도 고마워하실 거야."

"아이고, 제가 뭘 했다고……."

"나랑 같이 힘든 시간을 살아줬잖아. 네가 없었으면 나 혼자 한양에서 어찌 버텼겠어? 이제 나 대신 죽은 여인들의 유품을 정리하는 일을 맡아줘. 그리고……."

화연이 뒤를 돌아보자 수돌이 뒤통수를 긁적거리면서 모습을 드러냈다.

"남 군관에게 얘기해서 수돌이도 면천시킬 거야."

"저, 정말이요?"

곱분이 믿기지 않는다는 표정을 짓자 화연이 살포시 웃

었다.

"그럼 둘이 잘해봐. 먼저 간다."

장옷을 뒤집어쓴 화연이 먼저 자리를 뜨자 곱분은 어쩔
줄 몰라 하면서 발을 동동 굴렀다. 그러다가 수돌이 다가오
자 얼굴이 빨개졌다.

*

"얼마나 더 가야 해요?"

소녀의 물음에 과천댁이 산등성이를 바라봤다.

"저기 저 바위만 넘으면 돼."

"치. 아까도 개울만 건너면 금방이라고 했잖아요."

"이번엔 진짜야."

"정말이요?"

"넌 어린애가 어째 사람 말을 못 믿니?"

"어린애를 속인 어른이 많았으니까요."

그간의 아픔이 엿보이는 소녀의 말에 과천댁이 아이의 머
리를 쓰다듬어줬다. 그렇게 웃으며 얘기를 나누는 동안 두
사람 앞으로 너른 바위가 나타났다. 그러자 소녀의 눈이 휘

둥그레졌다.

"와! 산속에 이런 사찰이 있는 줄 몰랐어요."

"얼마 전까지 없었어."

소녀는 새로 짓고 있는 전각들을 신기한 눈으로 바라봤다. 그러다가 한쪽에 자리한 꽃밭을 발견하고 외쳤다.

"와, 나비다!"

제일 끝에 있는 작은 암자를 향해 걸어간 과천댁이 그 뒤편에서 걸어 나오는 여인에게 말했다.

"화연 아기씨."

"곱분아! 날도 더운데 어쩐 일이야?"

"아기씨가 좋아하는 망개떡을 좀 챙겨왔어요."

"정말?"

화연이 어린아이처럼 좋아하자 과천댁은 가지고 온 보따리를 암자 아래 평상에 펼쳤다.

"전각들은 얼추 완성이 되어가네요?"

"응. 저기에는 남편이나 시어머니에게 괴롭힘을 당하다가 쫓겨난 여인들이 머물게 될 거야. 본가로 가도 구박을 받거나 심지어 집안에 누를 끼쳤다고 죽임을 당하는 여인들이 한둘이 아니잖아."

"맞습니다."

둘이 이런저런 얘기를 주고받는 사이, 나비를 쫓던 소녀가 까르르 웃었다. 해맑은 소녀를 보며 화연이 물었다.

"낯이 익는데?"

"아기씨랑 저랑 마지막으로 유품을 정리해주었던 여인, 기억나십니까?"

"남편에게 맞아 죽은 그 여인 말이지?"

"네. 그때 자기 어머니의 유품을 수습해달라고 왔던 그 아이예요. 그 후로도 아비라는 작자가 계속 술을 마시고 손찌검을 해서 수돌이를 통해 남 종사관 나리께 말씀을 드렸죠."

"그랬더니?"

"우포도청으로 끌고 가서 멍석말이를 시켰어요. 그 후에 저 아이는 제가 데리고 왔고요. 다행히 구김살 없이 잘 자라주고 있어요."

"그 여인도 불쌍하고 저 아이도 안타깝네. 이런 사연이 한둘이 아니라는 것도 그렇고."

"그나저나, 아기씨."

보따리에서 꺼낸 떡을 우물거리던 화연이 고개를 들었다.

"왜?"

"최근에 묘한 사건이 벌어졌어요."

"어떤 사건?"

"벽장동에서 갑자기 죽은 기생이랑 반송방에서 죽은 양반집 첩의 유품을 각각 수습했는데요."

"그런데?"

"둘 다 손톱 밑이 새까맣게 타버렸습니다."

"손톱 밑이 탔다고? 그럼 독살당한 거 아니야?"

화연의 물음에 과천댁이 고개를 저었다.

"은비녀를 입안에 넣어서 검사했는데 색이 안 변했어요."

"코안에 거품은 있었어?"

"네."

"입술은 무슨 색으로 변했는데?"

"파란색이요. 입술 안쪽에는 검은 반점 같은 게 있었고요."

과천댁의 설명을 들은 화연이 고개를 갸웃거렸다.

"독살의 흔적들인데 정작 은비녀 색깔이 안 변했다?"

"남 종사관 나리 말이 청나라를 통해 서역에서 들여온 독약일지도 모른답니다."

"서역에서 들여온 독약?"

"네. 정말 감쪽같이 사람을 죽일 수 있답니다. 남 종사관 나리께서 조사하겠다고 하셨지만 규방의 일이라 쉽사리 손대지 못하는 모양입니다."

"그렇겠지. 그럼 내가 나서야겠네."

"네, 아기씨."

과천댁이 고개를 끄덕거리자 화연이 싱긋 웃었다. 두 사람이 사건에 대해서 이야기를 주고받는 동안 노란 나비 한 마리가 연화사의 처마 끝에 앉았다가 하늘을 향해 날아올랐다.

작가의 말 》

　죽음은 파괴와 단절을 의미한다. 그리고 남겨진 가족에게
는 큰 상처를 남긴다. 돌이켜보면 나의 삶에 가장 큰 영향을
준 것도 어린 시절, 때 이른 아버지의 죽음이었다. 만약 그런
죽음이 누군가에 의한 것이라면 가족들이 겪는 고통은 더
욱 배가될 것이다. 이 이야기는 고통의 흔적을 치우는 '유품
정리사'라는 직업에 대해 들으면서 시작됐다. 죽음의 현장
에는 많은 이야기가 남겨지고, 유품정리사는 그걸 차곡차곡
정리해서 남겨진 가족들에게 돌려준다는 것이다. 그 얘기를
들으면서 불현듯 조선을 떠올렸다. 그때도 고인의 마지막을
정리해주는 누군가가 있지 않았을까 하는 생각이 들었던 것
이다. 그렇게 구상된 이야기 속에는 힘없고 약한 존재들의

죽음이 자리 잡았다. 죽음은 누구에게나 공평하게 다가오지만, 이후의 과정들은 전혀 공평하지 않다. 부유하고 권력을 가진 자들의 죽음은 장엄하고 정중한 반면, 힘없고 약한 자들의 죽음은 비참하고 스산하기 때문이다.

조선이라는 세상에서 여성과 아이, 노비들이 바로 그런 존재였다. 죽음조차 존중받지 못했던 그들의 이야기를 담아보고 싶었던 것이 이 이야기의 시작점이었다. 실제로 조선시대에는 죽은 자의 물건을 따로 정리해주는 직업이 없었다. 하지만 소설에서 다룬 사연들은 대부분 실화를 바탕으로 한 것이다. 남편에게 맞아 죽은 아내와 겁탈을 당하고도 오히려 죄인처럼 처벌받은 여성, 그 와중에 버려진 아이들까지. 역사책에서 쉽게 찾아볼 수 없는 작지만 큰 사건들이 파편처럼 흩어지고 숨겨져 있다. 대다수 사람들의 삶과 죽음은 역사에 남지 않는다. 하지만 그들이 남긴 사연과 눈물은 사라지지 않는다. 남겨진 가족, 혹은 누군가의 가슴에 깊은 상처로 새겨진다. 죽은 자는 말이 없지만 그들이 남긴 흔적은 많은 이야기를 남긴다. 이 소설은 죽은 이들의 흔적을 통해 세상의 민낯을 바라보는 여인의 이야기다. 다시 말해,

죽음이 남긴 부조리한 삶의 모습을 보여주고 싶었다.

《조선왕조실록》이나 그 당시 기록을 보다가 흠칫 놀랄 때가 있다. 몇백 년 후, 우리의 후손들은 어떤 마음으로 오늘날 대한민국의 기록을 찾아볼까 하는 생각이 들기 때문이다. 우리는 지금 죽음이 존중받는 시대를 살고 있을까? 우연의 일치인지는 모르겠지만 원고를 탈고하고 교정이 완료된 시점이 4월이다. 제주도의 비극인 제주4·3사건이 있었던 달, 4·19 혁명을 위해 목숨을 바친 희생자들이 떠오르고 세월호와 함께 차가운 바닷속에 잠긴 어린 학생들이 생각난다. 따뜻하지만 한편으로 시린 4월의 어느 날, 다시는 일어나지 않았으면 하는 비극들을 떠올리며 글을 마무리한다.

2019년 봄,
정명섭

유품정리사: 연꽃 죽음의 비밀
ⓒ 정명섭 2019

초판 1쇄 발행 2019년 5월 15일
초판 5쇄 발행 2022년 5월 13일

지은이 정명섭
펴낸이 이상훈
편집인 김수영
본부장 정진항
문학팀 최해경 김다인 하상민
마케팅 김한성 조재성 박신영 조은별 김효진 임은비
사업지원 정혜진 엄세영

펴낸곳 (주)한겨레엔 www.hanibook.co.kr
등록 2006년 1월 4일 제313-2006-00003호
주소 서울시 마포구 창전로 70 (신수동) 화수목빌딩 5층
전화 02-6383-1602~3 **팩스** 02-6383-1610
대표메일 munhak@hanien.co.kr

ISBN 979-11-6040-254-4 03810